三亚学院 MTA 建设成果丛书

唐宋岭南贬谪文学

审美心态研究

亓 元 著

黑龙江大学出版社

HEILONGJIANG UNIVERSITY PRESS

哈尔滨

图书在版编目（CIP）数据

唐宋岭南贬谪文学审美心态研究 / 亓元著. -- 哈尔
滨：黑龙江大学出版社，2022.12（2025.4 重印）
ISBN 978-7-5686-0823-7

Ⅰ．①唐… Ⅱ．①亓… Ⅲ．①游记－文学研究－中国
－唐宋时期 Ⅳ．① I207.62

中国版本图书馆 CIP 数据核字（2022）第 104669 号

唐宋岭南贬谪文学审美心态研究
TANGSONG LINGNAN BIANZHE WENXUE SHENMEI XINTAI YANJIU
亓　元　著

责任编辑　陈连生　邱　实
出版发行　黑龙江大学出版社
地　　址　哈尔滨市南岗区学府三道街 36 号
印　　刷　三河市金兆印刷装订有限公司
开　　本　720 毫米 ×1000 毫米　1/16
印　　张　13
字　　数　193 千
版　　次　2022 年 12 月第 1 版
印　　次　2025 年 4 月第 2 次印刷
书　　号　ISBN 978-7-5686-0823-7
定　　价　64.80 元

本书如有印装错误请与本社联系更换。

序　言

在中国传统文化的瑰宝库中,唐宋文学占据了举足轻重的地位。这一时期,文人墨客们以其卓越的才华和丰富的想象力,为我们留下了无数珍贵的文化遗产。我的博士研究生亓元所撰写的《唐宋岭南贬谪文学审美心态研究》一书,无疑是一部独具匠心的作品。本书通过对唐代至宋代岭南地区的贬谪文学作品进行深入剖析,揭示了岭南文学遗产的价值,以及贬谪文学作者在流放异乡的岁月里,如何以坚韧的意志和高尚的品质,书写了一段段感人至深的人生传奇。

首先,本书深入挖掘了贬谪文学作者的审美心态。通过分析贬官群体在贬谪期间创作的文学作品,我们可以发现,尽管身处逆境,他们仍然保持着对美好生活的向往和对理想的执着追求。这种审美心态,不仅体现了他们的高尚品质,也为我们展现了一种积极向上的人生态度。

其次,本书从多个角度探讨了贬谪文学的审美接受与当时社会政治、经济、文化等方面的关系。通过对这些因素的分析,我们可以发现,贬谪文学所体现的审美心态并非孤立存在,而是与当时的社会环境密切相关。这种相互影响的关系,使得贬谪士人群体的审美心态更加丰富多元,也为我们认识和评价这一历史时期提供了新的视角。

最后,本书对于今天仍具有启示意义。在当今社会,人们同样面临着各种困境和挑战。在面对这些困境时,人们应该学习古代士大夫那种坚韧不拔的精神,始终保持对美好生活的向往和对理想的执着追求。同时,我们还应该关注社会政治、经济、文化等方面的发展和变化,以便更好地适应时代,实现个人和社会的共同进步。

总之,《唐宋岭南贬谪文学审美心态研究》不仅为我们提供了一个深入了解唐宋岭南贬谪文学的独特视角,还为我们提供了一种积极向上的人生态度和应对现实挑战的智慧。我内心更希望,未来有时间,亓元同学能够再次认真地打磨这部作品,更为深入和系统地审视这个群体的审美心态,通过分析贬谪文学的历史背景、审美心态以及时代意义,进而彰显个体、地域、时代的大历史观念。相信这种审美心态的传承与发扬,对于我们今天的文学创作仍具有重要的启示意义。

张奎志

2022 年 11 月于三亚南山花园

前　言

　　流放、贬谪是古代封建王朝的独特现象。从古代流人史发展的历程看，唐宋时期的谪宦人数远远超过此前任何一个朝代。岭南因为其独特的地理区位，成为唐宋时期流放谪宦最多的地方。

　　本书所说的贬谪文学是指古代官员被流放他乡时所写的带有游历性质的诗文、书信、札记、题字等文学记录的统称。因此，贬谪文学包括诗、词、记、赋、序、铭文、石刻、题壁、书信等多种文体。贬谪文学广泛涉及当时的社会政治、军事、哲学、宗教等一系列文化现象，也深刻反映着古代谪宦当时的情绪。他们通过游历和文学创作活动，让自己暂时脱离生活中的窘境与政治身份的尴尬，寄情山水，填补内心空虚，抚平愤懑心绪。通过研究贬谪文学，可以了解古代士人由庙堂走向山野的心理转换过程，也可以看出儒、释、道文化对古代士人的影响。本书中的地名均为古地名。

　　本书中的审美心态是指人们在审美活动中受自然环境、生存境遇等因素的影响，对审美对象产生不同感受和评价的心意状态。本书系统地研究了唐宋岭南贬谪文学审美心态，包括唐宋岭南贬谪文学概况、贬谪文学审美心态成因、贬谪文学审美心态与创作流变、贬谪文学审美心态变化原因及不同时空境遇下的贬谪文学审美心态比较。围绕上述几个方面内容，全书共分为五章。

　　第一章，论述唐宋岭南贬谪文学的概况，对贬官的分布情况、贬谪原因，以及唐宋岭南贬谪文学的文体和类型做整体描述；第二章，总结贬谪文学审美心态的两种表现形式，即悲怆和释然，并通过心理场理论揭示这两种审美心态的形成机理，进一步区分解脱型、社交型、探索型及遁世型等四种出游动机；第三章，从具体的文学作品入手，比较古代文士人被流放前后不同的审美心态,进而分析贬谪文学审美心态的流变;第四章,从地理环境、儒释道文化、政治文化三个方面分析贬谪文学审美心态变化的原因;第五章,选取唐宋时期较有代表性的文人——柳宗元、苏轼在不同时期创作的贬谪文学作品,通过分析二人作品中的意象,探讨他们审美心态的异同。

通过上述研究,本书旨在对唐宋时期岭南贬谪文学及其反映的审美心态进行系统性梳理,从而对唐宋岭南贬谪文学所蕴含的审美文化给予新的阐释。

本书的出版要感谢三亚学院的支持,感谢黑龙江大学出版社工作人员的努力,感谢我的博士生导师张奎志教授的辛勤指导,感谢我的家人和同事长期以来对我的关爱。

目　　录

绪　　论

一、研究目的与意义

(一)研究目的

贬谪文学是"贬官文学"的一部分,古代遭贬谪的官员在被流放他乡时,所写的带有游历性质的诗文、书信、札记、题字等文学记录统称为贬谪文学。因此,贬谪文学包括诗、词、记、赋、序、铭文、石刻、题壁、书信等多种文体。

贬谪文学涉及社会政治、军事、哲学、宗教等一系列文化现象,通过对贬谪文学的研究,可以了解古代士人由庙堂走向山野的心理转换过程,也可以看出儒、释、道文化对士人心理的影响。因此,本书的研究目的就是探究贬谪文学所体现的具备时代、地域等特色的士人审美心态。

"学而优则仕"是古代文人的人生理想,古代文人的人生之路多以此为中心展开。中国古代的文人和"士"是密切相关的,"士"经过了从"凡能事其事者"到"通古今,辨然否"的转变,"士"的概念也从泛指能做事的人,变为特指"志于道""不可以不弘毅""先天下之忧而忧"的有志向和抱负的读书人。这时的"士",就不仅仅指一个职业的称谓,更是指一个"志士",其所从事的也不是某一种职业,而是要"志于道""以道自任",古时能够担当起这一使命的只有"仕"之一途。因此,对文人来说,"入仕"不仅仅是一种谋生手段,更意味着要担负更为重大的责任,那便是对道义的担当、维护与承继。"给它灌注一种理想主义的精神,要求它的每一个分子——士——都能超越他自己个体的和群体的利害得失,而发展对整个社会的深厚关怀。"①承担道义,便成为文人"入仕"的人生意义,即要"立德、立功、立言"。但这一理想往往难以实现,以至多数文人仕途坎坷。从已有的资料看,造成唐宋时期贬谪现象多发的原因有很多,如宫闱斗争、政见不合、触怒权贵等,遭贬流放成为一些士人不可避免的人生悲剧。从深层次意义上看,贬谪是我国文化史上的一种独特现象,贬谪文学广泛涉及社会政治、军事、哲学、宗教等内容。本书通过分析贬谪文学的内容及创作者的心理,从美学、史学、社会学及心理学等角度,探讨贬谪文学所表现出的审美心态。

(二)研究意义

其一,充实研究成果、拓宽研究视野。通过网络查询和文献检索可知,系统研究唐宋岭南贬谪文学审美心态的成果至今未见,故这方面存在较大的研究空间。本书将唐代和宋代作为一个大的时间范围,对生活在其间的谪宦群体进行剖析与比较研究。同时,考虑到地理和气候的趋同性,仅仅选取岭南地区作为本书研究的空间范围。通过分析贬谪文学作品(诗、词、散文、序、记、铭、赋、碑等)的具体内容窥探文学创作者的文化心态及相关美学问题,并试图通过文本还原作者、作品、时代三者之间的关系。此研究对这一领域有所裨益,可弥补现有研究的某些不足。

其二,以审美心态为视角,展示群体文化心态。国内外学术界关于贬谪现象的研究成果并不鲜见,但专门探究岭南贬谪文学及其审美心态的研究至今未见。本书侧重研究审美心态,并将所涉及的唐宋岭南地区的贬谪文学划分为若干类型,以期对其审美文化形态进行系统性的梳理,并由此对唐宋岭南贬谪文学及其文化、审美内涵有新的认识。

其三,针对贬谪文学创作主体及创作对象进行比较研究。研究古代贬谪现象的文献较多,其中集中研究岭南贬谪现象的,有尚永亮的《唐五代逐臣与贬谪文学研究》以及金强的《宋代岭南谪宦》。尚永亮对唐代至五代时

---

① 余英时著:《士与中国文化》,上海:上海人民出版社,2003年版,第25页。转引自储朝晖著:《中国近代大学精神史》,北京:人民教育出版社2013年版,第37页。

期发生的贬谪现象做了梳理与统计:在唐代至五代的 342 年间,被贬至岭南道的共计 436 人次,如果将"岭南""岭外""岭表"等合并计算,在唐代至五代贬至岭南的则达 574 人次。① 金强制作了《宋代岭南谪宦表》,考察出在宋代近三百年间就有 493 人次贬至岭南。② 本书针对前人成果,重点找出士人贬谪期间的记游诗文,对其中同时期、同地域的,不同时期、同地域,同时期、不同地域的作品分别做比较研究。通过上述比较研究探讨唐宋岭南贬谪文学创作心态的变化及贬谪文学作品意象的异同,以期多层次、多角度地还原作者心理,还原作品,还原历史。

其四,为相关学科研究提供些许借鉴。古代贬谪现象及贬谪文学作品一直受到历史学、文学、社会学、心理学等专业领域研究者的关注,相关研究"跨学科"特点比较鲜明。本书选取唐宋时期岭南贬谪文学,侧重其审美文化形态研究,期待研究成果为古代文学、古代官制史等相关研究提供借鉴,更希冀能从审美文化形态的视角解读贬谪文学,进而从不同的角度加深对这些文学作品的理解。由于唐宋岭南贬谪文学不仅表达了古代谪宦群体对人生、时事、社会等层面的深层次感悟,而且记述了祖国大好河山,因此,从审美文化形态的角度解读贬谪文学作品,对旅游资源的开发也有一定的积极影响。

二、研究综述

(一)关于游记的研究

近 20 年来,有关古代游记文献的研究蓬勃多元。据不完全统计,相关论文超过 1600 篇,专著有梅新林、俞樟华主编的《中国游记文学史》,王立群的《中国古代山水游记研究》,贾鸿雁所著的《中国游记文献研究》。散文集有傅璇琮主编,余喆、黄松注译的《中国古典散文精选注译·游记卷》,另有张成德等人主编的《中国游记散文大系》和崔小敬著的《江南游记文学史》等。

---

① 尚永亮著:《唐五代逐臣与贬谪文学研究》,武汉:武汉大学出版社 2007 年版,第 49~50 页。
② 金强著:《宋代岭南谪宦》,广州:广东人民出版社 2009 年版,附录。

论文和专著主要围绕以下五个方面展开。

1. 关于游记的概念研究

梅新林、崔小敬在《游记文体之辨》一文中阐述了两个观点:一是游记文体的形态分化与创作主体的个性、审美主体的身份有关,二是游记文体的主流意涵及文化容量与审美主体的审美视角有关。贾鸿雁的《中国游记文献研究》从文献学角度,给游记以全新的定位,以相当的篇幅纵论汉代至民国游记文献的创作、结集、出版情况,清晰地勾勒出两千年游记文献的面貌,探讨了游记文献的多方面学术价值。王立群在《中国古代山水游记研究》一书中,从文体特征、语体特征、文体要素等方面对游记进行了明确的界定,并认为若要对山水游记本体进行研究,必须从阐释四个层面中的核心层——文本层着手。因为只有这样,才能抓住游记文体本身的本质特征,从而使游记这种文体与其他文体的界域变得明晰。谭家健的《南朝山水游记初探》一文论道:"所谓山水游记,应具有以下特征:一、以模山范水的再现型描写为基本内容,二、有具体的游踪记录或较明显的游览意图,三、包含作者的主观感觉与体验。凡符合这三条的,不论其为山水赋、山水诗序、山水书简,亦不论其或骈或散,皆可称之为山水游记。"①丁庆勇在《唐代游记文学研究》中对游记文学重新进行了定义,认为游记文学即表现旅游生活的文学,是以散文的方式叙写人们离家旅行的过程以及在旅行目的地逗留的生活经历的文学作品。该观点将游记放置在旅游文化的视野之下进行考察,将反映旅游活动中"行、吃、住、游、娱、购"这六大要素的散文作品,都看作游记,从而扩大了游记的文学范畴。

2. 关于游记分类的研究

对游记进行分类研究可以更全面和具体地认识其特征,更准确地理解其内涵。贾鸿雁在《中国游记文献研究》的"游记文献的分类"一小节中,提出了不同的划分标准,"按旅游的内容划分,可分为旅行记和游览记","按记述的对象划分,可分为山水型游记和社会型游记","按表现形式与内容划

---

① 谭家健:《南朝山水游记初探》,载《辽宁师专学报(社会科学版)》,1999年第1期,第27页。

分,可分为文学性游记、学术性游记、记述性游记",等等。① 李青松在《游记文学的分类》一文中对游记的体裁进行分类研究。孔新人的《"游记"的历史分型》一文,一反常见的文体角度的分类研究,以古代游记类编为线索,通过梳理"游"的意义给出"游"在我国历史文化中的分型。②

3. 关于游记流变的研究

古代游记的发展源远流长,关于其发展流变,梅新林、俞樟华在《中国游记文学史》一书中做了通史性的阐述,将其基本概括为"魏晋游记文学的正式诞生""唐代游记文学的走向成熟""宋代游记文学的理性升华""元明游记文学的前滞后盛""清代游记文学的新旧转型""现代游记文学的崭新风貌""当代游记文学的文化超越"。③ 贾鸿雁在《中国游记文献研究》一书中将游记发展分为"先秦——滥觞期""秦汉-南北朝——形成期""隋唐-元——发展期""明、清前期——繁盛期""清后期-民国——变革期"五个阶段。④ 这种通史式的阐述论著还有布仁图、乌兰图亚的《中国历代游记论说》,王杰的《天地有大美 美亦在自然——略谈中国古代游记散文的发展变化和审美特点》,庄国瑞的《先秦至宋代散文山水游记发展概述》。张帆帆的《东晋南朝山水记的文学转向及其地位和影响》则从游记产生的文脉入手,通过对州郡记、区域性山水记、单篇山水记三个发展阶段的具体考察,指出游记文学中的"序""同题共作"等文体要素已在东晋南朝山水记中出现,从而得出东晋南朝山水记是古代游记文学开端的结论。⑤

4. 关于游记的断代研究

关于游记断代的研究几乎涵盖了各个时代,其数量之多,尤以明清时期的游记研究为最。郭昊在《中国山水画起源与魏晋南北朝山水游记散文》一文中分析了魏晋南北朝时期的游记散文创作与山水画起源之间的关系以及

---

① 贾鸿雁著:《中国游记文献研究》,南京:东南大学出版社 2005 年版,第 27~28 页。
② 孔新人:《"游记"的历史分型》,载《中国文学研究》2007 年第 3 期,第 52~56 页。
③ 参见梅新林、俞樟华主编:《中国游记文学史》,上海:学林出版社 2004 年版。
④ 贾鸿雁著:《中国游记文献研究》,南京:东南大学出版社 2005 年版,第 31~36 页。
⑤ 张帆帆:《东晋南朝山水记的文学转向及其地位和影响》,载《云南师范大学学报(哲学社会科学版)》2017 年第 49 卷第 4 期,第 150~156 页。

二者之间的相似性。① 钟继刚在《论唐代游记写作的多样风格》一文中阐述了唐代游记的独特性,认为唐代游记有自己独具特色的厅壁记,有宋代游记好议论的萌芽,也涌现出了像柳宗元这样的游记大家。② 关于宋代游记的研究也有很多。何芸在《浅论北宋山水游记的特点》一文中,将北宋的山水游记特点概括为"变文人游记为学者游记""变摹写山水为抒发情志""变借景抒情为借景明理"。③ 在《宋代山水游记中的哲理》一文中,庄国瑞认为宋代的山水游记"融入了关于生命存在状态的深刻哲理思考,使得宋代山水游记表现出了独特的理性美"④。王雨容在《宋代日记体游记文体研究》一文中,对宋代的日记体游记做了专论。竺时焕对唐宋的山水游记进行对比,在《唐宋山水游记异同辩》一文中,提出二者的三点异同:"唐宋山水游记是魏晋南北朝山水田园诗文的承续,但就对山水的态度而言,则有主动、喜欢与被动、无奈的区别";"唐宋山水游记间,虽历时两朝,却从内容到形式都具有一定的传承关系";"唐宋山水游记间,更多的是差异性,差异的最大之点,是情趣和理趣的不同"。⑤ 明清游记的断代研究,角度也是很丰富的,包含了概说、流变研究、文体研究、社会现象研究、流派研究等。

5. 关于作家与作品的个案研究

不同时期的游记作品均得到了学术界的关注,尤其是柳宗元和徐霞客的游记。相关研究涉及的游记作家众多,主要有苏轼、陆游、范成大、钟惺、王思任、元结、朱熹、宋懋澄、屠坤华、王安石、康有为、姚鼐、袁宏道、袁中道、王士性等。此类研究大多从作家出发,探讨其游记的艺术特色、继承发展、创作手法,以及游记体现的精神内蕴、人生内涵等等。也有研究通过作家与作家之间、作品与作品之间的对比,把握游记作家及其作品的特性和价值,如元结与柳宗元之间的对比、柳宗元与苏轼之间的对比等,但对游记的审美

---

① 郭昊:《中国山水画起源与魏晋南北朝山水游记散文》,载《飞天》2010 年第 18 期,第 39~40 页。

② 钟继刚:《论唐代游记写作的多样风格》,载《中华文化论坛》2003 年第 4 期,第 92 页。

③ 何芸:《浅论北宋山水游记的特点》,载《新西部》(下半月)2008 年第 2 期,第 180 页。

④ 庄国瑞:《宋代山水游记中的哲理》,载《内蒙古师范大学学报(哲学社会科学版)》2006 年第 35 卷第 3 期,第 126 页。

⑤ 竺时焕:《唐宋山水游记异同辩》,载《福建广播电视大学学报》2007 年第 5 期,第 11~12 页。

文化形态少有提及。

(二)贬谪研究现状

1. 关于流人的研究

最早关于贬谪的研究起源于对古代流人的研究。古代流人史研究发端于对东北流人史的考察,这方面研究取得的成就也最大。早在20世纪20年代,就有日本学者有高岩著的《清代满洲流人考》,继而有谢国桢著的《清初流人开发东北史》。新中国成立后,台湾学者杨合义在日本《东洋史研究》第32卷发表《清代东三省开发的先驱者——流人》一文,温德顺著有《清代乾嘉时期关内汉人流移东北之研究》,从古代流人史发展的时间顺序来看,唐宋时期的流人研究都在这个时间范围内。此外,李兴盛的《东北流人史》和《中国流人史》在1990年和1996年相继出版,他力倡建立流人史这种新的史学体系,并为此做出了较大贡献。

对于岭南流人的研究,相关论著有古永继的《唐代岭南地区的贬流之人》,唐晓涛的《唐代贬官与流人分布地区差异探究——以岭西地区为例》和《唐代桂管地区贬官人数考析》,王雪玲的《两〈唐书〉所见流人的地域分布及其特征》,周泉根、陈曦的《海南首位贬官考议》,南京大学龚玉兰的博士论文《贬谪时期的柳宗元研究》,浙江大学梁瑞的博士论文《唐代流贬官研究》等。

2. 关于岭南贬谪的研究

尚永亮在《唐五代逐臣与贬谪文学研究》一书中,从朝代更迭、权奸擅政、朋党之争、宦者作祟、武人为祸等方面探讨影响唐代贬谪的深层因素,并由此概括出唐代贬谪现象具有宽严交替、株连面广、贬杀结合、久不量移、文士多逐臣等显著特征;从政治学、历史文化学的角度,考察当时的社会政治背景和逐臣的文化活动、文化建树、参政意识及其政治悲剧,"同情"并体察逐臣的创作及心灵律动。金强博士在《宋代岭南谪宦》一书中,将谪宦史看作心灵史,在广泛占有史料、再现历史原貌的同时,深入历史人物的心灵世界,重点考察宋代岭南谪宦的心态、行为表现、群体构成与特征,进一步完成了类型分析。

左鹏在《唐代岭南流动文人的数量分析》一文中利用大量数据,从时、空、类型等三个方面描述了唐代岭南文人的社会流动:从不同时期岭南流动文人的数量分布来看,唐代岭南流动文人的数量一直处于小幅波动但持续平稳的增长之中,且后期的人数要远高于前期;从不同时期岭南流动文人的地理分布来看,唐代流动文人在岭南的分布异常不均衡。文中的《唐代赴岭南人物数量表》显示,唐代赴岭南的流动士人的数量为 1284 人,其中流贬文人的数量为 152 人。

梁瑞在其博士论文《唐代流贬官研究》中,首先在制度层面考察了唐代流放和贬谪官员的特点,又从政治运动与职务犯罪的角度分析了唐代贬谪现象多发的原因。其次,根据贬谪的过程考察了流贬官的经济待遇及心理变化,并对其迁转途径进行了考述。最后,初步总结流贬官对贬谪地造成的影响,力图还原这一特殊群体的流贬过程、心理特点及历史地位。

以上的研究都对唐宋时期岭南的贬谪人数做了统计。这些研究不仅从整体上把握了岭南地区的贬谪人数,而且也注意到了其在岭南不同地区的分布规律。

3. 关于流人心态的研究

如前文所述,尚永亮、金强、梁瑞等人的研究中涉及对贬谪心态的研究,吴在庆、李菁在《唐代文士贬谪途中的生活与心态述论》一文中,则探讨了初唐、中晚唐、唐末的宋之问、韩愈、李德裕、韩偓等几位具有代表性的著名文士被贬谪的遭遇,展现了唐代文士在贬途中的生活情景与他们丰富复杂的心态。有关谪宦个体心态的研究或比较研究的成果还有很多,如:刘尊明的《韩愈贬谪潮州的人生体验与诗文创作》,认为韩愈在贬至潮州后内心的情感基调主要为"忧愤感伤与潜气内转"[①];陈新璋的《韩愈在阳山心态分析与文学评价》、杜兴梅的《试论韩愈贬潮的认同心理》、沈文凡和张德恒的《韩愈贬潮心迹考论——从比较昌黎〈论佛骨表〉与傅奕〈请除释教书〉展开》分析了韩愈被贬时的心态;在《历史影像与艺术真实的高度融合——古代小说中

---

① 刘尊明:《韩愈贬谪潮州的人生体验与诗文创作》,载《湖北大学学报(哲学社会科学版)》2001 年第 28 卷第 3 期,第 53 页。

韩愈的流贬心态论析》一文中,作者卞良君从分析小说中的人物形象入手,探讨了古代小说中的韩愈的形象与心态。

也有学者关注柳宗元被贬柳州时的创作及心态,如王婉萍的《柳宗元贬谪时期心态探析》、梁超然的《略论柳柳州的激愤与忧伤》、莫山洪的《柳宗元柳州寄赠诗与居柳心态》、陈时君的《论柳宗元柳州时期的心路历程及诗歌创作》、王承丹的《弃逐逆境中的愤悱与宣泄——柳宗元贬谪心态探析》、骆正军的《柳宗元贬永期间河东阶段的心态剖析》、禹明莲的《论柳宗元南贬散文的务奇笔法》,冯凯的《柳宗元奉诏北还到再贬柳州创作心态探微》等。

苏轼贬谪时期的心态研究也是学界的热点,如1974年,斯坦利·金斯伯格于威斯康星大学完成博士论文《中国诗人之疏离与调和——苏轼的黄州贬放》,金斯伯格对苏轼从"乌台诗案"至被贬黄州时期的代表作进行了评述,勾勒出因政治事件被迫离朝的苏轼如何使自己与隔离开的社会和世界再度取得和谐的心态转变过程,将英语世界的苏轼研究推向了一个新的高度。国内研究如王水照、朱刚的《苏轼评传》。此外,肖庆伟的《论绍圣以来元祐党人的心态特征》论及苏轼的创作心态,郑秉谦的《试论苏轼贬逐期间的精神支撑》、王友胜的《苏轼南贬儋州经行路线考论》也都从不同方面考察了苏轼被贬后的心态变化与艺术表达方式。

对刘禹锡、元结、欧阳修、朱熹等人的贬谪心态进行研究及比较研究的论著有:王建梅的《旷达与抑郁——刘禹锡、柳宗元贬谪心态比较》,韦燕宁的《略论刘禹锡的诗歌意象及其逐臣心态》,蔡阿聪的《岑参贬谪心态论》,姚菊的《黄庭坚贬谪心态新探》,李尾咕、林国平的《朱熹山水心探源》,尚永亮的《佛学影响与儒者情怀——柳宗元、刘禹锡贬后心态侧窥》等。

(三)关于出游动机的研究

孔子最早提出"仁者乐山,智者乐水"的美学命题。《韩诗外传》给予进一步解释:

> 问者曰:"夫智者何以乐于水也?"曰:"夫水者,缘理而行,不遗小间,似有智者;动而下之,似有礼者;蹈深不疑,似有勇者;

障防而清,似知命者;历险致远,卒成不毁,似有德者。天地以成,群物以生,国家以宁,万事以平,品物以正。此智者所以乐于水也。"诗曰:"思乐泮水,薄采其茆。鲁侯戾止,在泮饮酒。"乐水之谓也。

问者曰:"夫仁者何以乐于山也?"曰:"夫山者,万民之所瞻仰也。草木生焉,万物植焉,飞鸟集焉,走兽休焉,四方益取与焉,出云道风,嵷乎天地之间。天地以成,国家以宁。此仁者所以乐于山也。"诗曰:"太山岩岩,鲁邦所瞻。"乐山之谓也。

这种"仁智山水"的比德说,是儒家将理想寄予山水的体现,也就是说游历山水的行为彰显了爱国情怀,提升了个人修养。

刘勰的《文心雕龙》最早探讨了古代士人的出游动机:"若乃山林皋壤,实文思之奥府,略语则阙,详说则繁。然屈平所以能洞监风骚之情者,抑亦江山之助乎?"他认为古代士人出游的动机是启发"文思"。

王安石认为:"古人之观于天地、山川、草木、虫鱼、鸟兽,往往有得,以其求思之深而无不在也。夫夷以近,则游者众;险以远,则至者少。而世之奇伟、瑰怪,非常之观,常在于险远,而人之所罕至焉,故非有志者不能至也。"(《游褒禅山记》)也就是说士人出游是为了深入思考,提升意志力。

明清时期,诸多文学批评家开始探讨士人出游的动机,如清初的尤侗认为:"山水文章,各有时运。山水借文章以显,文章亦凭山水以传。士即负旷世逸才,不得云海荡胸,烟峦决眦,皆无以发其嵚崎历落之思,飞扬跋扈之气。至于千岩竞秀,万壑争流,若无骚人墨客,登放其间,携惊人句,搔首问青天,则终南太华,等顽石耳。"(《天下名山游记序》)

后人研究士人出游动机的文章主要有滕新才的《明朝中后期旅游热初探》、谢羽的《明末清初松江士人群体活动研究:以游宴为中心的考察》、周海燕的《明清徽州文人士大夫旅游研究》、洪泉和唐慧超的《基于〈四时幽赏录〉的晚明文人西湖游赏心态与行为探析》。上述研究认为,士人的出游目的各异,主要有官宦游、文人漫游、探亲扫墓、礼圣朝山等类型。交游逸乐、逃离官场、探险涉幽、亲近故园等出游动机,造就了士人群体较为复杂的出游心态和行为特征。石蓬勃在博士论文《苏门诗人贬谪诗歌研究》中考察了苏门诗人遭贬谪后的思想和人生态度的变化,间接地指出了诗人的出游动机和思想变化之间的关系。

（四）关于审美心态的研究

1989 年,王朝闻在《审美谈》之后出版了《审美心态》一书,这是一部论述审美心理学的美学专著,主要论证主体在审美活动中产生的各种心态,如审美体验、审美兴趣,以及揣摩等心理活动。由此书可知,审美心态泛指人们在审美活动过程中的心意状态。王朝闻的观点对后来的诸多研究者影响颇深,如吴调公的《诗歌神韵论与审美心态》,李天道的《古代山水诗审美心态及其成因》和《论意境生成的审美心态》,朱志荣的《论审美心态》和《论审美心态的历史发展》等。在上述研究中,研究者仅是模糊地融合了审美和心态的概念,将心态解释为“心意状态”,并没有关注外界环境及客体本身在审美心态中的作用。

赵国乾在《中国古代审美心态论》一文中进一步论述了审美心态的概念:“审美心态是人们在审美活动过程中的心意状态。在主体与对象所结成的审美关系中,主体起着主导作用,审美时的主体心态是审美关系得以成立的关键。作为一种触及整个身心的活动,审美体现了主体身心的贯通。作为一种怡情养性的精神活动,净化心灵,摒除杂念,超越世俗功利和滞实的眼光,又是审美活动区别于其它精神活动的标志。”①这有些接近心理学领域讲的“心态”的性质,“就是指人的精神和心理状态”。“心态”包含着以下三个方面的性质:其一,它包含着人的精神活动的两个层次,一是人们对于外界的感性印象,二是人们对于外界的理性认知;其二,“心态”也包含着人们对于外界反映的心理活动的过程和结果两个方面;其三,“心态”又包括精神活动的理论形态和非理论形态。②

后面的两个性质与冯小禄、张欢在《新论汉赋审美心态之生成、创发与

---

①　赵国乾:《中国古代审美心态论》,载《许昌师专学报》2000 年第 19 卷第 1 期,第 30 页。

②　赵辉著:《心旅第一驿——中国古代社会文化心态之源》,北京:东方出版社 2003 年版,第 3 页。

迁流》中的论述相近:"所谓审美心态,是指一个作家或时代趋于稳定化的审美心理状态。它生成于社会文化之中而与人格、心态相连,常以一种变形化的文艺方式发表对社会人生、宇宙心灵的感思意欲,而且常带有鲜明的标志,表征其特殊的认知表现方式。因为直言之,审美心态之不同,乃审美心理之不同,而审美心理之不同,乃在于认识表现的方式差异。"①这种表述虽然有混淆审美心理和审美心态二者概念的嫌疑,但是表达了审美心态有偏向于社会心理学的特征的观点,这是值得借鉴的。

不管是东方还是西方,人们对于文化的研究集中在物态文化、制度文化和心态文化的"社会意识形态"方面,"社会心理"则为社会心理学所关注,这种社会心理后进一步扩展为文学心态、审美心态等概念。"我们说某个时期的文学心态怎样,也并非仅就这个时期的创作倾向和创作态度而言,更主要的是对这一时期文学价值的选择和文学主张加以评价。"②事实上,"审美文化心态"这个说法一直是审美心态概念外延的拓展,如方惠在《新文学评价的历史主义问题》一文中就明确提到"审美文化心态"一词:

> 五十年代与八十年代……不仅实际社会的生产关系、人际关系、人们的生活方式和思维方式都有巨大差异,而且人们的思想认识、政策观念、审美文化心态及其相应的艺术思维方式,也有显著的嬗变。③

通过文中语境可知,方惠是把审美文化心态和思想认识、政策观念、艺术思维方式等概念并列,虽然没有明确定义"审美文化心态"一词,但是认为其具有作为社会文化心态的特征。对"审美文化心态"做出明确定义的是张俊芳等人,在其《社会转型期社会文化心态变迁规律研究》一书中,有以下论述:

---

① 冯小禄、张欢:《新论汉赋审美心态之生成、创发与迁流》,载《云南师范大学学报(哲学社会科学版)》2011年第43卷第4期,第131页。

② 赵辉著:《心旅第一驿——中国古代社会文化心态之源》,北京:东方出版社2003年版,第3页。

③ 方惠:《新文学评价的历史主义问题》,载《文学评论》1991年第4期,第74页。

　　审美体验在文化层面上的反映,就形成了审美文化心态。审美文化心态作为审美文化的综合表征,包括人们的审美感受、审美观念、审美认知、审美情趣、审美态度、审美能力、审美理想等。审美文化心态作为主体审美体验的直接反映,与主体的需要和愿望相联系。在共同的生活中,人们会有共同的需要和愿望,因而会产生共同的审美文化心态。而不同的主体,由于其在社会生活中的地位不同,其需要和愿望就不尽相同,这就决定了审美文化心态又具有差异性。[①]

　　根据张俊芳等学者的描述,可以发现他们提到的审美文化心态和王朝闻《审美心态》一书中的某些内容是一致的,应该是对同一个概念的描述。王朝闻通过分析普列汉诺夫的《没有地址的信》,论述了作为审美对象的艺术作品与作为审美感受的艺术欣赏之间的关系,认为这体现为一种审美心态。这种判断本身包含社会心理的内容,只是这种审美心态包括两个组成部分:创作主体和接受主体在创造与接受(欣赏)审美客体过程中的审美意识活动,以及双方在创造或解读客体的意蕴、感悟其生命精神、把握其本质特征时所呈现的心理状态。其中的"感悟"可以使审美客体的物态意义升华为较高层次的精神意义,即超感性的感悟,而所谓"把握"则是实现物我对话与交融的过程。由于两个主体审美取向或切入角度不同,便产生了创作型审美心态和接受型审美心态两种不同的审美意识活动。

　　本书认为:审美心态是人们在审美活动中因自然环境、生存境遇等的变化,对审美对象产生不同感受和评价的心意状态。

---

　　①　张俊芳、张慧君、邹玉杰等编著:《社会转型期社会文化心态变迁规律研究》,大连:大连海事大学出版社 2002 年版,第 42 页。

三、研究范围与概念界定

(一)关于贬谪

总体来说,史学界一般认为贬谪即降职,也有人认为,"贬官处罚的独特之处在于除了降职之外,还必须迁任外地官职,京官贬为地方官,地方官则贬至更边远的地区"①。在本书中,贬谪的基本表现形式是降职,但是又不限于降职,除了降职之外,贬谪还表现为官吏职务的性质发生变化(由实职改任闲职)和任官地点的变化(由京官贬授外官或州县官被贬至边远地区任职),在某些情况下,官吏的职位也可能不降反升。

由实职改任闲职主要包括两种情况:一是从有实际职权的机构到闲散机构如东宫等任职,因为唐代的太子东宫机构虽然庞大,但其中的大多数官职属于没有实际职权的闲职,因此,唐代宰相(平章事)、刺史等高级官吏获罪后,往往被贬授为太子宾客、太子左庶子等东宫官;二是由正员官贬为员外官和试官。唐朝职事官包括正员官、员外官,员外官是没有实际职权的冗员,由正员官改任员外官也是贬谪的一种表现。②

另外,唐代除以上贬谪形式外,还有一种形式,就是左降官。这是唐代贬谪中的特殊表现形式,左降官不仅集贬谪的三种形式即降职、贬为闲职和至边远地区任职于一身,而且在唐代还具有流刑性质,史学界一般认为左降官就是因犯罪被贬至边远地区任职的官吏,"所以一般而言,左降官是指被朝廷降职削级并迁任远地的官吏"③。

因贬官与流官在受罚原因、贬谪地点甚至性质上都有很多相似之处,故而文献典籍经常把贬官与流人相提并论。如《唐会要》把"左降官及流人"单独列成一门。《全唐文》卷32玄宗《禁流贬人在路逗留诏》、卷43肃宗《加恩处分流贬官员诏》都直接把针对贬官与流放官员的诏令放在一起,说明贬官与流人在贬谪流放路程规定、恩赦政策等方面有一致的地方。左降主要是

① 丁之方:《唐代的贬官制度》,载《史林》1990年第2期,第9页。
② 彭炳金:《唐代贬官制度研究》,载《人文杂志》2006年第2期,第114~115页。
③ 张艳云:《唐代量移制度考述》,载《中国史研究》2001年第4期,第68页。

指行政级别的降低,一般来说,古代京官被外放实际上就有降级的意味。贬谪也是宋朝政府处置获罪官员的一种重要方式。宋人吕大防曾言:"前代多深于用刑,大者诛戮,小者远窜。惟本朝用法最轻,臣下有罪,止于罢黜,此宽仁之法也。"宋代确实用刑较轻,但是罢黜之余,还有远窜,远窜之地,则以岭南为主。阮元在《广东通志》中编制《谪宦录》,其中就分立谪宦、安置、流徙和编管等目。①

所以在本书中,因五代十国时期南汉刘氏政权据有岭南,难于从传统意义上考察岭南地区的贬谪情况,故将唐、宋两代的贬谪及左降官(包括官宦流人)、安置、流徙(当为配和流窜者)和编管,以及官吏职务的性质变化(由实职改任闲职)、任官地点变化(由京官贬授外官或州县官被贬至边远地区任职)等现象皆作为研究对象,统称为"贬谪"。

(二)关于岭南

"岭南"一词首次出现于《史记·货殖列传》中,"岭南、沙北固往往出盐"。此处"岭南"应非确指,大概泛指五岭以南地区,因为此词还见于《史记·张耳陈余列传》:"北有长城之役,南有五岭之戍。"但"五岭"之说,诸家不一。晋代裴渊的《广州记》载:"大庾、始安、临贺、桂阳、揭阳,斯五岭。"《汉书·张耳陈余传》作"五领",颜师古注引邓德明的《南康记》云:"大庾领一也,桂阳骑田领二也,九贞都庞领三也,临贺萌渚领四也,始安越城领五也。"

宋代周去非《岭外代答·地理·五岭》记载:"自秦世有五岭之说,皆指山名之,考之乃入岭之途五耳,非必山也。自福建之汀,入广东之循梅,一也;自江西之南安,逾大庾、入南雄,二也;自湖南之彬入连,三也;自道入广西之贺,四也;自全入静江,五也。"可见周去非所说的"五岭"实际是指进入岭南的五种途径,杨武泉在此书的校注中谈道,对五岭的解释不妨兼顾到进入途径,但不可"只识途而不识岭",因为"途以岭显,实应兼存"。② 这也同时说明,从地形地貌上看,"五岭"应泛指两广及其疆域以南的山岭交错的地

---

① 林天蔚著:《地方文献研究与分论》,北京:北京图书馆出版社 2006 年版,第 295 页。
② 周去非著、杨武泉校注:《岭外代答校注》,北京:中华书局 1999 年版,第 12 页,注释 5。

带。回顾唐、宋地域划分,岭南"大抵包括广西东部往南至越南中部,广东大部往南至海南省。宋朝以后,越南部分才分离出去"①。

隋文帝开皇(581—600 年)年间,废郡为州,以州统县。唐承隋制,唐太宗时,天下分为十道,道以下设州,至唐玄宗开元二十一年(733 年)又分为十五道,而岭南道皆为其中之一。岭南共设四十五州(府军),分属广州、桂州、容州、邕州、安南(今越南河内)五个都督府(又称"岭南五管")。唐高宗永徽(650—655 年)以后,五府皆隶于广州,长官称为五府(管)经略使,由广州刺史兼任。唐肃宗至德元年(756 年),五府经略使升为岭南节度使。及后来,岭南属州增多,韩愈在《送郑尚书序》中谈及:"岭之南其州七十,其二十二隶岭南节度府,其四十余分四府,府各置帅,然独岭南节度为大府。"②唐懿宗咸通三年(862 年),岭南道分为东、西两道,以广管为岭南东道节度使,治广州;邕管为岭南西道节度使,兼领桂、容、安南三管。

故有唐以来,岭南所涉州府如下:广、韶、循、贺、端、新、康、封、泷、恩、春、高、藤、义、窦、勤、桂、昭、富、梧、蒙、龚、浔、郁林、平琴、宾、澄、象、柳、融、邕、贵、党、横、田、严、山、峦、罗、潘、容、辩、白、牢、钦、禺、滚、汤、岩、古等。③另有安南都督府下辖:武峨、粤、芝、爱、福禄、长、骥、峰、陆、廉、雷、笼、环、崖、儋、琼、振、万安等。④本书考虑到《唐六典·卷三》及李吉甫的《元和志》均将连州列入岭南道,且及宋代,连州亦在广南属地,故为了研究方便,将连州也列入研究范围。

宋太祖开宝四年(971 年)平南汉,后在岭南设广南东路和广南西路。广南东路辖肇庆府以及广、韶、循、潮、连、梅、南雄、英、贺、封、新、康、南恩、惠等十四州,治广州。后英州升英德府,康州升德庆府。广南西路辖桂、容、邕、融、象、昭、梧、藤、龚、浔、柳、贵、宜、宾、横、化、高、雷、钦、白、郁林、廉、琼、平、观等二十五州及昌化、万安、朱崖三军,治桂州。后桂州升静江府,宜州升庆元府,昌化军改南宁军,朱崖军改吉阳军。另宋徽宗大观(1107—

---

① 胡守为著:《岭南古史》,广州:广东人民出版社 1999 年版,第 2 页。
② (唐)韩愈著,马其昶校注:《韩昌黎文集校注》,上海:上海古籍出版社 1986 年版,第 283 页。
③ 参见陈致平著:《中华通史·第 4 册,隋唐五代史前编》,贵阳:贵州教育出版社 2013 年版,第 193 页;金兆丰著:《中国通史》,北京:中国工人出版社 2016 年版,第 177 页。
④ 尤中著:《中国西南边疆变迁史》,昆明:云南大学出版社 2015 年版,第 50~52 页。

1110 年)年间,贺州改属广南西路。今所称岭南,以宋代的广南辖境为据,包括广南东、西路四十三州(府军)。

由于广南是一个行政地理概念,并且只是历史上曾经出现的一个别称而已,不如"岭南"这个文化地理概念那样容易让人接受,所以本书依然使用"岭南"一词。综上所述,本书所论及的岭南地区,按照现实地理范围看,包括今广东省、海南省、广西壮族自治区大部、云南省东南部和越南北部地区。

(三)关于游记和贬谪文学

关于游记,按照严格的文学研究范式,王立群在《中国古代山水游记研究》一书中的研究使游记这种文体与其他文体的界域变得明晰。谭家健认为,"散文是大概念,骈文是小概念。散文可以包括骈文,但古人的散文与骈文是对立的。也有人会问包不包括赋?为了避免概念上的问题,我称之为'文章'。'文章'既包括散文,也包括骈文,甚至包括赋,除诗歌外都可以称作'文章'"①。

按照谭家健的观点,游记文章本身就是一种出行旅游记录,不一定要侧重于游历山水,宴游也未尝不是一种出游形式,文体可以为诗序记、散文记,也可以为碑、赋、铭。片面强调文体的区别,虽然有助于认识这类文章的本质特征,但不利于对作品、作者、描述对象做出全面深刻的认识,容易割裂作者审美的连贯性与一致性。

因为是做美学意义上的研究,所以本书中的贬谪文学不仅包括游记,还包括其他文体的记游文学作品,只要是以游历的再现型描写为基本内容,有具体的游踪记录或较明显的游览意图,包含作者的主观感觉与体验,无论是散文体还是骈文体,抑或是诗、词、碑、赋等文学作品,均为本书研究和关注的对象。

① 谭家健、马世年:《中国古代散文史研究的拓展与深化——谭家健先生学术访谈录》,载《甘肃社会科学》2008 年第 5 期,第 114 页。

四、研究思路、研究方法及研究创新

（一）研究思路

本书的研究对象是唐宋岭南贬谪文学审美心态，首先需要在厘清贬谪文学之定义的基础上，确定唐宋岭南贬谪人数及所涉及的文学作品基本篇目并展开精读。本书在尚永亮《唐五代逐臣与贬谪文学研究》中《唐五代逐臣表(岭南部分)》、左鹏《唐代岭南社会经济与文学地理》的《唐代(618～907)赴岭南人物表》、梁瑞的博士论文《唐代流贬官研究》附录《唐代流放官表》《唐代贬官表》等研究成果的基础上，制成了《唐代岭南地区贬谪情况统计表》，总共统计了 568 人的贬谪情况；在金强《宋代岭南谪宦》一书所附的《宋代岭南谪宦表》的基础上，剔除了谪宦妻子、僧侣等，制成了《宋代岭南地区贬谪情况统计表》，总共统计了 470 人的贬谪情况。确定人数后，在电子版《全唐诗》《全唐文》《全宋诗》《全宋词》以及《全宋文》中检索具体人物的贬谪文学作品，并进行相关研究。

（二）研究方法

首先，使用文献学的研究方法，即文献调查法。研究唐宋贬谪文学，最基本的工作是厘清现存贬谪文学作品的文献状况。在恰当把握贬谪文学概念的内涵与外延的基础上，搜索并整理唐宋贬谪文学的基本篇目，在必要的情况下，还要做一些文字校对工作。

其次，使用心理学和文化学的研究方法，即跨学科研究法。本书的研究对象是唐宋岭南贬谪文学审美心态，因此在研究中借鉴了大量心理学的研究方法与研究成果，同时也参考了文化学的研究方法。

再次，使用分类的方法，即定性分析法。本书从文体、表现对象等方面对研究对象进行分类，力求从不同的侧面深入研究唐宋岭南贬谪文学的创作规律和创作特点。

另外，本书尽量采用我国古典散文的研究方法。谭家健在《中国古代散文史稿》中概括了散文研究的七种方法，即现实主义、浪漫主义和阶级分析方法,写作元素分析法(人物形象元素、写作语言元素、表现形式元素、情节细节意境元素、情感想象乃至心理表现元素),文化人类学方法,叙事学方法,比较文学研究法,文化还原法,宏观研究法。① 这些方法的应用,贯穿于具体的唐宋岭南贬谪文学作品的精读和阐释过程。

(三)研究创新

首先,本书系统地梳理了唐宋岭南贬谪文学的审美文化形态。在现今可以看到的文献中,通过贬谪文学作品研究贬官的审美心态这个专题尚未被系统地研究过,之前的相关研究比较零散或未涉及。本研究在总结、分析前人研究成果的基础上,重点研究唐宋时期岭南地区贬官创作的贬谪文学作品,将同时期、同地域的,不同时期、同地域的,同时期、不同地域的贬谪文学作品进行比较研究,探讨唐宋岭南贬谪文学审美文化形态的异同及变迁,以期多层次、多角度地还原作者的审美心态。

其次,从审美文化形态审视贬谪文学作品的视角比较新颖。20世纪末以来,从散文的内容上划分,出现了关于历史散文、政论散文、哲学散文、传记散文、地理散文及游记散文的分体研究专著,古代文学研究领域开始强调和转向对古代文体的分体研究。这种分体研究过于关注文体,仅围绕作者与作品等的个体特征展开研究,对作者的时代、作品和表达对象的关注却稍显不足。本书从审美文化形态入手,将贬谪文学作品作为本书研究和关注的对象。从审美文化形态的角度阐发贬谪文学作者的审美心态,这在之前的研究中较为鲜见。

最后,本书引入拓扑心理学的分析方法,是一种方法论意义上的新尝试。拓扑心理学认为,人与人的关系本质上是一种社会关系,个体成员不可能完全摆脱社会性秩序和规范的约束,社会关系的形成需以特定空间为依托,个体成员摆脱社会性秩序和规范的程度存在差异。例如,同是罗浮山游记,同是宋代的贬官所作,陈尧佐的《罗浮图赞》和苏轼的《题罗浮》就体现出了较为明显的游历差异,从拓扑心理学的角度来说,就是体现了不同的心理

---

① 谭家健:《中国古代散文史稿》,重庆:重庆出版社2006年版,第36~41页。

场。或许可以说，心理场是主体从个人需要出发来理解环境，它不是物理环境，亦非单纯的心理意向，它是二者的复合和融合，是个体在感知和体验环境后的一种认知，贬谪文学中的游记再现的恰恰是这种认知，通过分析这种认知，我们可了解作者的游历动机。

第一章 唐宋岭南贬谪文学概述

　　流放、贬谪是古代封建王朝的独特现象。从古代流人史发展的历程看，唐宋时期谪宦人数远远超过此前任何一个朝代。岭南因为其独特的地理区位，成为唐宋时期流放谪宦最多的地方。

第一节 唐宋岭南谪宦分布情况

　　唐宋文献中把岭南也称为岭表、岭外，指五岭以南地区，范围包含今广东、海南、广西大部分地区、云南东南部及越南北部地区。根据本书附录《唐代岭南地区贬谪情况统计表》和《宋代岭南地区贬谪情况统计表》的分类统计，唐代在岭南的谪宦为 568 人，宋代在岭南的谪宦为 470 人，其中流人羁管近 400 人次，左降官及安置超过 700 人次，包括皇亲国戚 50 余人（家）、宰相70 余人（次），以及大量的高官名士等。

一、唐代岭南谪宦分布情况

　　由于自然环境和经济文化发展上的差异，唐代在安置犯官、流放罪犯时亦择地有别，从各州谪宦的分布情况来看，有的州人数甚多，有的州人数较少，呈现出地域差异。实到岭南的谪宦 568 人中，有确切州郡地名记录的谪宦达 431 人，史载中没有注明确切贬谪地，只以岭南、岭表、岭外或南荒代称的谪宦达 137 人。现就标有确切贬谪地且到了岭南的谪宦 431 人的地域分布做如下统计。

　　首先，对比岭南各区域内部的谪宦人数：曾贬至岭南道东部地区的谪宦达 218 人，其中左降官有 151 人，流人有 67 人，左降官人数是流人的二倍多；

被贬至桂州、容州附近地区的谪宦达 95 人,其中左降官为 52 人,流人有 43 人,左降官的人数和流人相差不远;被贬至岭南道西部的谪宦达 54 人,其中左降官有 11 人,流人有 43 人,左降官人数不及流人的三分之一;被贬至海南诸州的谪宦达 64 人,其中左降官有 24 人,流人有 40 人,左降官人数比流人少,这一分布特点与当时岭南地区的发展状况有关。

其次,对比岭南道区域间的谪宦人数:曾被贬至岭南道东部的谪宦人数是岭南道西部的四倍,由岭南道东部向岭南道西部谪宦分布呈递减趋势,桂州、容州附近地区是过渡区域。从左降官人数看,曾被贬至岭南道东部的人数是岭南道西部的十倍多,特别要指出的是,流人亦是岭南道东部的比岭南道西部的多。

再次,对比岭南道东部南北各州的谪宦人数:北部的韶州、贺州等地的谪宦人数比南部雷州、高州和海南诸州等地的要多。对比岭南道东部南北各州左降官和流人的人数,则北部多左降官,南部多流人。南方诸道,如岭南道南部诸州谪宦 20 人以上的地区:崖州(37 人)、端州(30 人)、桂州(23 人)、循州(20 人)。谪宦 10 人以上的地区:广州(18 人)、康州(18 人)、雷州(17 人)、韶州(15 人)、贺州(15 人)、潮州(14 人)、昭州(14 人)、柳州(14 人)、爱州(13 人)、骧州(13 人)、儋州(13 人)、封州(12 人)、钦州(12 人)、象州(11 人)、新州(10 人)。剑南道谪宦 10 人以上的地区:嶲州(15 人)、梓州(14 人)、益州(14 人)。谪宦 20 人以上的州,是唐代贬谪情况最集中也最值得重视的地区。

考察谪宦受遣过程及其谪所分布状况。古代王朝处罚流贬犯罪的人,一般要经过弹劾审讯、确定谪所、遣离京城、安置管理等程序。从地域来看,岭南道、黔中道、剑南道是谪宦分布的主要地区,岭南道、江南东西道、山南东西道是谪宦谪所的主要分布区。这种分布状况体现了古代王朝在对官员进行流贬处罚时,遵循"朝官南罚"、法治与人治相结合的惩官特点。朝廷将犯有过错较为严重的官员多贬往岭南道,其主要目的是"以戒庶寮"。有些谪宦一生被贬往岭南多次,有两种情形:一是贬至岭南后被召回中原,复贬至岭南,如李邕,"及中宗即位……以与张柬之善,出为南和令,又贬富州司户","唐隆元年……召拜左台殿中侍御史……又贬崖州舍城丞",开元十三年（725 年），"贬为钦州遵化县尉"①；另一种是从岭南的一处被贬到岭南的另一处，如宇文融，先贬为昭州平乐尉，在岭外数年，又流放岩州。

按照这样计算，唐代岭南谪宦事实上的人数应更多。武则天时期曾有"代武者刘"事件；酷吏来俊臣为了引起武则天的重视，便说有一句谶言在流传，叫作"代武者刘"。武则天迷信地把谶言中的"刘"解释为"流"，即流人，于是派遣酷吏万国俊前往广州审查流人，于长寿二年（693 年）大开杀戒，在岭南"一朝杀三百余人"②。潘远《纪闻》曰："补阙李秦授寓直中书，进封事曰：'陛下自登极，诛斥李氏及诸大臣，其家人亲族流放在外，以臣所料，且数万人……'"③即武则天时期流人数量达数万人，此数字虽暂未能考定为确数，但由此可推定，在武、李政权交替的过程中，李氏宗室及大臣被流放至边疆的人数应当是相当庞大与惊人的，又因岭南是唐代主要的贬地流所，故这批流人中至岭南者应占多数。再如韩愈在《南海神庙碑》中曾言："人士之落南不能归者与流徙之胄百廿八族，用其才良，而廪其无告者。"④尽管这些数字包括岭南谪宦本人及其家属和奴仆，但可以肯定唐代岭南谪宦的实际人数多于上述统计数字。

二、宋代岭南谪宦分布情况

宋代岭南地区所涉广南东路和广南西路所辖行政区划时有变化，对宋代岭南谪宦地域分布的考察，以《宋史·地理志》所载四十三个州（府军）为准，其时兴时废、忽分忽合者，不再单独讨论。虽然这些州都在岭南，但是由于地理环境、气候条件、经济富源和文化发展方面都存在着差异，所以有远恶州军和一般州军之分。从各州军的谪宦分布来看，有的州军人数甚多，有的州军人数寥寥无几，呈现出较为明显的地域差异。

①　（后晋）刘昫等撰，陈焕良、文华点校：《旧唐书·第 4 册》，长沙：岳麓书社 1997 年版，第 3184~3186 页。

②　（北宋）司马光著，徐寒注译：《资治通鉴：全新校勘精注版（全 6 册）》，北京：线装书局 2017 年版，第 1311 页。

③　（北宋）司马光著：《资治通鉴》，长春：吉林人民出版社 1997 年版，第 4537 页。

④　（唐）韩愈著，钱仲联、马茂元校点：《韩愈全集》，上海：上海古籍出版社 1997 年版，第 288 页。

《宋代岭南地区贬谪情况统计表》中有谪宦记录的州军如下：广州（18人次）、韶州（23人次）、循州（17人次）、潮州（17人次）、连州（19人次）、梅州（11人次）、南雄州（18人次）、英州（30人次）、贺州（14人次）、封州（12人次）、新州（25人次）、康州（3人次）、南恩州（7人次）、惠州（19人次）、桂州（2人次）、容州（9人次）、邕州（3人次）、融州（4人次）、象州（10人次）、昭州（13人次）、梧州（7人次）、藤州（4人次）、浔州（7人次）、柳州（17人次）、贵州（4人次）、宜州（3人次）、宾州（8人次）、横州（3人次）、化州（11人次）、高州（9人次）、雷州（22人次）、钦州（5人次）、白州（5人次）、郁林州（2人次）、廉州（3人次）、琼州（31人次）、儋州（6人次）、崖州（6人次）、万安军（12人次）。另外，尚有一些被贬谪到岭南但不知具体地点的，如胡田、薛文仲、范熹等39人，剔除苏轼、秦观、范祖禹等在岭南各州府多次贬谪或安置的情况，以及剔除如蔡京、贾似道、童贯等实际未到贬谪所属地域的，如前文所分析的，宋代的岭南贬谪人数应远多于《宋代岭南地区贬谪情况统计表》所统计的470人。

宋代谪宦在岭南的分布存在着较为明显的地域特色。首先，远恶州军谪宦人数相对要多一些，南宋谢深甫监修的《庆元条法事类》第75卷记载，所谓的远恶州军即"南恩、新、循、梅、高、雷、化、宾、容、琼州、万安、昌化、吉阳军"，南恩州列名最前。南恩州在唐代被称为恩州，宋仁宗庆历八年（1048年），由于河北贝州称恩州，原恩州改称南恩州。南恩州被列为远恶州军之首，盖因其下辖阳春县为当时春州水土最恶地。太平兴国七年（982年）春，卢多逊被贬崖州时，李符对赵普说：

> "珠崖虽远在海中，而水土颇善。春州稍近，瘴气甚毒，至者必死，愿徙多逊处之。"普不答。……徙符岭表，普移符知春州。至郡岁余卒，年五十九。①

---

① （元）脱脱等撰，刘浦江等标点：《宋史》，长春：吉林人民出版社1995年版，第6647页。

又如周密记载：

> 元丰六年王安石居相位，遂改春州为阳春县，隶南恩州。既
> 改为县，自此获罪者遂不至其地，此仁人之用心也。①

所以南恩州在远恶州军中虽然排名第一，但真正被贬谪至该地的人并不太多。

其次，地理位置比较重要的州军容纳谪宦人数相对要少。如宋代两广的广州清海军、邕州建武军、容州宁远军、融州清远军的谪宦人数都不多，并且很少有因为党争而被贬到这些地区的。另外，后来升为府的州，如端州肇庆府、康州德庆府、桂州静江府、宜州庆远府等地的谪宦也很少，平州、观州与少数民族聚居区比邻，军事地位非常重要，几乎没有谪宦。

再次，经济条件落后的州军谪宦相对较多，相反，得到较好开发的地区的谪宦相对较少。宋代的广州辖境囊括了整个珠江三角洲地区，在南宋以后，是广南东路经济文化发展最好的州。以前唐代士人视为畏途的粤东沿海地区如肇庆、潮州、惠州，到了宋代由于其经济文化已经得到了很大的发展，流贬至此的谪宦较之唐代明显减少。而广南西路西接夷洞、南滨大海，其内山高林密、瘴病盛行，尤其琼管四州四面环海，又有黎母山横亘其中，被当时的人们认为是"恶地"，所以广南西路，除了桂州以及桂西民族地区如誉州、观州、平州之外，其余州军都是谪宦较为集中的地方。

第二节 唐宋岭南贬谪文学概况

唐宋文学上承六朝，下启元明，起到了过渡的作用。唐宋贬谪文学创作是古代封建社会文学活动中的一个普遍现象，唐宋贬谪士人大都接受过成熟、系统的文化教育，具有丰厚的文化底蕴。正所谓"学而优则仕"，这些贬谪士人都满腹诗书，知识储备充足，他们寒窗苦读十年就是为了能够踏上仕

---

① 戴建国著：《宋代刑法史研究》，上海：上海人民出版社 2007 年版，第 308 页。

途,改变自己的命运。当被贬谪到偏远的岭南地区、面对陌生的世界时,他们唯有寄托山水,用文字表达自己的心声,正如欧阳修所言:"凡士之蕴其所有而不得施于世者,多喜自放于山巅水涯之外,见虫鱼草木风云鸟兽之状类,往往探其奇怪。内有忧思感愤之郁积,其兴于怨刺,以道羁臣、寡妇之所叹,而写人情之难言……"①这中间涌现的贬谪文学作品蔚为大观。

一、唐宋岭南贬谪文学文体

当古代封建社会的官员被流放他乡时,他们所写的带有游历性质的诗文、书信、札记、题字等都属于贬谪文学,因此,贬谪文学包括诗、词、记、赋、序、铭文、题壁、书信等多种文体,内容多以记游山水为主。

(一)诗、词

自《诗经·葛覃》开始,诗歌中就有关于记游的描述,记游可谓我国历代诗歌主要的表现内容之一。记游诗崛起于晋宋之际,谢灵运为记游诗鼻祖,而记游诗创作的鼎盛时期则在唐宋。唐代是我国诗歌发展的繁荣昌盛期,在这一时期,记游诗也更加成熟、完善。王维、孟浩然、李白、杜甫、韦应物、柳宗元、韩愈、白居易等人都是创作记游山水诗的名家。在唐代记游诗这座高峰面前,宋代诗人们既没有望而却步,也没有亦步亦趋,而是勇于探索,大胆创新,在诗歌的题材、意趣、风格、技巧等方面进行开拓,并有所突破,使宋代的记游诗创作继唐代之后又出现繁荣兴旺的崭新局面,崛起又一座艺术高峰。较之唐代,宋代诗人和诗歌数量上的优势在记游诗领域同样存在。在宋代创作记游诗的诗人中,成就最高、名声最大的应数苏轼、陆游、杨万里,其中苏轼创作了 500 多首记游诗。其他写记游诗较多且有较高成就的诗人有邵雍、程颢、张栻、林逋、潘阆、梅尧臣、苏舜钦、欧阳修、曾巩、王安石、黄庭坚、秦观、张耒、晁补之、曾几、陈与义、范成大、刘子翚、朱熹、道潜、惠洪、姜夔等。

记游词以真山真水的广阔自然天地为主要书写对象,词人可以抒发单

---

① 黄进德著:《欧阳修诗词文选评》,上海:上海古籍出版社 2019 年版,第 120 页。

一的、对山水的欣赏赞叹之情,也可以在以山水自然景物为主要表现对象的基础上抒发自己的各种思想情感。文人词兴起于中唐。在中唐的文人词中,就已经有了记游山水之作,但整个唐代,记游词数量不多,主要描写歌唱渔隐的山水环境和山水之乐,也有一些纯然观照自然美景的作品。由于唐代的词有许多是咏调名,所以唐代记游词主要集中在《渔父》《浪淘沙》《忆江南》《西江月》《南乡子》《临江仙》《渔歌子》《浣溪沙》等调下。宋代是记游词发展与成熟的时期。宋代记游词不仅数量可观,而且在整体上也呈现出较高的艺术水平,不少记游词堪称宋词中的传世佳作。宋代记游词的创作改变了"词为艳科"的局面,丰富了宋词的审美风格,为文人词的发展开辟了道路。记游性质的诗、词是唐宋岭南贬谪文学的主要文体之一。

（二）杂记、散文

严格说来,"记"并不是一种独立的文体,它是一个综合性的称呼。它表现的内容庞杂,明代徐师曾在《文体明辨》中写道:"记者,所以备不忘也。"凡是很难归类的杂品文字,都称为杂记文。现存最早的游记文是东汉马第伯的《封禅仪记》,这是马第伯记录汉光武帝封禅泰山经过的文章。魏晋南北朝时期郦道元的《水经注》和杨衒之的《洛阳伽蓝记》集山水游记之大成,是真正意义上的地理游记文学,但其本质还是作者经过游览活动而写下的记游文学,只不过其行文或写作的目的不在"文学",而在地理。但由于作品本身乃是作者进行了游览考察活动的产物,又是作者审美才情的体现,所以其文学性自不待言。

早在唐宋之前,就已有以杂记形式记录游历生活的先例。到了唐宋时期,这种记游形式有了进一步的发展,其主要原因是古文运动的推动。谭家健认为,记的文体发展实际可分为两个阶段:在韩愈、柳宗元之前,骈文占统治地位,而后散文成为主流。可见记的文体变化主要体现为骈文与散文地位的变化,造成这种变化的关键因素就是"古文运动"。唐宋以来,"古文运动"旗帜鲜明地反对骈文,倡导散体古文,到了韩愈、柳宗元时期,六朝以来骈文的统治局面终于被彻底打破了,经过几代文人的不懈努力,以韩愈、柳宗元、苏轼为代表的唐宋八大家开创了一种自由写景、抒情、言志的散文新形式。唐宋时期,记游文在体裁方面以笔记体、日记体为主,内容多写山水,风格自然随意,亲切可读,逐渐成为作者喜爱的创作体裁之一。时代风尚和个人追求相结合,孕育出唐宋记体文学的美学魅力,这是唐宋记体文学在艺术上的最典型特征。

(三)序、赋

与出游相关的序大致可分为三类。一是诗词之序。作者在游览之余,赋诗词言志,作小序描述游览状况,或对一些相关事实情况做一些交代,这种序往往和诗词连为一体,不可分开,需要展开对读,方能一窥全貌。二是相送友人的赠序。交游是出游活动的一项重要内容,相送友人往往伴随着游览活动,作者常在赠序中描写此类活动。三是宴序,也可称为"宴游记",它往往诗意地展示作者出游生活的一个侧面。这类作品虽有"序"之名,却无"序"之实,只是借用了"序"的名号而已。唐宋时期以序作为体裁描写出游活动的贬谪文学作品有柳宗元的《陪永州崔使君游宴南池序》《愚溪诗序》,范成大的《桂海虞衡志·志岩洞序》《壶天观铭并序》《复水月洞铭并序》,张九龄的《岁除陪王司马登薛公逍遥台序》,沈佺期的《峡山寺赋序》,刘仲湛的《南山十咏序》,元杰的《浈阳果业寺开东岭洞谷铭序》等等。

用赋来表现出游生活,其源头可追溯到屈原的《哀郢》《涉江》诸赋,以及宋玉的《高唐赋》《神女赋》《风赋》三赋。汉代以后,记游赋创作勃兴,作品纷呈。如汉赋中有枚乘的《梁王菟园赋》、桓谭的《仙赋》、班彪的《览海赋》《北征赋》《冀州赋》、班固的《终南山赋》等等。梅新林和俞樟华认为:"魏晋南北朝时期的赋体游记大致可分两类:一类由汉代纪行赋演化而来,虽未突破纪行赋的体例,却在纪行基础上加大了写景、抒情的力度,已是一种非自觉的游记创作。另一类新兴于建安时代,直接受当时游宴之风的推动,专为登临游赏而作,是一种自觉、主动的游记创作。"[1]初唐时期,王绩的《游北山赋》是比较典型的记游赋。中唐时期,李德裕在贬流途中作《畏途赋》,于写景中融入情感,认为仕途之险甚于山川之险。到了宋代,记游赋则以苏轼

---

① 梅新林、俞樟华主编:《中国游记文学史》,上海:学林出版社 2004 版,第 37 页。

的《赤壁赋》为代表,充满了诗情画意,饱含人生哲理。

（四）其他

除了上述文体,铭文、题壁、书信等文体也会涉及记游内容,在唐宋岭南贬谪文学中也很常见。

铭文是一种刻在器物或碑碣等上的文字。刘勰道:"铭者,名也,观器必也正名,审用贵乎盛德。"①这是说,观察器物一定要端正它的名称,考察其用途,重在美好的德行。铭文的原初用途只是记载器物的名称和作用,后来逐步演变成歌颂美好的品德。铭文的作用主要有两种,一是表警诫,二是记功德。初看铭文这种文体,似乎与记游搭不上关系。但考察铭文的分类,按其勒刻处不同,可以分为器物铭、居室铭、山川铭、碑铭等。其中,山川铭是指刻于名山大川或名胜古迹的铭文,这类铭文渐渐失去了表警诫或记功德的作用,内容以赞颂自然景色为主,类似于写景文。而且,山川铭之产生常伴随着士人的游历活动,所以这类铭文就带上了很明显的记游性质。

题写厅壁记在唐代盛极一时。所谓厅壁记,是指题写或者镌刻在官府厅堂上的一种记事文章,其内容多记述官署的创建和沿革,以及职官的建置、职责和政绩等,也往往涉及所在之地的经济、地理和民风民情。前者似乎和记游扯不上多大关系,而后者常常使这类文章有了记游的性质。大略这类文体的属性决定了其必然书写在屋壁上。著名的厅壁记有李白的《兖州任城县令厅壁记》、韩愈的《蓝田县丞厅壁记》、吴武陵的《阳朔县厅壁题名》、沈亚之的《盩厔县丞厅壁记》等。宋代题壁之风与唐代相比,有过之而无不及。较为著名的有苏轼的《题西林壁》:"横看成岭侧成峰,远近高低各不同。不识庐山真面目,只缘身在此山中。"

唐代以前的南朝人多用书信这种文体记游山水。如陶弘景的《答谢中书书》和吴均的《与朱元思书》是公认的山水记游文学佳作。唐宋时期的记游书信不多,比较有名的有王维的《山中与裴迪秀才书》和宋代苏轼的《答秦

---

① （南朝梁）刘勰著,范文澜注:《文心雕龙注（上）》,北京:人民文学出版社 1958 年版,第 193 页。

太虚书》。

本书研究的贬谪文学文体较为多样,所涉作品的作者往往灵活地以序、散文、碑、赋、铭抑或诗词等种种不同的形式去记游,或表达心灵的感受,或表达文化认同,或再现山川风物之美。

二、唐宋岭南贬谪文学类型

本书从抒情、状物的角度将贬谪文学分为表现型、再现型以及宴游文学。表现型的贬谪文学以山水游历、景物描摹作为铺垫,或突出表现作者的内心情感,或阐述深刻哲理,或着力表现人的审美情趣,对山水的描写则是次要的。再现型的贬谪文学以书写真实生动的游历所见、描摹山水为主,而感情、议论的表达则较少且是次要的。宴游文学是一种较为特殊的类型,作品通过再现宴饮与游赏的情景,表达作者的经历或者感受,以及对宴会宾主的感激之情。

(一)表现型

在表现型贬谪文学作品中,作者以山水为背景,依景兴情,借景抒怀,或直接表露,略无隐遁,或运用渲染、烘托、暗示等手法,间接传达出自己的某种内心意绪,如苏轼的《游沙湖》《后赤壁赋》等。这种类型的作品,作者主观的感情渗透于对客观生活的再现之中,主观因素较多并居于主导地位。这类表现型的抒情作品包括记游散文和抒情诗词,如范仲淹的《岳阳楼记》等。这种类型的作品,客观的社会图景反射于对主观感情的表现中间,其宗旨是引出作者强烈的爱憎情感。

表现型的文学作品到了宋代以后更加注重说理与议论,在描述游览景色之后,借景说理,借古喻今,具有思辨特征,如王安石在《游褒禅山记》中,从由深见奇的游览过程中引发出"而世之奇伟、瑰怪,非常之观,常在于险远,而人之所罕至焉,故非有志者不能至也"的一段议论。又如苏轼在《书上元夜游》中评讽"然亦笑韩退之钓鱼无得,更欲远去,不知走海者未必得大鱼也",再如欧阳修在《醉翁亭记》中"人知从太守游而乐,而不知太守之乐其乐也"的自赏。表现型贬谪文学作品较多地表现了作者的心理状态,对于其审美心态的表达较为直接。在这类作品中,我们可以较好地把握审美发生、审美感应和审美心境变换的全过程。

（二）再现型

再现型文学作品传承于郦道元的"模山范水"。在初唐时期的记游诗文中,赋、序依然是主要文体,而且以序为主,基本用骈文写成。如王勃的《秋日游莲池序》和骆宾王的《圣泉诗序》,再现了山川风物之美,兼而抒发议论。后来韩愈、柳宗元等人开启"古文运动",进一步凸显了再现型文学作品对于客观景物的描述,这种文学形式的形成意味着人们对于客观世界的一种理解与阐释趋势的固定。例如,柳宗元在《愚溪诗序》中对于愚溪、愚丘、愚泉、愚沟、愚池、愚堂、愚亭、愚岛等"八愚"的描述:"嘉木异石错置,皆山水之奇者,以余故,咸以愚辱焉","余虽不合于俗,亦颇以文墨自慰,漱涤万物,牢笼百态,而无所避之"。自然景物本无所谓聪与愚,但柳宗元赋予其愚笨之性,愚溪就仿佛柳宗元的自画像,其朴拙的形象已经与柳宗元相互交融在一起了。文章借改溪水之名,通篇紧扣一个"愚"字,连缀成文,蕴含作者深深的郁愤之情,形成独特的艺术境界。

之后在"古文运动"的影响下,尚实的文学创作精神得以推广,特别是柳宗元的"永州八记"作为记游散文范式,得到了诸多认可,后人多效仿之。如柳宗元之后曾巩的《游信州玉山小岩记》、秦观的《龙井题名记》、晁补之的《新城游北山记》、叶梦得的《夜游西湖纪事》、王向的《游石笼记》、张孝祥的《金沙堆观月记》、罗大经的《游桂林岩洞与容州勾漏洞天》、周密的《观潮》、林景熙的《蜃说》、谢翱的《月泉游记》等皆属此类。从这一特定意义上看,宋代以再现游览途中山水之美为主体的记游诗文的大量存在,既说明柳宗元所创立的记游散文范式对后世的巨大影响,又表明相当多的作家对记游散文这一文体的质的规定性有较好的体认与把握。

（三）宴游文学

宴游,顾名思义,指宴饮与游赏结合,以宴伴游,或为游举办宴会。宴游之风在魏晋时期就大为盛行。《梁书·褚翔传》记载,"中大通五年,高祖宴群臣乐游苑",著名的兰亭集会更是留下士人宴游的佳话。唐代最负盛名的宴游是曲江宴。曲江宴是皇帝在曲江宴请新科进士或朝中重臣的重要宴会,在宴前和宴后有游园、登塔、观看表演等一系列活动。曲江宴不仅有众多官员参加,而且还允许普通百姓参加。

除了官方宴游,唐代士人也经常私下集会宴游。私人宴游因宾、主交好,或身份地位差距不大,所以士人更能适意率性,放松身心,其情感也更热烈奔放。许敬宗云"宴游穷至乐,谈笑毕良辰"(《安德山池宴集》),诗句描述了欢乐的宴游场面;杜审言形容宴游如成仙,"宴游成野客,形胜得仙家。往往留仙步,登攀日易斜"(《和韦承庆过义阳公主山池五首》其三);白居易认为宴游"此时不尽醉,但恐负平生"(《六年寒食洛下宴游赠冯李二少尹》)。可见,宴游是唐宋时期士人重要的社交方式及娱乐项目之一。即便是遭遇贬谪,士人们也照样举行宴游活动。有关贬谪岭南的宴游作品如柳宗元的《桂州裴中丞作訾家洲亭记》、王陶的《碧落洞记》等散文,苏轼、黄庭坚也写过关于宴游的词,司马光则开创性地组织了著名的宴游小团体活动——真率会。

真率会的形式较为特别,具体体现在司马光等人所拟的会约中。据邵伯温《邵氏闻见录》记载:

> 元丰五年,文潞公以太尉留守西都,时富韩公以司徒致仕,潞公慕唐白乐天九老会,乃集洛中卿大夫年德高者为耆英会。……诸老须眉皓白,衣冠甚伟,每宴集,都人随观之。……其后司马公与数公又为真率会,有约:酒不过五行,食不过五味,惟菜无限。楚正议违约增饮食之数,罚一会。皆洛阳太平盛事也。①

这是对于当时洛阳真率会的描述,真率会一时传为佳话,并在后来传到岭南地区。在宋高宗时期,先后有四位名臣被贬岭南,并在当地举办真率

---

① (宋)邵伯温著,康震校注:《邵氏闻见录》,西安:三秦出版社2004年版,第125~126页。

会:折彦质昌化军真率会、胡寅新州真率会、朱翌韶州真率会和李光昌化军真率会。胡寅在《赠朱推》一诗中说:"新州州土烝岚瘴,从来只是居流放。于今多住四方人,况复为宫气条畅。山肴野蔌应时须,真率相期久已渝。"①

① (宋)胡寅著,尹文汉校点:《斐然集 崇正辩》,长沙:岳麓书社 2009 年版,第 47 页。

第二章　贬谪文学审美心态成因

人的心理结构在深层次上(即集体无意识)是普遍一致的,但由于环境和遗传因素影响,人与人之间存在个性差异,个性差异的显著特征综合起来就构成了人不同的心态。本章结合德裔美国心理学家库尔特·勒温的心理场理论,探讨贬谪文学审美心态形成的机理,并列举四种基本的审美动机。

第一节　贬谪文学审美心态的表现形式

审美心态在本质上具有超越性、愉悦性和普遍性的特点。审美是文化心态的外部表征,是审美创作或审美接受主体内在心理结构的外化表现。按照卡尔·荣格的心理类型理论,人的心理类型主要分为内倾和外倾两种,在实际生活中总是某一种倾向占据主导。在贬谪文学的审美活动中,主要存在两种表现形式:悲怆和释然。

一、悲怆

被贬谪的士人自先秦就有,而作有具体贬谪文学作品的自然非屈原莫属。但还有一些遭遇贬谪的人,虽然不知其姓名,但是他们有作品留存,如《国风·邶风·柏舟》:

> 泛彼柏舟,亦泛其流。耿耿不寐,如有隐忧。微我无酒,以敖以游。
>
> ……
>
> 日居月诸,胡迭而微?心之忧矣,如匪浣衣。静言思之,不

·34·

能奋飞。

在这首诗中，作者不仅描述了泛舟出游活动，更直接表达了出游的原因——有"隐忧"。这是一篇直抒胸臆、风格质朴的作品，作者以"隐忧"为诗眼和主线，逐层深入地抒写爱国忧己之情和无法施展抱负的忧愤，与之后屈原《远游》表达的情绪极为相似，二者都是为了排解忧愁而出游：

　　　悲时俗之迫厄兮，愿轻举而远游。质菲薄而无因兮，焉托乘而上浮？
　　　遭沉浊而污秽兮，独郁结其谁语？夜耿耿而不寐兮，魂茕茕而至曙。

作者都因为伤感国事而产生郁结的情绪，出现了"不寐"的焦虑和无处诉说的苦楚，于是产生出游的愿望，试图通过远游来摆脱尘世的忧虑与烦恼，纾解心中的块垒。汉代贾谊的《吊屈原赋》将这种情感表现得更为明显。当时贾谊被贬至长沙，途经湘水时他触景生情，凭吊屈原以自伤，感慨"阘茸尊显兮，谗谀得志；贤圣逆曳兮，方正倒植"的世道，渴望"凤漂漂其高逝兮，固自引而远去"的隐逸，企图以通达的评述来求得精神上的解脱。但透过这些豁达的词语，我们还是可以感觉到在贾谊旷达的精神世界中，其实还隐忍着深沉的悲哀。

除了悲哀之情，古代遇贬的士人在理想受挫后内心很容易产生一种愤激的情绪。忠而被贬，贤而遭迁，"信非吾罪而弃逐兮，何日夜而忘之"（《哀郢》）。历史、现实与人事，纠结攀缘着难以化解的艰苦、不幸与灾难，令人不平则鸣，阮籍"徘徊将何见，忧思独伤心"（《咏怀》），由不得已而后言之，其歌也有思，其哭也有怀。江淹在《恨赋》中写道："或有孤臣危涕，孽子坠心。迁客海上，流戍陇阴。此人但闻悲风汩起，血下沾衿。亦复含酸茹叹，销落湮沉。"

除了降职、贬逐于荒远之地外，不少人还经历过囹圄之祸，对惨遭贬谪的身世耿耿于怀，因为有不得明言之痛，故用比兴、寄托、象征等艺术手法来含沙射影地抨击封建统治者,寓孤愤于其中。"夺他人之酒杯,浇自己之垒块;诉心中之不平,感数奇于千载。"①悲愤是贬谪文学审美心态的常见表征,当面临贬谪时,士人对于人生意义的探求会遭受挫折,进而产生自卑感,即心理学上所谓的"生存挫折":

> 这种挫折根源于人在生活中所感到的"生存空虚",而且它主要表现为一种厌倦状态。这是一种空虚感,一种失却自身的滋味,一种觉得万事无聊的心绪。这种厌倦和空虚的情绪状态本身并不是一种精神疾病。它是一种精神上的"不安",人人都可能产生。人们只有在发现自己生存的意义后才能消除这种状态。②

遇贬的士人受到"生存空虚"的困扰,他们"修齐治平"的人生目标和"致君尧舜"的政治理想都因贬谪而变得遥不可期。其许国忘身的参政志向和参政实践使得他们在内心深处始终充满了历史使命感,但随着既有生活轨迹被打乱,他们的使命感和价值理想都变得模糊起来。他们在出仕时,感到的是宦海的险恶和不适意,但真正被贬了又会为不能出人头地而郁郁。这是两千年来古代士人普遍面临的尴尬处境,由此他们普遍产生了焦虑与自卑。

遇贬的士人在理想受挫后内心很容易产生一种愤激的情绪,其心态经历了从希望到期望终归于绝望的过程,自卑感越发严重。在奥地利心理学家阿尔弗雷德·阿德勒看来,每个人都有不同程度的自卑感,而且自卑感本身并不变态,个体可将自卑感转变为奋发上进的内在动力,在追求优越的过程中获得补偿。"没有人甘愿长期忍受这种自卑感,他必然会让自己进入一种结束自卑的紧张状态中"③,而游历就是对这种紧张感的克服。特别是对

---

① (明)李贽著:《焚书·续焚书》,长沙:岳麓书社1990年版,第97页。
② 林方主编:《人的潜能和价值——人本主义心理学译文集》,北京:华夏出版社1987年版,第401~402页。
③ (奥)阿德勒著,李章勇译:《自卑与超越》,北京:中国华侨出版社2015年版,第33页。

于经历了人生大起大落的谪宦群体来说,出游的行为代表着暂时走出官场斗争失败的阴影,缓解贬谪旅途中艰辛的紧张情绪,走出拘禁的贬所也代表着进行社会交往、融入当地社会的意愿,是超越了马斯洛所说的生理与安全需要,进入更高层次需要的表征。"他一般渴望同人们有一种充满深情的关系,渴望在他的团体和家庭中有一个位置,他将为达到这个目标而作出努力。……此时,他强烈地感到孤独、感到在遭受抛弃、遭受拒绝、举目无亲、浪迹人间的痛苦。"①部分士人如秦观一样,过于沉迷于往日的美好:"前欢记、浑似梦里扬州"(《风流子·东风吹碧草》),"忆昔西池会。鹓鹭同飞盖。携手处,今谁在"(《千秋岁·水边沙外》)。放不下过去,自然就很难以乐观的心态开始一段新的生活,悲苦愁闷的情绪就很难挥去。李峤、苏为、柳宗元、李德裕等人就是在贬谪地郁郁而终的。

自卑感虽然使人感到无奈和痛苦,但对于谪宦却具有积极的推动作用。阿德勒认为,"不足的感觉实际上是一项有正面意义的痛",换句话说,就是"在自卑感没有消除和满足之前,它会一直持续下去,而个体不可能长期忍受这种不足之感,于是刺激他们去采取行动"。② 阿德勒认为,这种由自卑状态向优越方向的努力是人的正常的心理趋向,是人朝向目标迈进的动力因素,也就是说自卑感是个体完成目标的动力。那么对于遇贬的士人来说,他们生来就是为了创作贬谪文学吗? 还是说他们天生就具备创作贬谪文学的能力? 其实,他们只是因外在世界或者是自身而产生了自卑感才开始创作的。长期郁积于胸的自卑感,"会变成精神生活中长久潜伏的暗流"③,对创作主体的心灵造成极大的伤害。他们试图找寻一种宣泄的媒介或途径,由此形成了一种强大的内驱力,产生强烈的创作欲望,不吐则不快。自卑感使他们产生创作的欲望,原因何在呢? 首先,自卑感促使作者产生幻想和想象。其次,自卑感可使作者产生独特的审美体验。最后,自卑感使作者更易产生思考。那些有贬谪文学作品留存于世的作者往往又是伟大的哲学家,

---

① (美)A. H. 马斯洛著,许金声、程朝翔译:《动机与人格》,北京:华夏出版社1987年版,第49~50页。

② (奥)阿德勒著,李章勇译:《自卑与超越》,北京:中国华侨出版社2015年版,第33页。

③ (奥)阿德勒著,李章勇译:《自卑与超越》,北京:中国华侨出版社2015年版,第34页。

他们在经历了生活的苦痛之后,对于如何生存和生存的价值何在等问题思考得更加透彻,在克服自卑感的道路上,获得了深刻的人生体悟。

屈原的"发愤以抒情"和司马迁的"发愤著书说"异曲同工,都指出作者的创作意图之一是发泄内心积聚的忧愁和不平,体现了现实主义的批判精神。在唐代,韩愈进一步提出了"不平则鸣说",这是他总结前人经验,总结自己十数年仕途坎坷经历并结合现实感悟出的理论。他强调外部环境对作者的影响,认为当人的理想抱负得不到实现、对现实不满时就会在创作中鸣自己内心的不平。北宋文人欧阳修进一步发展了韩愈的理论,提出了"穷而后工",这里的"穷"不局限于物质贫穷,还包括因坎坷的生活遭遇而产生的人生痛苦体验和焦虑等。他认为作者只有经历现实生活中的各种艰难困苦和磨砺,才能写出优美动人的诗文。

二、释然

当观察敏锐、思想深邃的作者的创伤体验积累到一定程度时,他们就需要用文学创作来缓解和宣泄内心郁积的不满和焦虑。创伤体验与艺术创作之间的关系理论,可以说是一脉相承、层层推进的。尽管不同时代的人对此的具体表述不尽相同,但他们都表达了忧患、苦难、挫折中的情感对创作的作用和影响。总之,强烈的自卑感时时刻刻困扰着他们,驱使其产生表达的意愿,将写作作为承载他们心理苦痛的最佳媒介。他们借助语言文字符号,塑造艺术形象来探索人生的真谛,最终超越自卑感,完成自我实现。

面对这种"生存挫折",古代士人走出宫廷,与山水融合,与百姓融合,与本我融合,促成了对人生的感悟,有了人性的还原与复苏,贬谪文学正是这种人性复苏与还原的表现。虽然遇贬的士人仍有壮志难酬、抑郁难伸等愤懑情绪,但通过游历活动及文学创作,他们可以寄情山水,填补内心空虚,抚平愤懑心绪,让自己处于出世和入世之间。

现代心理学认为,当一个人有不良情绪时,不能把注意力集中在让自己不快的事情上,否则就会越陷越深,而应该走出去,敞开心扉,多与他人接触,多参加各类活动,有效分散注意力。苏轼在贬谪期间,常游览名山胜水,留名题诗,作文记行,在对名山胜水的审美观照中开阔心胸,舒缓情志,忘却烦恼。他还会因为游赏中的某个机缘而豁然开朗,有所感悟。例如,他在游蕲水清泉寺时,看到溪水西流,便唱出了"谁道人生无再少,门前流水尚能西,休将白发唱黄鸡"(《浣溪沙》)的豪迈之歌。在岭南,他还制作佳酿,称"近得一桂香酒法,酿成不减王晋卿家碧香,亦谪居一喜事也"(《与钱济明》其五),享受美食,食蚝后"每戒过子慎勿说,恐北方君子闻之,争欲为东坡所为,求谪海南,分我此美也"(《食蚝》)。他还种树、作墨,生活充实,所以很少有时间去品味痛苦。黄庭坚在贬谪期间,不仅与旧友及兄黄大临、弟黄叔达有唱和,得到他们物质上的帮助和精神上的鼓励,还与贬谪地的官员建立了很好的交情。如黔州的曹伯达、张诜等人,不仅与黄庭坚有书信来往,还经常去看望他,送去食物及生活用品等,一方面给予了物质上的支持,另一方面给了黄庭坚很大的精神慰藉,使他苦痛的贬谪生活多了些许温情,其词也见平和、洒脱之气。

遇贬的士人通过出游、宴游等手段尝试着融入当地社会,取得归属感,感知自身价值的存在,并通过再现的手法以贬谪文学作品的形式完成对自身困境的超越,将作品作为一种载体,通过这个载体与他人分享感受,寻求共识,渴望证明或实现自身的生命意义。

贬谪士人出游是为了实现个人对美的需要,但这远远不够,他们还要写出来,只有写出来,才能最大限度地解决内心的苦痛。在这个过程中,他们实现了从一个"出游者"到"作者"的转换,而这种转换的前提是作为文人雅士的"出游者"对"出游资源"的审美观赏。审美观赏是文学作品创作过程中的一种对现实生活充满审美情感的独创性审美认识。在审美观赏过程中,"出游者"所获得的知觉形象,经由"作者"用语言文字符号表现出来,成为视觉和听觉表象。

这种审美观赏是在审美知觉、审美统觉的感性基础上形成的一种明确的心理过程:他们的出游观赏之所以是审美的,就是因为他们带着具象的眼光,把生活中的人、物、事、情等表现为审美表象。审美观赏作为一种审美认识和一种精神活动,是创作主体的心灵对生活的真实把握,对客体的审美观照,具有美学和心理学的特定意义。审美观赏与一般的观赏不同,是主观性与客观性的统一,也是感性和理性的统一。"它不仅要求准确地把握客体的特征,而且要伴随着一种情绪上的激动和审美上的评价,渗透着创作主体的主观色彩。一方面,客体向创作主体发射信息,把现实图像印入创作主体的心里;另一方面,创作主体又把主观因素外射到对象上面,甚至于把自身溶于客体之中,达到物我交流、物我同一的境界。"①

第二节　审美心态形成的心理环境

拓扑心理学派的创始人库尔特·勒温认为,个体行为是个体与环境的函数,即 $B = f(P,E)$ 的公式,个体行为(B)是随人(P)和环境(E)的变化而变化的。这个环境不是纯客观的环境,也不是库尔特·考夫卡所说的行为环境,考夫卡的行为环境实际上指意识中的环境。勒温所说的环境叫作心理环境,指仅仅对行为有影响的环境,他也称之为准事实。准事实被区分为三种:准物理的事实(实际影响人的自然环境)、准社会的事实(实际影响人的社会环境)和准概念的事实(影响行为但与现实有差距的思想概念)。

一、准物理的事实

准物理的事实,指的是促使行为人之行为发生变更的具体环境。勒温举例说:"比如一个儿童知道他的母亲在家或不在家,他在花园中的游戏的行为便可随之而不同,可是我们不能假定这个母亲是否在家的事实存在于儿童的意识之内。"②这是行为主体意识到的一种心理环境,其宽松程度与母亲在家与否直接关联,且前提条件是确知母亲在家与否的事实。这就说明,同一个客观环境对不同人来说或许意义完全不同,反之,不同的客观环境对同一人来说,价值亦非等量齐观。

自然环境对作者的影响,在法国美学家伊波利特·丹纳的三要素(种族、环境、时代)理论中已经表述得很清楚了,其"环境"要素即指自然环境。他在论述古希腊三大戏剧家时,认为希腊联军大败波斯人的社会环境促使

---

① 杨立元、杨扬著:《创作动机新论》,北京:现代出版社 2014 年版,第 222 页。
② 叶浩生主编:《心理学通史》,北京:北京师范大学出版社 2006 年版,第 269 页。

埃斯库罗斯、索福克勒斯、欧里庇得斯的戏剧创作成就达到高峰。后来，马其顿王国崛起并南下扩张的社会现实，使希腊悲剧随之消亡。古希腊气候温和，没有大型山脉，山明水秀，这种自然环境使希腊的艺术家大多感情细腻、目的单纯、热爱生活。

本书所要研究的文学作品均为士人被贬谪至岭南地区时所作，士人在岭南居住的场所、游历的地域有相近的气候和风俗。如果他们对同一景观有不同的出游观感，盖因其心理环境对准物理事实造成了影响，而这种心理环境的内因应该能够直指贬谪心态。

二、准社会的事实

准社会的事实，指的是环境由于行为性质的不同而生发出不同的社会意义。当然，这是就具体的行为人而言的。人与人的关系本质上是一种社会关系，因为个体成员不可能完全摆脱各种社会性的秩序和规范对自身的约束，同时，社会关系的构成也需以特定空间为依托，所以，这里的"摆脱"与否或程度高低也有相异的界定方式。一是环境固有的社会意义依行为的不同而发生强弱变化，二是同一行为由于环境的不同而出现行为意义的变化。例如在官吏府宅这个特定场所，行政会晤和宴游两种行为具有不同的社会意义，而参与宴游可以反映谪宦在相同环境下行为的差异，以及特殊行为与意识的表现。同是罗浮山游记，同是遇贬所作，陈尧佐的《罗浮图赞》和苏轼的《题罗浮》就表现出了明显的游历差异。陈尧佐游历后有的是"惜其委之海隅，卓尔天外……白云未封，清名空耀"的自怜与孤傲，而苏轼则是在访道宴饮酒醉后，宿于宝积寺却夙夜难眠，先听到"夜大风，山烧壮甚，有声"，后又觉得"山不甚高，而夜见日，此可异也"（《记刘梦得有诗记罗浮山》），可见其心里略有不安，并非如其诗文中表现的那般洒脱。三是空间与时间的变化使行为人的行为意义发生变化，例如同是在儋州，内迁诰命下达前后，苏轼对儋州生活的认知完全变化，从之前"天人巧相胜，不独数子工"（《次前韵寄子由》）的怨怼，变成了"九死南荒吾不恨，兹游奇绝冠平生"（《六月二十日夜渡海》）的洒脱。然而离开儋州一路北上，他的心情从期望变成了失望，最后近乎绝望地写道"便具所苦疾状力辞之，与迨、过闭户治田养性而已"

(《与子由弟十首》其八),可见其行为具有完全不同的意义。综上,所谓准社会的事实归根到底还是基于行为人自身对环境赋予的意义。

三、准概念的事实

准概念的事实,指的是行为人对具体行为所包含的意义具有弹性的理解,造成这一情形的环境因素被称为准概念环境,这种环境同时具有物理和人文的双重属性。这一环境在文化重整时期尤其容易出现,新的文化尚未建立,旧的文化尚未消亡,社会对行为人的特定行为缺乏统一理解,所以行为人在重复该特定行为时往往有所顾虑,直到行为重复的次数积累到一定量时,它才会为社会秩序所关注,为社会规范所界定。例如诸多士人在贬谪生活后期纷纷放下了儒家的道统思想与入世精神,转而参禅访道,当时的政治、道德、社会舆论对此尚未有一致的看法。尽管这些士人并无来自外界的精神压力,但参禅访道毕竟与主流的文化传统相悖,故他们的行为只能是私密的或半公开的,且在他们熟知的环境中进行。他们为了合理化自己的行为,提出了"统合儒释"的观点。社会关系的不断调整,使物理空间(环境)被注入了不同行为人的不同理解,环境便具有了明确的社会性特征,继而使行为人的理解产生差异。如"永州八记"中,某些描述体现了作者柳宗元的潇洒与旷达:

> 苍然暮色,自远而至,至无所见,而犹不欲归。心凝形释,与万化冥合,然后知吾向之未始游。
>
> (《始得西山宴游记》)

> 孰使予乐居夷而忘故土者,非兹潭也欤?
>
> (《钴鉧潭记》)

> 古之人其有乐乎此耶?后之来者有能追予之践履耶?
>
> (《石涧记》)

　　此处的"苍然暮色"云云,依稀可见悲凉之气,而从"犹不欲归"可以看出,其时其地的柳宗元还是相当快乐和惬意的。由于他能投身到大自然中去,因而暂时摆脱了现实带给他的烦恼和苦闷。可是另一方面,这种烦恼和苦闷对柳宗元来说又是无法彻底摆脱的,因为就在创作上述作品的同时期,柳宗元给长安亲朋的信中又这样写道:"时到幽树好石,暂得一笑,已复不乐。"(《与李翰林建书》)可见他游山玩水,只不过暂得一乐,亦所谓苦恼人之笑是也。所谓与天地造化合而为一、忘掉人间一切,这些都应看作是聊作旷达之言,但柳宗元写《始得西山宴游记》,第一句话便是"自余为僇人,居是州,恒惴栗"。"恒惴栗",就是经常怀着不安和恐惧,这种心情对柳宗元来说,倒是真实的。在《对贺者》中,从长安来的人见柳宗元被贬后依然心情坦然,就说"视子之貌浩浩然也",柳宗元回答说:"嘻笑之怒,甚乎裂眦,长歌之哀,过乎恸哭,庸讵知吾之浩浩非戚戚之尤者乎?"由此可见,"永州八记"中那些聊作旷达之言,也是"戚戚之尤"的表现,蕴含着柳宗元的无限心酸和难言苦衷。这就是准概念的事实的特点。关于这部分内容,本书将在第五章重点考察柳宗元、苏轼在不同时空下贬谪文学审美心态的表征时详述。

　　勒温认为,人本身就是一个"场",这个"场"是"包有这个人和他的心理环境的生活空间"。实际上,这包含三层意思:其一,与个人相关的一切事实构成的"需要场";其二,与"需要场"相吻合、相契合的外在"环境场";其三,"需要场"与"环境场"共同构成的为主体确认并生成行为的"关系场"。"场"本质上是从个人需要角度来理解的环境,而非单纯的地理环境,亦非单纯的心理意向,可以说是二者的复合和融合,是由行为人感知和体验后形成的一种认知,贬谪文学再现的恰恰是这种认知。"场"也是审美心态形成的机理。柳宗元认为将人的心理活动与自然山水景观联系起来,能在人的心理感受过程中产生"相交赞"的美感效应,"相交赞"就是"场"的朴素表达。

　　柳宗元说:"地虽胜,得人焉而居之,则山若增而高,水若辟而广,堂不待饰而已奂矣。"(《潭州东池戴氏堂记》)这个地方虽然好,但需要人居住在这里才更适合。如此一来,山好像增加了土石而更高了,水也好像经过开辟而更宽了,堂居不用修饰就已经宽敞明亮了。在人的眼中,静态的自然山水成了动态的自然山水,无生命的存在物成了有生命的"人化"物,这种人类意识中的现象,柳宗元称其为"人赞物"。反过来说,人在这种优美的自然山水环境中,"以泉池为宅居,以云物为朋徒,撼幽发粹,日与之娱"(《潭州东池戴氏堂记》),则人的品德也会日益提高,文笔也会日益遒峻,对世界万物规律(道)的认识和掌握,也会日益深入,即"行宜益高,文宜益峻,道宜益懋"(《潭州东池戴氏堂记》)。柳宗元的"相交赞"表达了真、善、美互相依存、和谐统一的深刻内涵,阐述了朴素的审美心态形成的机理。

第三节　贬谪文学审美动机

"'需要'指的是一种'由天性或社会生活而产生'的要求;动机乃是从某一行为到行动起由/原因的关联,正是这些起由/原因能够解释这一行为或说明这一行为为什么会发生……"①

"动机是在需要的基础上产生的,一种需要演化为哪种动机受到环境因素的影响。无论是物质的需要还是精神的需要,只要它以意向、愿望或理想的方式指向一定的对象,并激起人的希望时就可构成行为的动机。动机虽以需要为基础,但只有需要,并不一定产生动机。动机的产生至少应该具备两个条件,一是需要,二是具有满足需要的对象。当需要处于萌芽状态,客观上缺乏满足需要的对象时,需要只表现为一种意愿或意向。只有当需要被强化到一定的程度,在客观上又有满足的对象时,需要才能转化为动机。"②据此,本书将贬谪文学创作者的审美动机划分为解脱型、社交型、探索型和遁世型。

一、解脱型

根据亨利·列斐伏尔等学者的日常批判理论,处在社会任何阶层的人们,意图摆脱日常生活的轨道而选择离开原来居住的环境,这样的渴求有逐渐普遍化的倾向。对于创作贬谪文学的士人而言,即使无法彻底解决日常

---

① (法)罗伯特·朗卡尔著,蔡若明译:《旅游及旅行社会学》,北京:旅游教育出版社1989年版,第24页。

② 尹德涛等著:《旅游社会学研究》,天津:南开大学出版社2006年版,第22页。

生活的种种现实问题,至少心里的紧张焦虑会因出行而暂时消失。出行能为他们提供一个机会,让他们从现实的责任义务和困苦中解脱出来,尽情享受远行带来的独特刺激和新鲜感。遇贬的士人在官邸与其他人交往,甚至被他人监视,日复一日重复着单调乏味的生活,背负着各种各样的压力,还要应对许多难以处理的问题,包括难以适应的气候与环境。出行因具有暂时性的时空转换特点,给予士人自我疗伤的机会,可以使士人在面对生命的重大难题时,远离当下的困境,降低痛楚,重获新生。

"旅游动机是推动人进行旅游活动的内在原动力,是引发和维持一个人进行旅游活动,以满足其旅游需要的一种心理倾向。"①也就是说,旅游动机作为旅游行为前的一种准备,其形成取决于人的内在需要和对外部诱因的满足。贬谪文学作品往往向两个方向发展:或表现作者内心的痛苦,或歌咏自然山水。作者写作的目的在于排遣苦闷,获取内在的心理平衡。可是,当作者的悲情太重,执着意识过强时,便不仅不能排解愁思,而且还会越陷越深。作者将这种愁思映射到自然山水之中,使山水染上浓郁的人的主观色彩。当一个人遭遇重大挫折,身处的环境存在巨大落差时,首先他是有自卑感的,被孤立的境遇让他的身心都受到巨大的打击,恐惧感随之而来,遇贬的士人也是如此。但他们毕竟属于古代的知识阶层,当时的社会环境要求他们直接面对这种挫折,于是他们产生出游的动机。这种动机分为两种:一种是主动的,一种则是被动的。

自古以来人们最朴素的愿望之一便是安居乐业,对于遇贬的士人来说,"安居"尚难以实现,而一纸迁令又将"乐业"的憧憬击碎。最痛苦的不是对现状的不适应,而是对未来归去无望的惶然无助。值得特别关注的是,他们将这种心态的差异体现在贬谪文学当中。以沈佺期、宋之问、杜审言为代表的被流放罪臣,以韩愈、柳宗元、刘禹锡为代表的遭贬骚客,以李商隐为代表的羁旅幕僚,他们在字里行间表达着因仕途坎坷、归期不定、前程渺茫而生发的无尽愁思。在岭南的谪宦虽然都流露出消极的情感倾向,但其消极情感有着程度上的区分,这种差别无疑和他们进入岭南时的身份有关。沈、

---

① 薛群慧主编:《现代旅游心理学》,北京:科学出版社2011年版,第76页。

宋、杜所受的是流刑,流刑是与笞、杖、徒、死并列的唐代五刑之一,其免除死罪、减轻刑罚的代价是"除籍为民",因而他们在流所不仅没有官俸维持基本生活,还要受到严格监管。韩、柳、刘接受的则是行政处罚,尚保有官员身份,可享受相应待遇,还有可能直接参加吏部铨叙。李商隐入岭南任地方幕僚,属于宦游的一种形式,与流放的性质有所不同。所以在岭南贬谪文学中,沈、宋、杜更多地表达了对生存的惊惶,而韩、柳、刘、李则主要表达了对仕途无定的黯然。

窘迫的生活客观上使谪宦在体验到人生世态炎凉的同时,也有机会游览偏远地区人迹罕至的自然风光,发现前人未见的绮丽景色。贬谪往往是任闲职、虚职,这样他们就有闲暇去大自然中抚慰仕途的伤痛,在大自然的怀抱里平息内心的寂寞,在寻访山水中找到人生乐趣。韩愈、刘禹锡、白居易、苏轼等人都是如此。如韩愈谪连州阳山闲游时感慨"吾州之山水名天下"(《燕喜亭记》)。他们的山水文学作品也多是贬谪时所作。苏轼一生的后二十多年,基本上是在流贬中度过的。他在《自题金山画像》一诗中,曾说自己"心似已灰之木,身如不系之舟。问汝平生功业,黄州惠州儋州",这是苏轼的自嘲,也是对他一生不无痛苦的总结。对于贬谪带给人的心理痛苦和生活困顿,苏轼深有体验。他在贬谪黄州后所作的《寒食雨二首》其二中写道:

> 春江欲入户,雨势来不已。小屋如渔舟,濛濛水云里。空庖煮寒菜,破灶烧湿苇。

从中可见其生活之艰苦,也可见其精神之压抑,又如《送沈逵赴广南》一诗:

> 我谪黄冈四五年,孤舟出没烟波里。
> 故人不复通问讯,疾病饥寒疑死矣。

但是,无论怎样流贬,苏轼都尽可能地以一种旷达的、随遇而安的心态

来对待,他以游览山水化解内心苦痛,在《东坡》一诗中写道:

> 雨洗东坡月色清,市人行尽野人行。
> 莫嫌荦确坡头路,自爱铿然曳杖声。

此诗意象迭出,深含着苏轼独立危行的人生意念。如果把它当作一首象征诗来读,可以看到,在经过"乌台诗案"和流贬风雨的洗礼后,一个不向生活屈服的"野人",夜晚独自行进在坎坷的路上,竹杖挂地,发出铿锵之声。"试问岭南应不好,却道,此心安处是吾乡。"(《定风波》)这里表现的,似乎正是苏轼一以贯之的"一蓑烟雨任平生"的淡定态度和执着情怀。

二、社交型

按照马斯洛的观点,社会交往对于人来说如同衣食住行,不可或缺,是人基本的需要之一。环境的变换往往意味着人要被迫从之前构建的交际网络中剥离,去适应新的社交氛围。岭南地处热带和亚热带,与处于温带的中原地区有显著的气候差异。据《广东通志》记载,"岭南诸州通号瘴乡","四时常花,三冬不雪,一岁之间暑热过半……一日之内气候屡变"。《嘉靖广东通志初稿》卷18《气候》中提到岭南"晨夕雾昏,春夏雨淫"。对于被贬至岭南的士人而言,岭南的环境、气候与人文与他们之前生活的地方截然不同。一方面,带着对故土亲朋根深蒂固的情感惯性,他们难以对新群体产生归属感,容易感到孤独,另一方面,他们在陌生环境中感受着文化冲击和隔阂,很难融入新秩序,常常以"客""囚"一类的意象表达对自我身份定位的迷茫。

"客泪数行先自落,鹧鸪休傍耳边啼"(《晚次宣溪辱韶州张端公使君惠书叙别酬以绝句二章》其一),"羁旅感和鸣,囚拘念轻矫"(《同冠峡》),"寒暄一夜隔,客鬓两年催"(《岭外守岁》),"为客正当无雁处,故园谁道有书来"(《南海旅次》),"今动作悖谬,以为僇于世,身编夷人,名列囚籍"(《与吕道州温论非国语书》)。从作者在诗文中频繁使用"客""囚"等语词,就可以发现他们对自身"外来人"的身份十分敏感,并且对岭南文化感到陌生和不认同。"被贬出京城的逐臣,从某种意义上来说,就已成为了被整个社会群体和过去属于他们的文化圈子抛弃了的'罪人',独自阻隔和囚拘在远离了这群体和圈子之外的偏僻处忍受孤独与苦难;在社会文化圈看来,他们已失去了用处,也撤去了他们原有的位置。"①于是到了贬谪地,谪宦们要重构自己的交往圈子,并且尝试理解、认同当地的政风民情,融入当地社会,所以社交应酬、宴饮唱和便成为他们的出游动机之一。

被贬后有了闲暇时间,士人间常相互邀游,比较典型的如张说,他因忤旨被配流钦州,到了开元元年(713年),张说被贬为相州刺史、河北道按察使,两年后又贬为岳州刺史。数次贬谪经历,丰富了他的生命体验,也在一定程度上沉潜了他浓郁的悲感。所以,张说贬居岳州后,将目光更多地投向外在自然,创作了大量山水诗。张说及其子张均,与贬官赵冬曦、岳州从事尹懋,于开元五年(717年)前后在岳州游览并作唱和游览诗歌。赵冬曦写下七言诗《灉湖作》,其序云:

> 巴丘南灉湖者,盖沅湘澧汨之余波焉。兹水也,沦汇洞庭,澹澹千里。夏潦奔注,则泆为此湖;冬霜既零,则涸为平野。按《尔雅》云:水反入为灉,斯名之作有由焉尔。而此乡炎暑,子月草生。弥望青青,相与游藉。岂盈虚之可叹,亦风景之多伤。感物增怀,因书其事。

在这篇序中,他说明了湖之由来和"感物增怀"之写诗缘起,描绘了湖的美景,表达不要再愁思愤懑、应该看开荣辱的观点。司马光有诗《和子骏约游一二园亭看花遇雨而止》:"行乐及佳时,官闲无所羁。只知花正发,不共雨为期。浅草碧无际,浓云冷四垂。陪游兴未尽,安得不相思。"记录了他与鲜于侁"官闲"无事相约共游园亭,然却因雨未能成行之事。司马光随后还作有《明日雨止复招子骏尧夫游南园》一诗,记录了雨后他复招鲜于侁、邵雍共游南园之事。张明华根据《于役志》和《欧阳修纪年录》对欧阳修被贬离开

① 刘铁峰:《刘禹锡、柳宗元诗歌贬谪情感艺术范式刍议》,载《集美大学学报(哲学社会科学版)》2002年第5卷第4期,第101页。

开封后的交游情况进行了考证：欧阳修从六月初一至十月间，有42次可考的交游记录，活动丰富。欧阳修"交游方式多样，有下棋、纳凉、泛舟、看花，但以宴饮为主，尤其在楚州、扬州两地，几乎每天都有宴饮，有时甚至一日两饮。从这里不难看出，欧阳修似乎没把贬官的不幸放在心上，而是将赴任的旅途看作一次不断地与老朋友团聚并交接新朋友的难得机遇。需要指出的是，由于这些宴饮大多选择在环境比较优美的地方进行，所以同时往往伴随着游赏活动"①。

与欧阳修相近，苏轼贬谪黄州后，先后与苏辙、李常、道潜、张舜民等亲友，以及黄州本地士人杜沂、李婴、吴亮、赵安节、王齐愈、潘丙等携手出游，借山水佳致、故人友情来冲淡贬谪所带来的思乡困苦，在"吾侪流落岂天意，自坐迂阔非人挤"（《与子由同游寒溪西山》）的山水唱和中实现群体交游的情感慰勉。

三、探索型

刘勰在《文心雕龙·物色》中探讨古代士人的出游动机时最早提出了探索型出游："若乃山林皋壤，实文思之奥府，略语则阙，详说则繁。然屈平所以能洞监风骚之情者，抑亦江山之助乎？"他认为出游的动机是通过探索启发"文思"。王安石认为："古人之观于天地、山川、草木、虫鱼、鸟兽，往往有得，以其求思之深而无不在也。夫夷以近，则游者众；险以远，则至者少。而世之奇伟、瑰怪，非常之观，常在于险远，而人之所罕至焉，故非有志者不能至也。"（《游褒禅山记》）也就是说士人出游是为了进行深入的探索与思考，提升意志力。具体来说，探索型出游的实质是求知与冒险。

按照马斯洛的观点，智力的需要分为两个基本层次，第一是求知的需要，第二是求理解的需要。马斯洛提出的求知和求理解的基本智力需要与生理的、心理的需要截然不同。人的好奇心可以使人产生必须设法对付的心理紧张状态。有关这一心理紧张状态以及它如何在旅游情境中得以解决

---

① 张明华：《谪宦谁知是胜游——从欧阳修夷陵赴任的经历看宋人的"谪宦"之游》，载《安康学院学报》2014年第26卷第6期，第44页。

的探讨,有助于解释许多出游者的出游行为。如出游者在出游时,可以暂且对未实现的较低层次的需要失去迫切感,而对探索未知事物的需要,同安全的、社交的、被尊重的需要一样,变成了基本的和强烈的需要。部分谪宦具有柔韧坚强的品质,兼济天下是他们真正的理想,"先天下之忧而忧"是他们自觉的信念,家国天下是他们的胸襟怀抱。因此,面对同样的贬谪处境,他们不是被动地应对,而是主动地化解。进行探索型出游,在出游中创作文学作品,是他们满足智力需求的一种重要方式。苏轼就是一位爱冒险的人,他自称"子瞻性好山水"(《再跋醉道士图》),其弟苏辙也道:"昔余少年,从子瞻游,有山可登,有水可浮,子瞻未始不塞裳先之。有不得至,为之怅然移日。至其翩然独往,逍遥泉石之上,撷林卉,拾涧实,酌水而饮之,见者以为仙也。"(《武昌九曲亭记》)好游是苏轼的天性,而他一生起伏,宦游四方,即使是在暂时的居住地,也"肩舆任所适,遇胜辄流连"(《端午遍游诸寺得禅字》),甚至在前往贬谪地途中也会有意绕道而行,故意延长路途以欣赏山水。事实上,苏轼是一位极其求真的探索者,这在他的名篇《石钟山记》中可见一斑:

> 元丰七年六月丁丑,余自齐安舟行适临汝,而长子迈将赴饶之德兴尉,送之至湖口,因得观所谓石钟者。寺僧使小童持斧,于乱石间择其一二扣之,硿硿焉,余固笑而不信也。至暮夜月明,独与迈乘小舟至绝壁下。大石侧立千仞,如猛兽奇鬼,森然欲搏人。而山上栖鹘,闻人声亦惊起,磔磔云霄间。又有若老人咳且笑于山谷中者,或曰,此鹳鹤也。余方心动欲还,而大声发于水上,噌吰如钟鼓不绝,舟人大恐。徐而察之,则山下皆石穴罅,不知其浅深,微波入焉,涵澹澎湃而为此也。舟回至两山间,将入港口,有大石当中流,可坐百人,空中而多窍,与风水相吞吐,有窾坎镗鞳之声,与向之噌吰者相应,如乐作焉。
>
> 因笑谓迈曰:"汝识之乎? 噌吰者,周景王之无射也。窾坎镗鞳者,魏庄子之歌钟也。古之人不余欺也!"事不目见耳闻,而臆断其有无,可乎?

关于石钟山名之由来历来士人多有探究,在《石钟山记》一文中,苏轼先是对郦道元和李渤关于石钟山得名的说法进行了分析和怀疑,然后叙述了他夜游石钟山获知石钟山名由来的经过,最后提出了"事不目见耳闻",不可"臆断其有无"的观点。

从文中可知,苏轼当晚来绝壁下绝不是为了游玩,而是有其他的目的,即探究石钟山之名由来。他极力写夜游中所见所闻的阴森可怖,意在表明夜游绝壁下不是一件轻松愉快的事情。对于苏轼夜间考察石钟山一事,有人认为苏轼先问了当地寺僧,寺僧的说法与李渤的说法一样。苏轼仍不相信,决定"暮夜""乘小舟"实地考察。把苏轼夜游绝壁实地考察的原因说成是不相信传言并不全面,因为苏轼完全还有其他的考察方式,这并不是苏轼夜间考察的根本原因。苏轼不顾夜晚绝壁的阴森可怖,不顾江上风急浪恶的危险选择夜间考察石钟山,根本原因恐怕在于苏轼知道只有在夜间才能发现石钟山之名由来的真相,这也正体现了苏轼的求真与冒险精神。

四、遁世型

儒家鼓励文人入世参政,但也讲明哲保身,在乱世或君王无道时赞成文人隐逸避世,而这种隐逸并不阻止文人以后的入仕,隐逸只是权变手段。庄子则认为,人不应该为身外的功名利禄所迷惑,要挣脱羁绊,从隐身到隐心,卸除责任,逍遥自在。因此,唐代也有一些文人出于各种目的或真隐或假隐地进行遁迹林泉的隐逸之游。王绩、张志和都曾得官,却不爱朝政,他们爱诗爱游,因而离职归田,浪迹江湖。王绩"不乐在朝""以疾罢归"①,并以游眺处"东皋"为号,自号"东皋子","结衣寻野路,负杖入山门。……斜溪横桂渚,小径入桃源"(《游仙四首》其三),并称"从来山水韵,不使俗人闻"(《山夜调琴》)。张志和"以亲丧辞去,不复仕。居江湖,性迈不束,自称'烟波钓徒'"②,可他每垂钓不设饵,志不在得鱼,他的《渔歌子》唱道,"西塞山

① (元)辛文房著,张萍、陆三强译注:《唐才子传选译》,成都:巴蜀书社1994年版,第2页。
② (元)辛文房著,张萍、陆三强译注:《唐才子传选译》,成都:巴蜀书社1994年版,第126页。

前白鹭飞,桃花流水鳜鱼肥。青箬笠,绿蓑衣。斜风细雨不须归",可见是借渔家生活比喻放迹江湖之乐。

王维、白居易后半生分别卜居辋川和香山。王维"旧与文士……游览赋诗","行到水穷处,坐看云起时"(《终南别业》),常游玩的地方有二十余处。白居易"疏沼种树,构石楼,凿八节滩,为游赏之乐"①,他自言"酒酣琴罢,又命乐童登中岛亭,合奏《霓裳散序》,……曲未竟,而乐天陶然已醉,睡于石上矣"(《池上篇序》)。"大历十才子"之一的李端"为耽深癖,泉石少幽,移家来隐衡山,自号'衡岳幽人'","登高望远,神意泊然"。② 宋代人更重视心性的修养和志节的持守。宋代"理学"盛行,文人极重正心、诚意、修身的功夫,强调"天人合一",倡言顺应大化、抱素守真的"明道"与"无适不可"的"见性",强调人格操守,注重心灵世界的内省体验。无论穷达进退,他们大都忧国忧民,不以物喜,不以己悲,表现出一种智者达者的豁达。又由于儒、释、道三者哲理的融合,人们对社会、人生的认识有所加深。文人有了承受忧患的心理准备,所以,他们即使身处逆境,也能不为所累,宠辱不惊,超然物外,在精神上达到无所挂碍的境界。

柳宗元好佛:"吾自幼好佛,求其道,积三十年。世之言者罕能通其说,于零陵,吾独有得焉。"(《送巽上人赴中丞叔父召序》)又说,"余知释氏之道且久"(《永州龙兴寺西轩记》)。《送巽上人赴中丞叔父召序》作于元和七年(812年),柳宗元在永州,时年四十,他求佛道,的确从"十年幼学"开始。苏轼曾言:"子厚南迁,始究佛法。"这说明柳宗元到零陵之后,才开始深究和体味佛法,相较于王维三十岁左右丧妻才俯伏受教于道光禅师,白居易四十四岁贬谪江州之后才立心向空门求解脱,其动机显然不同。柳宗元在《送元十八山人南游序》中说,"搜择融液,与道大适,咸伸其所长,而黜其奇邪,要之与孔子同道",可见他对当时宗派林立的佛教,有自己的一套立中制节的看法。

初唐,宋之问的《蓝田山庄》有云,"宦游非吏隐,心事好幽偏",将宦游与

---

① (元)辛文房著,张萍、陆三强译注:《唐才子传选译》,成都:巴蜀书社1994年版,第205页。
② (元)辛文房著,张萍、陆三强译注:《唐才子传选译》,成都:巴蜀书社1994年版,第142页。

吏隐对举,可见历来士人都有"吏隐"的传统,即虽身居官职,却不将功名利禄牵挂心间,与隐者无多大区别。宋代以来,"吏隐"得到了士人的广泛关注。据林晓娜在《宋代的"吏隐"、"中隐"考辨》一文中的统计,"吏隐"在宋代诗人诗集中出现 276 次,远远多于唐代的 25 次。[①] 在宋代,"吏隐"表现为士人居官时一面勤勉政事、关心民情,一面追寻林泉行乐隐趣。柳宜去全州做通判时,王禹偁在《送柳宜通判全州序》里用"是时也,可以吏隐,未可以行道,况江山猿鸟、云泉竹树为天下甲,民讼甚简,兵赋甚鲜,固可卧而理也",劝勉其勤理政事的同时可放心于江山云泉。赵抃"诗笔不闲真吏隐,讼庭无事洽民情"(《寄永州通判茂叔虞部》),称赞周敦颐"吏隐"时不忘关心民情,是真正的"吏隐"。

唐宋文学艺术的发展和繁荣为士人在离开政治舞台之后提供了丰富的生活内容,他们能够从中获得精神的独立,使心灵得以诗意地栖居,也可以向山林云泉寻找避世的自由。

---

① 林晓娜:《宋代的"吏隐"、"中隐"考辨》,载《兰台世界》2015 年第 21 期,第 16~17 页。

第三章 贬谪文学审美心态
与创作流变

　　唐宋时期的士人在被贬谪的前后审美心态发生变化,这种变化也反映在其创作的贬谪文学作品中。本章主要对唐宋时期的贬谪文学审美心态与创作流变进行分析和研究。

第一节 先秦至唐宋记游文学创作流变

　　"山水"一词起源于《山海经》,为记游文学的创作奠定了语词基础。《诗经》中许多篇目集中摹绘山中景物,开启了记游山水文学的创作先河。刘勰与萧统赋予了"山水"美学、文学及文体学属性,此后,与记游文学相关的山水诗、田园诗、游览诗、行旅诗、记游散文、山水小品、旅游文学等才流行起来。记游文学崛起于六朝,六朝记游文学无非三类:方志式记游风格的,如郦道元的《水经注》;书札式记游风格的,如吴均等人的"传世三书";与魏晋风度相契合的偶然际遇小品、笔记风格的,如《世说新语·言语》中的《山阴道上行》。从唐代开始,士人将高度规范的诗体与永恒的山水相结合,恢复和重构山水诗的抒情特质,扬弃齐梁雕琢凝滞之气,记游文学的创作风格就此转向精丽、空明、自然、清新。

一、鲜衣怒马的出游观

　　先秦时期,我国就有关于大规模出游活动的记载,《诗经》中有描述季春三月溱洧河畔民间大规模出游活动的《溱洧》:

溱与洧,方涣涣兮。士与女,方秉蕑兮。女曰:"观乎?"士曰:"既且。""且往观乎?"洧之外,洵訏且乐。维士与女,伊其相谑,赠之以勺药。

溱与洧,浏其清矣。士与女,殷其盈矣。女曰:"观乎?"士曰:"既且。""且往观乎?"洧之外,洵訏且乐。维士与女,伊其将谑。赠之以勺药。

作者以寥寥数句描绘了一幅风景画,也描绘了一幅风俗图。"涣涣"二字十分传神,表现出一片冰化雪消、桃花春汛、春风骀荡的情景。在这幅春意盎然的风景画中,人们经过冬天严寒的困扰、冰雪的封锁,从居室内走出来,到野外,到水滨,去欢迎春天的光临。人手一束的嫩绿兰草,便是这次春游的收获,是春的象征。春游的精神内核应是对肃杀的冬天的告别,也是对新春万事吉祥如意的祈盼,这其中又夹杂着"士与女"对爱的纯真渴望与追求,于是,从溱、洧之滨踏青归来的人群,有的身佩兰草,有的手捧芍药,撒一路芬芳,播一春诗意。

到了秦汉时期,因为统一的封建国家出现,疆域扩大,所以人们游历的范围也随之扩大,审美心态发生了变化。秦始皇嬴政完成统一,踌躇满志,而善于先意承旨的丞相李斯,为了使"主之得意"得到更充分的体现,于是"治驰道,兴游观"(《史记·李斯列传》),这便开始了秦皇二十七年(前220年)到三十七年(前210年)的十一年间的五次全国大巡游。汉武帝的出巡则更具目的性,他临海而迷恋神山,向往神仙长生之术,即兴赋诗,抒写游乐之情,横渡汾河而作《秋风辞》,破浪长江而作《盛唐枞阳之歌》。

秦汉时期的"兴游观"更关注气势。从社会背景来看,作为这一时代文化的艺术表征,汉赋的兴盛显然得益于"大一统"的政治形势,因为这种铺张扬厉、气势恢弘的文学体裁不仅适应"润色鸿业"的政治需要,同时也必须以强大的国力作为支撑。而从文化背景来看,汉赋的兴盛似又与当时"独尊儒术"的意识形态政策有着内在的关联,因为那种金玉满眼、富丽堂皇的美学趣味显然适应儒家"郁郁乎文哉""充实之谓美"的艺术追求。张衡在《南都赋》中曾对东汉民间的"游观之好"有过一些描写,看来民间的这种"游观之好"的确已相当惊人。三月的上巳这天,都人野老,男女姣服,车马杂沓,纷纷来到郊野的水滨,这里有朱帷连缀的帐幕,有席地而坐的游人,歌落舞起,弹筝吹笙,秋千摇荡,赛马驰骋,叉鱼的、射雁的,各逞所好,游人优哉游哉,轻舟漫行。这天的活动一直持续到日暮,人们才恋恋不舍地驾车而归。"夕暮言归,其乐难忘。此乃游观之好,耳目之娱。"(《南都赋》)

《古诗十九首·青青陵上柏》对出游的描述如下:

> 青青陵上柏,磊磊涧中石。人生天地间,忽如远行客。
> 斗酒相娱乐,聊厚不为薄。驱车策驽马,游戏宛与洛。
> 洛中何郁郁,冠带自相索。长衢罗夹巷,王侯多第宅。
> 两宫遥相望,双阙百余尺。极宴娱心意,戚戚何所迫?

鲜衣怒马和宴游恣意的场景跃然纸上。开头四句,接连运用有形、有色、有声、有动作的事物做反衬和比喻,把生命短促这样一个相当抽象的命题讲得富有实感,充满激情。作者独立苍茫,俯仰兴怀:向上看,山上古柏青青,四季不凋;向下看,涧中众石磊磊,千秋不灭。头顶的天,脚底的地,当然更是永恒的,而生于天地之间的人,却像出远门的旅人那样,匆匆忙忙跑向生命终点。之后作者因感于生命短促而及时行乐:"斗酒"虽"薄"(兼指量少、味淡),也可娱乐,就不必嫌薄,姑且认为其"厚"吧!驽马虽劣,也可驾车出游,就不必嫌它不如骏马——这也反向体现了当时鲜衣怒马出游的审美风尚。

这种风尚传至魏晋时期,出现了曹操的《步出夏门行》系列作品,杨衒之的《洛阳伽蓝记》描述了佛事兴盛的场景。到了唐代,便能看到杨炯《从军行》"牙璋辞凤阙,铁骑绕龙城"的边塞,祖咏《望蓟门》"万里寒光生积雪,三边曙色动危旌"的雄魄,还有"星分翼轸,地接衡庐"的滕王阁的"虹销雨霁"。到了宋代,苏轼出游依旧是"左牵黄,右擎苍,锦帽貂裘,千骑卷平冈"(《江城子·密州出猎》)。可见,出游在我国古代社会,一般是一种群体性活动,除了部分被贬的士人,极少存在个体出游的情况。但是不得不承认,一些政治上失意之士,如屈原、贾谊、阮籍、谢灵运等人,以及唐宋时期被贬的士人,多数都是个体出游,虽然人数不多,但是留下了丰富的记游性质的贬谪文学作品。

二、审美对象不断丰富

从《诗经》开始,记游诗的内容多为日常事务,以及与景物有关的描述。这些对天然景观与植被的审美描述,具备崇尚自然的特征。如《诗经》的《周南·葛覃》主要讲述了一个女子在原野上采葛、制衣浣衣、欣喜归宁的故事。第一节起兴,作者集中笔力摹绘山中景物:

> 葛之覃兮,施于中谷,维叶萋萋。黄鸟于飞,集于灌木,其鸣喈喈。
> 葛之覃兮,施于中谷,维叶莫莫。是刈是濩,为絺为绤,服之无斁。

夏日的原野,无边的绿意覆盖了大地,河水潺潺流淌,一片青青的葛藤蔓延在幽静的山谷中。风轻轻地吹起,枝叶伴着黄鸟俏皮的唧啾声,窸窣和鸣。女子采了一早晨的葛叶,在不经意间瞥见树叶上一滴晶莹剔透的露珠正顺着叶脉的细纹滑落。朴素的笔法有如素描中的线描,把归途中半山上的动物、植物的状态都勾勒出来,十分生动自然。这首《葛覃》,描述的是未被侵扰的自然、无边辽阔的原野和自在生长的藤蔓。

先秦时期,人们出游关注的是身边的事物和生活本身,不仅《诗经》如此表现,而且庄子与惠子出游濠梁时,关注的也是"鱼之乐"而已。孔子"吾与点也"的理想生活,就是洗洗澡、吹吹风、唱唱歌的日常生活,从中可以看出其自然而纯真的审美心态。钱穆进一步指出:"中国文化发生,精密言之,并不赖藉于黄河本身,他所依凭的是黄河的各条支流。每一支流之两岸和其流进黄河时两水相交的那一个角里,却是古代中国文化之摇篮。"[1]

先秦时期,因为我国的文化中心在北方,而且集中于中原地区的黄河流

---

[1] 钱穆著:《中国文化史导论(修订本)》,北京:商务印书馆 1994 年版,第 2 页。

域,所以《诗经》和其他作品摹绘的山河多是中原地区的景观,河一般单指黄河。谭其骧认为,河为河道之通称只能通用于唐宋以后,唐宋以前,"河"是黄河的专称、正称。但是随着秦始皇统一六国后对五岭的开发和对吴越故地的经营,以及汉代以来人口的大规模流动,一些此前的文学作品中所未见的景观成为汉赋的审美对象,古老的河海第一次在汉赋中舒展出万千的姿态。

除了河之外的江涛奇观早已穷形于枚乘的《七发》,广陵曲江是长江入海前最美的一段,虽到唐代渐趋淤没,但曲江壮观的涛势却永远留在了枚乘的笔下:"其始起也,洪淋淋焉,若白鹭之下翔。其少进也,浩浩澄澄,如素车白马帷盖之张。其波涌而云乱,扰扰焉如三军之腾装。其旁作而奔起也,飘飘然如轻车之勒兵。"东汉蔡邕在《汉津赋》中描写了汉江的发源、流域、物产:它发源于嶓冢山,"遇万山以左回兮,旋襄阳而南萦,切大别之东山兮,与江湘乎通灵",其地"南援三州,北集京都,上控陇坻,下接江湖",更有"洪涛涌而沸腾"的无比壮观的势态。班彪任徐县县令时,让大海的广阔雄姿首见于汉赋:"览沧海之茫茫","风波薄其裔裔,邈浩浩以汤汤。指日月以为表,索方瀛与壶梁"。(《览海赋》)班彪驰骋想象,用远接天边日月、内有仙居神山的虚境,烘托出大海的浩渺和神奇。

到了魏晋时期,儒学对知识分子的束缚有所松动,出现了暂时性的思想和观念的繁荣。玄学盛行后,人们崇尚自然,发现山水之美可与自然之道契合,加之江南绮丽风物吸引了大批从北方来的文人,于是江南景观成为出游人群的审美对象,仿汉大赋之传统体裁的有郭璞的《江赋》和木华的《海赋》等等。同时,受玄学和佛学的影响,一些作者借描写景观表达自己的玄学世界观。如孙绰的《游天台山赋》,前半段写景,名句有"赤城霞起而建标,瀑布飞流以界道"等,末段大发玄思,糅合佛、老,借写景以明道:"悟遣有之不尽,觉涉无之有间。泯色空以合迹,忽即有而得玄。"又如陶弘景的《寻山志》,在描写了"尔乃荆门昼掩,蓬户夜开。室迷夏草,径惑春苔。庭虚月映,琴响风哀。夕鸟依檐,暮兽争来"的景观之后,表达了"反无形于寂寞,长超忽乎尘埃"的向往山林隐遁之情。

及至唐宋民族大融合,各民族之间的交往增多,人们的视野也不局限于身边事物和周围景观，更多盛景和异俗成为人们出游的审美对象，如"大漠孤烟直，长河落日圆"（《使至塞上》）的空寂荒漠，又如"北风卷地白草折，胡天八月即飞雪"（《白雪歌送武判官归京》）的异常气候，再如"野云万里无城郭，雨雪纷纷连大漠"（《古从军行》）的荒凉战场……出游的审美对象随着人们对世界的不断探索而日趋丰富。

三、从山水认知到山水创造

出游指外出游历走动，语出《诗经》的《邶风·泉水》："驾言出游，以写我忧。"出游也就是旅游，作为人类社会特有的一种文化现象，古已有之。我国古代延续上千年的发展模式基本上是自给自足的自然经济，强调"天人合一"的理念，人的生产与生活节奏更多地取决于自然规律的变化，所以人的生存状态，无论是生产劳动还是闲逸，都应尽可能符合自然的规律。《周易·随》中记载，"《象》曰：泽中有雷，随。君子以向晦入宴息"，强调人要日出而作，日落而息，起居顺应季节规律。传统的农业就有"农忙"和"农闲"两个相对的概念，由于农闲时间较长，古人在农闲时充分行使休憩的权利，走亲访友，创造了丰富的农闲民俗文化。"农闲"同时也创造了古人出游的可能，这种出游更多的是一种山水认知。

如果说魏晋时期的记游文学体现的是"取象""畅神"的山水认知，那么到了唐代士人笔下，记游更多体现的是"象外之象""韵外之致"，这是唐代士人写作记游诗文时注重创造"意境"的结果，其表象是神州赤县的处处佳山秀水，其内涵却是士人对身世的感慨和对生命的体认，甚至是对宇宙本体的思考。如在张若虚《春江花月夜》的绮丽月色中，充斥着探究生命与存在的哲学意味，王维的《辋川集》体现静观我心的禅悦境界，还有柳宗元的《愚溪诗序》、"永州八记"等。可以明显地感觉到，这个时期记游文学中的山水更多地带上了人的思考、趣味与感情。山水一旦入诗文便不会是原来的山水了。通过这类记游文学，我们可以深切地感受到作者的生命意韵，人的抽象思维借山水形象而娓娓得诉，山水则借由人赋予的内涵焕发绝妙的生气，这便是唐末司空图所谓的"思与境偕"，即浑然一体的"意境"的创造。由此可知，唐代的山水观念较魏晋时期的来说多了一些人面对山水时的"融我之情、达我之意",但山水认知仍占据主体地位。

唐代"藩镇之祸"及五代"武人篡权"的教训,促使宋太祖定下了"重文轻武"的国策,后世大体遵行无违。科举之路大开,文官把持重权,甚至把持军权,可见朝廷对文士的看重。因此有宋一代,地主、士大夫、知识分子总体上生存境况优越,社会地位之高前所未有。外有政治主体地位的取得,内有儒家治国平天下理想的激发,宋代士人产生了极强的"发挥自我力量"的欲望。纵论天下大事,积极投身政治,儒家经典也不再是至上圭臬,我所疑,必发议论,总之,彰显自我的个性与精神成了当时士人的共识。

以这种心理认知为基础,士人在记游文学创作中表现出的山水观念与前代相比产生了很大的变化。人们开始不受单纯模山范水的散文模式的束缚,开始任意表达自己的山水之游。其创造性表现在,山水之游往往只是个引子,人们表达的重点或者是哲理,或者是文化,或者是生命感悟,或者仅仅是一阵莫名惆怅,等等。山水越来越多地处于陪衬地位,人们往往驱遣客观山水服务于主观的达情议理。如《醉翁亭记》《游褒禅山记》《前赤壁赋》《武昌九曲亭记》《黄州快哉亭记》等,文中山水之美固然动人,但再也没有魏晋时期作者因全身心投入而心醉神迷、忘我忘世的感觉。宋代士人永远不可能忽略自己,以上游记都表现了作者不以贬谪介怀、随遇而安的潇洒达观。《游褒禅山记》中的景物描写最为简略,除了必要的交代外,几乎看不出王安石有刻画山水的欲望,他主要借叙述游洞经过表达深刻哲理。苏轼在《前赤壁赋》中描写优美夜景,意在营造一种清虚爽朗、空旷悠远的氛围,提供一个与玄理思辨气氛相合的大环境,自然而然地将文章主题转向对生命意义的探讨。单纯去模山范水而不蕴含深意,不表达自己的思考,在苏轼看来是没有意义的。《后赤壁赋》《记承天寺夜游》《记游定惠院》《记游庐山》诸篇不着意于直抒作者胸臆,但读及诸篇谁不动情?《后赤壁赋》中,苏轼复游赤壁,依旧洒脱,不过却添了几分萧冷之意,所有不言情处,共同烘托出一个抒情主人公的形象,景物依然充当背景和引子。其他三篇也一样,写景记游成为作者表现自己潇洒风神的绝佳手段。《记游庐山》中几乎无景物描写,只有简单的游踪记叙,但山中僧俗对苏轼的热情,苏轼一路题诗的兴致,再加上文中蕴诗似"重屏会棋"的写法,使我们首先感受到的是"人的精神",而不是庐山的奇秀风光。陆游的《入蜀记》对人文景物、历史地理、异乡风俗考辨精详,于描绘山水处并不刻意求工,是其自我才学的一种强力外张。

在宋代士人的记游文学里,山水本身的秀美没有被忘记,但游赏山水之时,人们不再"一往情深"于"象",也不愿停留在唐代士人追求的"意与境浑"之中,而是要在山水中极力烘托"我"之深意,以表达"自我"为宗旨。这时的山水,就仿佛一个婷婷女子,本已沉鱼落雁,但作者认为,美固美矣,但却美得没有特征,作者会以自己的眼光再为"她"做一二修饰,使"她"别生妙韵。这时的山水仿佛一幅已完成的山水图轴,虽已云蒸霞蔚、丽彩非凡,但作者仍不满意,在他们眼里,这图仍是画纸一张,仍可再施笔墨,使其超意于山水之外。我们可以看出,此时山水往往是作者笔底驱遣的工具,为作者表达关于理、关于情的思考服务,故而可以将这种山水观念概括为"山水创造"。

第二节　唐代岭南贬谪文学创作变化

一、初唐到盛唐岭南贬谪代表人物及贬谪文学创作变化

在唐代士人的观念里,岭南是边远且贫穷的,王风未被,春风不度,所以杜佑在《通典》中写道:"五岭之南,涨海之北,三代以前是为荒服。"岭南远离政治中心,是唐代政府安置流人谪宦的主要地区之一。初唐到盛唐,从贬谪文学创作数量上看,被贬谪至岭南的主要代表人物有杜审言、沈佺期、宋之问、张九龄、张说。

（一）初唐到盛唐岭南贬谪代表人物

杜审言（约645—708），与宋之问、沈佺期在唐中宗神龙元年（705年），因结交、媚附张易之等人被流贬。杜审言自膳部员外郎被流放峰州,途中作有《南海乱石山作》等诗,在流放地作有《春日怀归》《旅寓安南》等诗,约神龙二年（706年）被召还京。

宋之问（约656—约712），自少府监丞被贬为泷州参军,作有《度大庾

岭》《早发大庾岭》《早发始兴江口至虚氏村作》《入泷州江》《至端州驿见杜五审言沈三佺期阎五朝隐王二无竞题壁慨然成咏》等诗,后遇赦北归,又作有《自湘源至潭州衡山县》等诗。唐睿宗景云元年(710年),宋之问在越州任长史,因结交韦后、武三思被流放钦州。途中他自越州北渡吴江,溯长江而西,至荆州,南行长沙,游岳麓山道林寺,俱留下诗作。景云二年(711年),宋之问至韶州谒见慧能,作《游韶州广界寺》《自衡阳至韶州谒能禅师》,至端州,作《端州别袁侍郎》,西行途经藤州,作有《发端州初入西江》《发藤州》等诗。宋之问又至桂州,依附都督王晙,致书修史学士吴兢,作有《在桂州与修史学士吴兢书》,乞采录其父宋令文之遗逸事迹。次年,与王晙同登逍遥楼,作《桂州陪王都督晦日宴逍遥楼》,又作有《登逍遥楼》《桂州三月三日》等诗,后南行赴广州,途中作有《下桂江龙目滩》《下桂江县黎壁》,至广州依附长史朱齐之,作有《广州朱长史座观妓》一诗。

沈佺期(约656—713),由协律郎累除给事中,长流驩州,作有《入鬼门关》《遥同杜员外审言过岭》《度安海入龙编》《九真山净居寺谒无碍上人》《初达驩州》等诗,在流放地又作有《岭表逢寒食》《驩州南亭夜望》《三日独坐驩州思忆旧游》《从驩州廨宅移住山间水亭赠苏使君》《赦到不得归题江上石》《答魑魅代书寄家人》《从崇山向越常》《题椰子树》等诗。神龙三年(707年)沈佺期被赦免,喜而作诗《喜赦》,北归经昌平岛和古越州,作有《答宁处州书》《绍隆寺并序》《早发昌平岛》《夜泊越州逢北使》,又经过端州,作有《峡山寺赋》《自昌乐郡溯流至白石岭下行入郴州》等。

张说(667—731),字道济,唐代政治家、文学家。张说前后三次为相,执掌文坛三十年,为开元前期一代文宗,与许国公苏颋齐名,号称"燕许大手笔"。长安三年(703年)张说因违抗皇帝命令被流放钦州,途中作有《石门别杨六钦望》《代书寄吉十一》《广州江中作》《清远江峡山寺》等诗,到端州后作有《端州别高六戬》《岭南送使》《留赠张御史张判官》《入海》等诗,到钦州后,又作有《南中送使》《钦州守岁》等诗。唐中宗即位后,召拜张说为兵部员外郎,张说在上任途中作有《却归在道中作》《还至端州驿前与高六别处》《喜度岭》等诗。

张九龄(678—740),字子寿,谥文献,世称"张曲江"或"文献公",唐代开元年间名相、诗人,唐中宗景龙初年进士,始调校书郎,唐玄宗即位后,迁右补阙。唐玄宗开元时历任中书侍郎、同中书门下平章事、中书令。张九龄以"封章直言,不协时宰",招致了姚崇不满,于开元四年(716 年)以秩满为辞,回到岭南,向朝廷献状,请开大庾岭路。路修成之后,张九龄撰写了《开凿大庾岭路序》,还作有《与王六履震广州津亭晓望》一诗。开元十八年(730 年)到开元十九年(731 年),张九龄转任桂州刺史兼岭南道按察使,摄御史中丞。《感遇十二首》为张九龄遭贬谪后创作的组诗。他的五言古诗,诗风清淡,以素练质朴的语言,寄托深远的人生慨望,对扫除唐初所沿袭的六朝绮靡诗风,贡献尤大。作有《曲江集》,被誉为"岭南第一人"。

（二）贬谪前文学创作及审美表达

以上代表人物在朝堂时,还作有一些专门讴歌唐代盛世景象的诗文。作为"皇帝的文学弄臣"的宋之问、沈佺期等人曾用诗笔夸饰山河壮丽、皇家威仪,称颂王道乐土、太平盛世。宋、沈二人寓山水之情于应制之中,同时注入心中闲逸洒脱、澄澈恬淡之情,表达弦外之音、韵外之情,营造舒缓灵动的应制新境,如沈佺期的《仙萼池亭侍宴应制》:

> 步辇寻丹嶂,行宫在翠微。川长看鸟灭,谷转听猿稀。
>
> 天磴扶阶迥,云泉透户飞。闲花开石竹,幽叶吐蔷薇。
>
> 径狭难留骑,亭寒欲进衣。白龟来献寿,仙吹返彤闱。

这类记游的优美诗句还有许多,如"曙阴迎日尽,春气抱岩流"(《幸少林寺应制》),"岩边树色含风冷,石上泉声带雨秋"(《三阳宫石淙侍宴应制得幽字》),"野含时雨润,山杂夏云多"(《夏日仙萼亭应制》)等。沈、宋将创作视野转向清新怡人的自然风物,融入自己的山水之得,创作了别具特色的应制诗文。其他人也有这种应制诗文,如张九龄描写皇帝出行的《奉和圣制早渡蒲津关》:"魏武中流处,轩皇问道回。长堤春树发,高掌曙云开。"这种应制诗虽迹近宫体诗,意在歌功颂德,但气势颇大,场面恢宏,比较真实地记录了盛唐气象,有一定的历史和艺术价值。还有一些诗,直承先秦,在形式上采用四言,语言上力求古拙奥深,十分古雅,如张九龄撰写的郊祀之歌《南郊文武出入舒和之乐》:"祝史辞正,人神庆叶。福以德昭,享以诚接。六变云备,百礼斯浃。祀事孔明,祚流万叶。"

还有一些文学作品记录了作者与僚友的宴乐游赏,诗文唱和。如张说在《酬崔光禄冬日述怀赠答并序》中云:"若夫盛时、荣位、华景、胜会,此四者古难一遇,而我辈比实兼之。"于是,这一群"各负当朝誉,俱承明主私"的"太极殿众君子","自春涉秋,日有游讨","迎宾南涧饮,载妓东城嬉。春郊绿亩秀,秋涧白云滋。名画披人物,良书讨滞疑"。尘世的情欲与文士的雅致,被和谐地融合在一起,他们成为唐代盛世享乐风气的先导。

初唐积极昂扬的时代精神,影响了士人的品格与精神意气。唐代政治制度的改革与阶级关系的变化,让士人有了建功立业的舞台,他们的内心充满了生机与热情。唐代的文化氛围较浓,包容,开放,有强大的文化融合能力,佛教、道教的盛行使士人的思维方式产生了变化,宗教融入唐代的文化背景也影响了士人的审美。在这种时代氛围的浸染下,"兴象"的审美趋势应运而生。"兴象"表现为作者在创作文学作品时自然而然地缘景而发,直抒胸臆,毫无矫揉造作之态,它强调超脱功利欲求的自然之情和个性之情。如宋之问的五言古诗《夜饮东亭》中的句子:"春泉鸣大壑,皓月吐层岑。岑壑景色佳,慰我远游心。暗芳足幽气,惊栖多众音。高兴南山曲,长谣横素琴。"诗中山间明月之光与泉水之声相谐,野花之芳与虫鸟之鸣相合,春山寂静,宋之问将眼中所见、耳中所闻、鼻中所嗅自然地写出,建构出空灵的诗境。杜审言、沈佺期、宋之问等人的记游诗文就顺应这样的审美趋势,虽然不甚关注现实、干预时政,却更加重视抒发由外在自然景物而引发的情感,触物起情,缘景而发,在审美感兴中捕捉心与外物适然相遇产生的瞬刻感受,并将所把握的物象直接转化为诗文中的审美意象。

(三)贬谪岭南时期的文学创作及审美表达

贬谪岭南后,上述几人由御用诗人瞬间沦落为流放之囚,他们悲苦绝望的心情溢于言表,如张说在《南中送北使二首》中提及:"待罪居重译,穷愁暮雨秋。山临鬼门路,城绕瘴江流。人事今如此,生涯尚可求。"又如宋之问行至大庾岭作:"雾露昼未开,浩途不可测。"(《早发大庾岭》)两人都表达了对叵测前途的担忧。未知的陌生环境,让他们感到恐惧,流贬之地较为偏远,无法长居,士人尚未到贬所,便已开始忧心何时可以归去,又怕环境恶劣导致无法生还,对自己的命运感到担忧。士人一路上穿山越海,所见都是诡奇之景,"魂魄""骸骨""鬼门""鲸口"等意象,都是士人失魂落魄的心理状态的外化。

谪宦一路上忍饥挨饿,抱病奔走,对未知的环境产生恐惧,命运不被自己所掌控,如被卷入大海的小舟,无能为力,只能随波逐流,这种无力感与不安感是人本能的反应。比如,沈佺期在抵达骧州后,真切地感受到了以后的生活环境,他的凄惶不安不仅没有平复下来,反而愈演愈烈,甚至形成一种绝望的情绪。眼前所见深深打击了沈佺期的内心,他终日只能"搔首""拭泪",将所有的指望都寄于遥遥无期的一纸赦书。

去国怀乡,感极而悲,远离故土的痛苦勾起他们的思乡情怀,成为一种强大的内在驱动力,激发士人的创作欲望,其创作目的转为抒遣个人的情感,通过描写山水表现个人的情感体验与审美感知。他们在贬途及贬所,用清丽的语言描摹他乡的奇山异水,表达自己思乡怀人之情,也表达自己对前途的担忧和对生存环境的恐惧之情。在此类诗中,士人以独立的审美情趣观照山水,以山水之色寄托流居他乡之悲,语言上追求自然本色,脱尽应制诗之华丽雕饰,实开启了后世山水诗文的先河。如宋之问的《入泷州江》:

> 孤舟泛盈盈,江流日纵横。夜杂蛟螭寝,晨披瘴疠行。
>
> 潭蒸水沫起,山热火云生。猿躩时能啸,鸢飞莫敢鸣。
>
> 海穷南徼尽,乡远北魂惊。泣向文身国,悲看凿齿氓。
>
> 地偏多育蛊,风恶好相鲸。余本岩栖客,悠哉慕玉京。
>
> 厚恩尝愿答,薄宦不祈成。违隐乖求志,披荒为近名。
>
> 镜愁玄发改,心负紫芝荣。运启中兴历,时逢外域清。
>
> 祇应保忠信,延促付神明。

宋之问在贬谪途中经过泷州,眼前尽是岭南之景:江流漫漫,山热云生,猿啸莺飞,瘴疠横生。诗人在描绘了景色之后,陡生栖客悲情:既有辜负圣君之愧,又有思乡怀人之悲。全诗既有山水之景,又有流人之悲,情与景浑然融合。沈佺期在贬谪期间也写了许多山水诗,沈、宋的此类山水诗在语言方面不如谢朓写得清新宛转,但景物和情感的交融却表现得更为明显,开创了盛唐山水诗基本的抒情方式。

在沈佺期、宋之问和张说的贬谪诗文中,许多意象都被描染出清冷幽寒的色彩。他们喜爱选取本就清冷的意象进行组合,如暮色与草木林鸟,有"日落西山阴,众草起寒色"(《题张老松树》),"清轩临夕池,微径入寒树"(《茅斋读书》),"乔木转夕阳,文轩划清涣"(《称心寺》),"寒露衰北阜,夕阳破东山。浩歌步榛樾,栖鸟随我还"(《初到陆浑山庄》)。又如秋月与松竹寒泉,有"春泉鸣大壑,皓月吐层岑"(《夜饮东亭》),"夜弦响松月,朝楫弄苔泉"(《入崖口五渡寄李适》),"明月的的寒潭中,青松幽幽吟劲风"(《冬宵引赠司马承祯》)等。被贬谪之后,他们远离长安,以真实生活为基点,在创作的诗歌中进一步滤去浮华与奢靡,直抒胸臆,诗句更加平易自然。如"主人丝管清且悲,客子肝肠断还续"(《桂州三月三日》),对偶工整,笔墨自然,全无雕琢痕迹,语言风格清朴自然。

二、中唐到晚唐贬谪代表人物及贬谪文学创作变化

伴随唐中后期士人南贬高潮的到来,贬谪文学中的"岭南"逐渐由一个地理概念成为一个文化艺术符号,一个依附岭南自然地理环境而存在的文化空间。在这个空间里,被贬的士人无可奈何地书写自己的"诗意人生",面对陌生的山水和内心的无助,他们唯有借助山水倾诉衷肠。然而即便是处在同一个地理空间,面对一样的自然环境,不同的人会写出不一样的文字,呈现不一样的风格。

(一)中唐到晚唐岭南贬谪代表人物

韩愈(768—824),唐宋八大家之首,唐代文学家、哲学家,一生中三次下岭南,在岭南留下了大量的诗文:第一次是十岁时跟随贬官长兄韩会迁至岭南韶州;第二次是当监察御史时,上书触怒唐德宗,被贬为岭南连州阳山县

县令;第三次是当刑部侍郎时,谏迎佛骨,触怒唐宪宗,被贬为岭南潮州刺史。在被贬为连州阳山县县令时,韩愈途经同冠峡,写了其贬谪生涯的第一首记游诗《次同冠峡》:"今日是何朝?天晴物色饶。落英千尺堕,游丝百丈飘。泄乳交岩脉,悬流揭浪摽。无心思岭北,猿鸟莫相撩。"贞元二十年(804年),韩愈终于来到了阳山任所,为州官王弘中所建的燕喜亭写下名篇《燕喜亭记》,赞颂连州"吾州之山水名天下"。

刘禹锡(772—842),字梦得,唐代文学家、哲学家。刘禹锡在历史上的主要贡献是创作了大量诗歌,在《全唐诗》中,刘禹锡集诗最多,有"诗豪"之称。元和十年(815年),刘禹锡被贬连州。到位伊始,他立即着手调查研究,对连州的地理位置、气候特点、民情风俗等进行了仔细的调查,把掌握到的基本情况写入《连州刺史厅壁记》,描述了连州优美的自然环境。

柳宗元(773—819),字子厚,唐宋八大家之一,唐代文学家、哲学家、散文家和思想家,世称"柳河东""河东先生",因官终柳州刺史,又称"柳柳州"。元和十年(815年),柳宗元再贬至柳州后,作有《桂州裴中丞作訾家洲亭记》《邕州柳中丞作马退山茅亭记》《柳州山水近治可游者记》《愚溪诗序》等。

李渤(773—831),唐穆宗即位召其为考功员外郎。元和十五年(820年),李渤因上书越职言事,出为虔州刺史。长庆元年(821年),调任江州刺史,又因仗义执言,抨击太监横行霸道,出为桂州刺史兼御史中丞,充桂管都防御观察使。作有《南溪白龙洞》《辨石钟山记》等。

李德裕(787—850),字文饶。他的一生,经历了唐代的宪宗、穆宗、敬宗、文宗、武宗和宣宗六朝皇帝,外征内治,出将入相,功绩卓著。宋代范仲淹称他"独立不惧,经制四方,有真相之功,虽奸党营陷,而义不朽矣"(《述梦诗序》)。大中二年(848年),李德裕被贬为潮州司马,之后又被贬为崖州司户参军。他一路南下,留下了大量的贬谪文学作品,如《到恶溪夜泊芦岛》《谪岭南道中作》《早春至言禅公法堂忆平泉别业》等。

李涉(生卒不详),唐代诗人,自号清溪子,洛阳人。早岁客梁园,逢兵乱,避地南方,与弟李渤同隐庐山香炉峰下,后出山做幕僚。唐宪宗时,曾任太子通事舍人。不久后,被贬为峡州司仓参军,在峡中蹭蹬十年,遇赦放还,复归洛阳,隐于少室。宝历二年(826年),裴度与李逢吉不和,裴度的门吏武昭醉后扬言要刺杀李逢吉以报裴度的知遇之恩,此事败露后,武昭被下狱并处死,作为他的好友的李涉也因此事受牵连而被流放康州。唐文宗大和中,李涉被召回任国子博士。著有《李涉诗》一卷,存词六首。

(二)贬谪前文学创作及审美表达

盛唐的诗歌黄金时代结束以后,经过中晚唐诗人几十年的探索,唐诗的发展经过了两峰之间的山谷,又呈现出繁荣局面。繁荣的主要标志是崛起的诗群中出现了不同流派,他们各自创造了独特的风格。

刘禹锡早期的诗文,较广泛地描写了他在出行时所见的底层民众的生活和劳动,《采菱行》《捣衣曲》《阳山庙观赛神》《插田歌》等,都是描写各地风土人情的作品。刘禹锡还在部分作品中通过赞颂名胜而怀古,抒发自己的志向。刘禹锡志向远大,进士及第后,其《华山歌》写道:"洪炉作高山,元气鼓其橐。俄然神功就,峻拔在寥廓。灵迹露指爪,杀气见棱角。凡木不敢生,神仙聿来托。天资帝王宅,以我为关钥。能令下国人,一见换神骨。高山固无限,如此方为岳。丈夫无特达,虽贵犹碌碌。"显然,诗中华山高耸险峻的形象、非凡的气概正是诗人志向和理想的生动体现和形象反映。

怀古诗文表现出刘禹锡崇高的时代使命感和社会责任感,他渴望参与到治理国家的政治活动中去,欲挽狂澜于既倒,解国难于倒悬,救民众于水火,希望为唐朝的中兴尽自己的一点力量。这正是刘禹锡积极参与王叔文领导的政治革新运动的思想基础和价值取向,也是刘禹锡的初衷。如游览扬州法云寺时,刘禹锡看到了谢安所植的两棵桧树,题写《谢寺双桧》,"长明灯是前朝焰,曾照青青年少时",感慨时光易逝,圣贤难觅。又如他游览姑苏山,题写《姑苏台》:

> 故国荒台在,前临震泽波。绮罗随世尽,麋鹿占时多。
> 筑用金锤力,摧因石鼠窠。昔年雕辇路,唯有采樵歌。

姑苏台在今江苏省苏州市西南姑苏山上,相传是春秋时吴王阖闾所筑,夫差与西施在这里为长夜之饮。刘禹锡在诗作开篇点题,写过去繁华的姑苏台如今已成为一座荒台,为全诗定下了荒凉凄冷的伤今基调。中间两句进行今、昔对比,用昔日的"绮罗""金锤力"与如今的"麋鹿多""石鼠窠"形成鲜明的对照,意在说明逸豫足以亡身的历史道理。其中的"石鼠窠"一词可谓一语双关,一方面指出姑苏台的破败是由于很多的老鼠在此处做窝,另一方面兼用《诗经》的《魏风·硕鼠》之典,指出国家的衰败是由于那些贪官污吏在干着祸国殃民的勾当。这样的讽刺,犀利且不露痕迹。末句是刘禹锡的慨叹之语:国已不国,台成荒台,昔日的辇路也早已被废弃,这样的史实难道不该成为当今统治者极好的借鉴对象吗?面对国势的日益衰颓、朝政的腐败、君主的昏聩,心系时政的刘禹锡在游历荒芜的姑苏台后发出这样的慨叹是不足为奇的。

观韩愈早年诸作,虽有像《条山苍》那样的"简淡"之诗,然尚未完全形成固定风格,大抵以清新雄豪为主,如《青青水中蒲三首》就给人以清新之感。与王维的《杂诗三首》、李商隐的《夜雨寄北》相较,虽都是抒情佳作,但韩愈的诗"自有风致"。他在《杂诗》中,利用飞驰的想象,以寓言为假托,表达了他对世俗的看法,以喻诗人站在时代知识和思想认识的峰巅,发挥《原道》之旨,写法上则直接继承李白诗歌的浪漫主义传统。全诗想象奇特,比喻新鲜,特别是"独携无言子"以下六句和"慷慨为悲咤,泪如九河翻","翩然下大荒,被发骑麒麟"数言,清新而气宏,已表现出清新雄豪的风格。这个时期的《汴泗交流赠张仆射》《雉带箭》《归彭城》《山石》等诗,都体现了韩愈早期作品的风格。

《山石》是一首别具特色的记游诗,一般认为此诗作于贞元十七年(801年),它具有韩愈早期诗作刚健清峻的风格。首句"山石荦确行径微",乍看似有突兀之感,稍稍玩味,便觉峭奇而自然。在此诗开篇,韩愈不写出发或进山的地点,却写弯曲狭窄的山路和险峻的怪石,巧妙地概括了到寺之前的行程,讲述攀登的艰险和山势的特点,意不在写山,而山形毕肖,读者感受到的是诗,而不是流水账。这句诗没有明写人,韩愈通过分享自己的观察与感知让读者"看"到山路上有人的活动,那山石的险怪嶙峋和小路的狭窄弯曲都是诗的主人公感知到的,这种感知传入读者的脑海,便形成了一幅鲜明的图画,留给读者想象的空间,使人们获得审美情趣。第二句"黄昏到寺蝙蝠飞","到寺"二字点明了人,也把首句的写人落到了实处,这一句便点出了诗的重点——游寺。到寺的时间是晦暗的"黄昏",画面必然是模糊的。然而,韩愈用"蝙蝠飞"把"黄昏"的景色写得既鲜明又活泼,并且抓住了"黄昏"的特点。"升堂坐阶新雨足,芭蕉叶大栀子肥"描绘的是一幅古寺芭蕉栀子图。因为是初秋,刚下完雨,芭蕉和栀子喝足了水,生长茂盛,显得特别精神。可是诗并没有用"油绿"来形容芭蕉的叶子,而是用了"大"字,这既能表现出芭蕉长势喜人,又能体现天黑后景物呈献给人的感知特点。"夜不观色",天一黑,除了黑、白两色,人是无法辨认别的颜色的。所以,这两句诗既写"大"的芭蕉叶,又写肥硕的栀子花,一来栀子花是白色的,二来栀子味香扑鼻,极易触动人的感知。韩愈擅写夜间观花,如在《李花赠张十一署》一诗中用"花不见桃惟见李""白花倒烛天夜明"两句写李花。南宋诗人杨万里在《读退之李花诗》序中写道,"桃李岁岁同时并开,而退之有'花不见桃惟见李'之句,殊不可解。因晚登碧落堂,望隔江桃李,桃皆暗而李独明,乃悟其妙。盖'炫昼缟夜'云"。此语正可以借来理解《山石》中的这两句诗。夜间到寺必找僧人乞食借宿,接下去韩愈便用"僧言古壁佛画好,以火来照所见稀"两句,描绘了一幅客至古寺挑灯照壁图。"佛画"点明这里是佛寺,"僧言"表明"佛画好"是僧人自夸,不是韩愈赞赏。所以,下句的"稀"宜作"依稀"解,表达看不清佛画的意思,这正表现了韩愈一贯辟佛的态度。因为僧人的殷勤热情,韩愈不便直言佛事不好,只表达不即不离的态度,体现为这两句诗的表意协调一致。其后,僧人的热情与韩愈的满意一股脑体现在"铺床拂席置羹饭,疏粝亦足饱我饥"两句诗里,这真是一幅趣味盎然的古寺夜宿风俗画。接着,韩愈用"夜深静卧百虫绝,清月出岭光入扉"两句写夜深静景,用"百虫绝"形容"夜深"。在深夜,诗人"静卧",独自领略清月的幽雅。夜深之后,清月从山上升起来,照入门里,说明这不是一般的夜,乃是下弦月夜。韩愈此游在唐德宗贞元十七年(801年)农历七月二十二日。农谚云:"二十一二三,月出鸡叫唤。"这两句诗的意境颇似王籍的"鸟鸣山更幽"和李白的"床前明月光"。然而,韩愈不是思乡,而是独赏静夜明月。"天明"六句共绘一幅山间早行长卷:晨雾迷漫的山峦,山花烂漫,涧水碧绿,深山峡谷中的古松怪栎,哗哗作响的涧流溪水,——展现在这幅画卷之上。

与刘禹锡少年得志的豪迈不同,同样少年得志的李德裕在遭贬前的诗文中表达了他的忧患意识,这与他所处的地位和家庭出身有莫大关系。他自幼耳濡目染,见过诸多士族门阀的兴衰和许多才子政客的沉浮,对仕途和人生都有深刻的体认。当这种对仕途的忧患与对人生和生死的感叹相结合时,其诗中的情感更显得真切深沉:"桃柳溪空在,芙蓉客暂依。谁怜济川楫,长与夜舟归"(《汉州月夕游房太尉西湖》),"亭古思宏栋,川长忆夜舟。想公高世志,只似冶城游"(《重题》)。房太尉即房琯,唐肃宗时为宰相,安史之乱中因陈陶之败被贬为汉州刺史,后卒于阆州。李德裕吊慰房琯实为寄托己意,认为自己虽有济川之才却不堪命运的捉弄,虽有高世之志却只似冶城一游,谁也不可逃脱生死,功名志业终成一场空。这种感受不仅源于他对前朝人物命运的体认,更源于他和同僚旧游的相似经历,"东望沧溟路几重,无因白首更相逢。已悲泉下双琪树,又惜天边一卧龙。人事升沉才十载,宦游漂泊过千峰。思君远寄西山药,岁暮相期向赤松"(《忆金门旧游奉寄江西沈大夫》)。昔日的同僚好友与他或生死相隔,或白首难逢,彼此都在官场颠簸沉浮,令李德裕倍感疲惫心酸,只能将解脱的意愿寄予岁暮归隐。在李德裕的诗赋中,对仕途忧患的感慨、对自由适意的向往与对品格志气的坚持往往是交织在一起的。他既无法放弃理想,忘情于政治,又时刻感受到潜藏的危机,还为悠游山林之梦的破灭而惆怅感伤,这些感受相互交织,造就了他复杂矛盾的内心世界。但在实际行动上,他却是有所侧重的。他毕竟还是一个想做实事的人,虽然在诗赋创作中他更多地倾吐了对仕隐的向往,但是一旦现实给了他机会,他便又会毫不犹豫地投入到政治事业中去,让仕隐的向往无条件地服从政治的需要。

(三)贬谪岭南时期的文学创作及审美表达

因为所处环境、身份地位的急剧改变,被贬至岭南的士人内心激荡着强烈的情感,故他们的创作在一定程度上突破了悠游不迫、平和安宁的风格,变得深沉苍凉、顿挫有力,具有强大的艺术感染力。

试比较李德裕的《登崖州城作》和柳宗元的《与浩初上人同看山寄京华

亲故》这两首诗:

> 独上高楼望帝京,鸟飞犹是半年程。
> 青山似欲留人住,百匝千遭绕郡城。
>
> （《登崖州城作》）

> 海畔尖山似剑铓,秋来处处割愁肠。
> 若为化得身千亿,散上峰头望故乡。
>
> （《与浩初上人同看山寄京华亲故》）

　　这两首诗都是七绝,都是诗人身处贬谪之中的望归之作,又都以山为描写对象,但是它们却体现出不同的风格。首先,两首诗的情感内涵不同。李德裕写这首诗时,已被贬于海南崖州。他身处天涯,仍眷恋故土。他对"帝京"有无比深沉的向往,但这一次贬谪后,穷病交加的处境让他明白,他已没有东山再起的可能,连能否活着回到故土都是问题。而柳宗元所写的则是在忧危愁苦之中对故乡的渴望,他虽亦被贬于荒僻之地,但尚且是一州的行政长官,他只是不被朝廷重用,政治处境还未恶劣到极致,因而他还希望在朝的旧交能够援手相救,使他不至葬身他地。前者是一切希望都已经断绝,别无他念,后者是求援亲故,渴望北归。心情不同,眼中的山便呈现不同的样貌,李德裕着眼于山的"深","百匝千遭"、重重叠叠的群山,象征着重重的包围,象征着归去的绝无可能。在极度的绝望之中,他已不抱什么渴求和希望,反而获得了平静,没有挣扎,没有激切和怨愤,他不说被山阻隔,反而说山欲留人,显示出一种淡然平和的心态。柳宗元则抓住了山的"尖":群山崇峻陡峭,仿佛化为无数锋利的剑铓,将他思乡的愁肠几乎割断。因为思之切,所以望之频,甚至唯恐望得不够,想化身为千万个自己,尽情向故乡望去。凄苦的心情,迫切的归思,情感无法抑制。从表现上看,李德裕以眼前事、眼前景入诗,叙述自然,悠游不迫。全诗节奏舒缓宁静,虽然有"鸟飞犹是半年程"的夸张,但只是表达去京遥远,所用意象仍然平常,并不给人以奇突惊异之感。而在柳宗元的诗中,山可割断愁肠,因此他期望自己能有千万个分身。其想象奇异,构思独特,在自然物象中投射自己强烈的主观情感,在诗中不可遏制地倾吐出内心的痛苦抑郁。整体来看,两首诗都表现作者深沉痛切的情感,但两相比较,柳宗元通过奇异的想象和独特的夸张,将埋藏在心底的悲愁不可抑止地倾吐出来,给人一种惊心动魄之感。而李德裕则是在即事即景、自然平常的抒写中表达无限的忧郁和感伤,情感是深沉悲凉的,全诗内蕴深厚,怨而不迫,平稳舒缓。

　　元和九年(814年)十二月,刘禹锡和柳宗元等遭贬之士奉诏还京。十年的落魄与困顿,十年的期待与守望,终因一封诏书而改变,他们重见光明。然而,此时的朝廷对革新派人士的看法并没有大的改变,政治局势也并未好转,刘禹锡刚烈不屈、不与时俯仰的性格直接导致了他再次遭贬的悲剧命运。如果说初次贬谪使刘禹锡在充分咀嚼人生悲痛失意、艰辛苦涩的同时,对世事人心有了一定程度的体验和反思,那么,再次贬谪则使他更真切地感受到现实的冰冷残酷以及个人在命运面前的无能为力。"昨者诏书始下,惊惧失次。叫阍无路,挤壑是虞。草木贱躯,诚不足惜。乌鸟微志,实有可哀"(《谢中书张相公启》),怀着对现实的巨大失望和沉重的生命忧患,拖着日渐衰老的多病之躯,刘禹锡再次踏上了更加荒远的南贬之路。

　　元和十年(815年)三月到元和十四(819年)底的近五年时间里,刘禹锡被"谪在三湘最远州"——连州任刺史。唐时的连州虽属僻远之地,但"山秀而高,灵液渗漉……石侔琅玕,水孕金碧……环峰密林,激清储阴"(《连州刺史厅壁记》),与播州"西南极远,猿狖所居,人迹罕至"①和朗州"气泄而雨淫,地悬而伤物"(《砥石赋并序》)的情形相比,还算风景如画,气候宜人。与朗州时期因无所作为而终年苦闷忧郁不同,在连州,刘禹锡作为一州刺史,地方政务的繁忙多少可以冲淡他内心的挫折感和孤独感。因此,综观他这一时期的作品,除了"犹念天涯未归客,瘴云深处守孤城"(《酬马大夫登涯口戍见寄》),"莫怪殷勤悲此曲,越声长苦已三年"(《闻道士弹思归引》),"烦君远寄相思曲,慰问天南一逐臣"(《酬国子崔博士立之见寄》)等个别抒

---

① (后晋)刘昫等撰,陈焕良、文华点校:《旧唐书·第14部》,长沙:岳麓书社1997年版,第2912页。

发失意苦闷的诗句外,很难看到如朗州十年所作的那种充满愤懑激切的抒怀言志之作,取而代之的是大量涉及公文、酬赠、民俗及政事的诗文,并且在思想上也几乎消尽了伤感以至遗世的想法,写作风格一度变为平和与从容,体现了他当时深沉而理性的心智。

作于贬居连州第三年的《问大钧赋》集中体现了他这一贬谪心态的变化。这篇赋是刘禹锡身处逆境时为了适应生存需要而进行的理性重建,它显然是效仿屈原的《天问》而作,"意有所郁结",不能释怀乃求教于造物者:"坦坦之衢,万人所趋。蒙一布武,化为畏途。人或誉之,百说徒虚。人或排之,半言有余。物壮则老,乃唯其常。否终则倾,亦不可长。"由此可见,刘禹锡一直对政治的失意与遭遇的不平耿耿于怀,难以获得身心的解脱。且听造物者对他的教诲和开导:"倚梯青冥,举足斯跌。韬尔智斧,无为自伐,凿窍太繁,天和乃泄……今哀汝穷,将厚汝愚。剔去刚健,纳之柔濡。塞前窍之伤痍兮,招太和而与居。恕以待人兮,急以自拘。道存邃奥,无示四隅。……且夫贞而腾气者朣朣,健而垂精者昊昊。我居其中,犹轮是蹈。以不息为体,以日新为道。……阳荣阴悴,生濡死藁。各乘气化,不以意造。……当锡尔以老成。苍眉皓髯,山立时行。去敌气与矜色兮,噤危言以端诚。……始厚以愚,终期以寿。忘上问之罪,濯已然之咎。心憎故术,腹饱新授……"

刘禹锡在这种自问自答中完成了对身处忧患的深省,对生存真理的探求,以及对生命理性的重建。他饱经政治磨难,历尽世事沧桑,进一步认识到自己从前的锋芒毕露、锐意激烈是刚健有余而柔濡不足的,是以屡遭厄运,不得趋于坦途。"今哀汝穷,将厚汝愚。剔去刚健,纳之柔濡",在政治抱负不得施展、人生独处困顿穷愁之时,刘禹锡主动亲近道家的"厚愚""纳柔",这是历尽世事后的守愚藏拙,也是遍尝艰辛后的返璞归真。他在遭贬之后,心态趋于内敛与自抑。随着阅历的日渐丰富和人生智慧的不断沉淀,他对自己既往的处事原则和行为方式有所不满,希望超越自我,以崭新的面目出现,于是逐渐摆脱了初次贬谪时咄咄逼人的怨刺、不平之气,变"径行直遂"为"恕以待人兮,急以自拘",一定程度上敛抑了锋芒、销铄了锐气、潜匿了英风。同时,他也摒弃了抱残守缺及悲观厌世的消极思想,开始从自然大化强劲有力、变动不居、生生不息的运行中汲取生存的力量,用发展的眼光看待世事及自身的遭遇,以"不息"和"自新"的精神游走于生命空间。于是,困厄悲苦不再令他感到窒息,局促的生存天地也因此变得辽阔无垠。

韩愈在被贬潮州之前的诗作大多能体现他的蓬勃朝气,如"少年气真狂,有意与春竞"(《东都遇春》),"事业窥皋稷,文章蔑曹谢"(《县斋有怀》),其中充溢着积极入世报国的气概。他被贬潮州后,作诗则汲汲于自我得失,是顺亦忧,退亦忧。纵观韩愈被贬前后,其思想似乎相差悬殊。韩愈远迁潮州,备尝艰辛,深感前途茫茫,万念俱灰,感叹于"我今罪重无归望,直去长安路八千"(《武关西逢配流吐蕃》),甚至有交代后事的悲怆。当然,韩愈被贬谪岭南后,也有细腻描写岭南山水的文章。在《燕喜亭记》一文中,韩愈记记述了燕喜亭周围景物的发现和营造过程及各景观的命名。凡此种种娓娓道来,丝丝入扣,层层映衬燕喜亭主人的君子之德。全文骈散结合,长短参差,善用排比,气势雄浑。

> 既成,愈请名之。其丘曰俟德之丘,蔽于古而显于今,有俟之道也。其石谷曰谦受之谷,瀑曰振鹭之瀑,谷言德,瀑言容也。其土谷曰黄金之谷,瀑曰秩秩之瀑,谷言容,瀑言德也。洞曰寒居之洞,志其入时也。池曰君子之池,虚以钟其美,盈以出其恶也。泉之源曰天泽之泉,出高而施下也。合而名之以屋曰燕喜之亭,取《诗》所谓"鲁侯燕喜"者颂也。
>
> (《燕喜亭记》)

此文艺术上的第一个特点是善用排比。几乎在文章的各个段落,韩愈都采用了排比句式,行文层峦迭出,给人以美不胜收之感。从"其丘曰俟德之丘,蔽于古而显于今,有俟之道也"到"合而名之以屋曰燕喜之亭,取《诗》所谓'鲁侯燕喜'者颂也",整段文字呈并列排比状。这篇散文的前几句用通俗的话来说,就是那土丘叫"俟德之丘",古时没有显露出来,而现在显露出光彩,其中蕴含期待之道。那石谷叫"谦受之谷",瀑布称"振鹭之瀑"。石谷说的是它的品质,瀑布说的是它的形状。那土谷叫作"黄金之谷",瀑布叫

"秩秩之瀑",土谷说的是它的形状,瀑布说的是它的德行。山洞叫"寒居之洞",记述进洞的时间,池塘叫"君子之池",它有时水少,是要汇集自身的美德,它有时水涨满溢,是要排出自己的污秽。一连串结构相似的句子,使作品语言拥有较强的节奏感和旋律美,读起来给人以大气磅礴之感。此文另一个特点是具有独特的创作构思。在行文开始,他就写了对自然美景的留恋和开拓,接着对风光景物进行描述,似乎专注写景,接着猛一转折,以写人物之爱好,衬托人物之品德,使文章的意旨全然显现,给人以豁然开朗之感。韩愈用衬托手法把人和物融合起来,使文章首尾呼应,神回气合,其谋篇布局的高超手段,给人一种平中出奇、曲折有致的感觉。表面上看,这是一篇记叙山水景物的作品,但细读全篇,便知其不是以描摹山水风光为重点,而是借写山水来写人,是一种将山水游记与颂体文章巧妙融合起来的散文样式。

三、唐代岭南贬谪文学意象和审美心态的变化

被贬的士人来到岭南都是非主动的,这是他们人生的低谷。但既然已经来了,既然还活着,他们就要面对这一切,面对此山,面对此水,面对此人,最重要的是面对自己的心。如何平抚受伤的心?让自己与自然进行交互,让水带走自己的伤痕,让山倾听自己的心声,才能让心灵安顿。岭南虽然是个贬谪之地,是个伤心之地,但这里毕竟有美丽的山水,毕竟是一个可以寄托精神的所在,所以被贬的士人会用心去描绘山水。就其作品呈现的意象而言,多与放松心情的词语有关,如"既成以燕,欢极而贺"(《桂州裴中丞作訾家洲亭记》),"于是手挥丝桐,目送还云,西山爽气,在我襟袖"(《邕州柳中丞作马退山茅亭记》),"取《诗》所谓'鲁侯燕喜'者颂也"(《燕喜亭记》),"放杖而笑,孰为得失"(《书上元夜游》),没有其他作品的压抑之感。

在贬谪文学作品中,作者普遍使用"殿""苔""寺""钟""花""莲"等具象符号,以及"禅""清""静""寂""澄""明""动""静""色""空""有""无""照"等抽象符号,呈现清、静、澄、空的澄澈之美,引导人们去体悟静,用现实世界的"有"去体悟"空",超越现实的烦恼苦难,获得形而上的喜悦。

贬谪不仅意味着肉体上的惩罚,也意味着精神上的羞辱与折磨,更标志

着他们在政治与道德上的被抛弃和被否定。"被贬出京城的逐臣,从某种意义上来说,就已成为了被整个社会群体和过去属于他们的文化圈子抛弃了的'罪人',独自阻隔和囚拘在远离了这群体和圈子之外的偏僻处忍受孤独与苦难;在社会文化圈看来,他们已失去了用处,也撤去了他们原有的位置。"①张籍在《伤歌行》中记杨凭贬临贺尉一事云:"黄门诏下促收捕,京兆尹系御史府。出门无复部曲随,亲戚相逢不容语。辞成谪尉南海州,受命不得须臾留。身着青衫骑恶马,东门之东无送者。邮夫防吏急喧驱,往往惊坠马蹄下。""东门之东无送者"的原因,当然是其门生故旧怕受到牵连。《唐语林》卷七记:"李卫公历三朝,大权出门下者多矣,及南窜,怨嫌并集。途中感愤,有'十五余年车马客,无人相送到崖州'之句。又书称:'天下穷人,物情所弃。'"李德裕从权势的顶峰跌落下来,累贬潮州、崖州,感叹无人相送的悲凄哀伤。"天下穷人,物情所弃",道出了他不被主流文化圈认同的痛苦心酸,以及被弃置于熟人群体外孤寂孑立的惶恐。

柳宗元的《别舍弟宗一》一诗曰:"一身去国六千里,万死投荒十二年。""一身去国"表达了他被社会主流文化抛弃和政治追求失败后的无限悲怨,"万死投荒"之"荒"无疑是唐宋士人对于"岭南"的整体印象,此乃地理印象、历史印象与现实印象的叠加。对于唐宋士人来说,"去国""投荒"既意味着政治追求的失败,也意味着其人格被践踏,自由被扼杀,在这个意义上,"岭南"在唐宋士人心中几乎等同于人生的失意与生命的沉沦。一方面,古代士人对政治普遍热衷,唐宋是我国古代士人的盛世,唐代的政治相对清明,国势昌盛,仕途开阔,宋代的文化空前繁盛,对士人在政治、经济上相对优容,这极大地激发了士人对生活的希冀和追求理想的信心,他们更希望做一个政治家,为国、为民出力,以求青史留名。另一方面,封建王朝的政治是无情的,更是残酷的,伴随政治追求失败而来的是贬谪。从繁华的中原来到偏僻之地,从高高的庙堂坠落到遥远的江湖,从权倾一时到罪责在身,士人的被弃感、被囚感(不自由)以及生命的荒废感(价值的无法实现)无比强烈,

---

① 刘铁峰:《刘禹锡、柳宗元诗歌贬谪情感艺术范式刍议》,载《集美大学学报(哲学社会科学版)》2002 年第 5 卷第 4 期,第 101 页。

心境无比悲凉。

盛唐之前的士人与中晚唐士人的不同之处在于,他们个性更为张扬,理想与现实之间的巨大落差和矛盾使他们的贬谪心态表现得更为激烈和外露,而盛世的繁荣又使他们的贬谪生活显得更为丰富多彩。他们在痛苦哀伤、愤懑不平之余,更多地保持着一份单纯的浪漫和热情。他们失望的背后不是绝望、冷寂,也不是玩世不恭、同流合污,他们不像中晚唐的贬谪士人那样,恰恰相反,他们有燃烧不息的希望。他们在屡经贬谪之后,依旧不改自己的个性和禀赋,这并非仅仅是对道德的持守,还有对个性的张扬,不受拘束,豪纵狂放。即使同样执着于理想和操守,盛唐之前的士人也没有像中唐的刘禹锡、柳宗元那样,在贬谪文学作品中表达那么多的激愤抗争。

除了张九龄等少数几位曾处于高位的人之外,他们的政治理想,与中唐时期的贬谪士人相比,也都显得较为空泛,没有很多具体的内容和实际的意义,更多的是为了满足人格独立和自由的需要。因此,在他们的理想受到打击之后,他们才没有那么多的执着和痛切之感。他们从儒、释、道中所吸取的,有宣扬个体人格和主体意识的功名观念,也有自恣适己,贵自然、重全真、物物而不物于物的精神,还有融出世于入世之中,寓精神超越于世俗生活之中的思想。总之,他们的审美心态充满了世俗性和现实享受的意味。

盛唐之前的贬谪士人在贬谪中感受到的愁苦哀伤、愤懑不平,大多缘于贬谪这一生活内容,以及他们的个性自由受到的限制和损害。同时,这一思想观念使他们在遐荒之地,在身心受到伤害、自由受到限制、人格受到歧视的情形之下,依旧热衷于功名,不放弃浪漫的人生理想。他们以未来的显达和事业的成功互相期许,互相劝慰。他们对自己的才能和品德充满信心。特别是在贬谪地,他们在适应了当地的自然气候之后,常常纵情山水,恣意讨幽,诗酒唱和。

虽然初唐的沈佺期、宋之问和盛唐的张说,同中唐的柳宗元、刘禹锡等人一样,在贬谪中借自然山水抒发自己仕途的失意和人生的郁闷情绪,但更多的作品是在玩赏自然山水之美,享受一份单纯的自由和快乐,在自然山水的雅赏或恣情之中,充分地表现他们闲暇、超逸、轻扬、愉悦的人生意趣。在贬谪失意之时,他们在行乐之地,在春光烂漫之中,花亭绮罗,翠筵歌舞,纵情玩赏。盛唐之前的谪宦不像中晚唐的谪宦那样有那么多的玩世色彩和颓废意识，他们的审美心态更多地表现为对人生的感性满足与文人的风流雅赏，整体表现为盛世之下的享乐心态。

自秦汉以来，历代士人都是在"道"的规则下教化百姓、规范君权、治理天下的，"道"因此成为他们实现自身价值的理性标准。安史之乱之后，士人阶层的精神世界也同他们在现实中的境遇一样萎靡不振，韩愈大声疾呼要重构"道统"，以期恢复一整套适应士人群体心理期许的传统道德秩序。他试图用传统的道德秩序和现实的理想需求来平衡士人群体的人生观和价值观。韩愈的《燕喜亭记》写出了连州山水的灵性与精神，称赞被贬千里的王弘中踏遍千山万水却对山水不感餍足，仍对山水情有独钟的豁达心态，褒扬他"智者乐水，仁者乐山"的宽阔胸襟与"智以谋之，仁以居之"的躬行实践。唐初，士人群体表现出对入世的强烈追求。但从中唐以后，随着唐的衰落和科举取士之路的日益艰难，士人群体的人格理想陷入主体精神的集体困惑之中，表现出茫然无措的状态。然而，柳宗元、韩愈等人所具有的超越时代的精神和历史使命感，引导其身边的人重塑积极面对现实生活的人格。士人群体从贬谪士人身上吸取经验，并加以适当调整，在担当社会责任时迎难而上，重建人生理想。

尚永亮在《贬谪文化与贬谪文学——以中唐元和五大诗人之贬及其创作为中心》一书的自序中说："对古代士人来说，贬谪既意味着一种人格的蹂躏和自由的扼杀，又标志着一种沉重的忧患和高层级的生命体验。由此导致贬谪士人发生心理、性格、观注对象和思维态势的诸多移位，形成极具范式意义的执著意识与超越意识，并将'全盛之气，注射语言'，开始了抒愤文学的专力创作。而骚动于其中的执著意识和超越意识，则构成了贬谪文学最富光彩的乐章。"①尚永亮事实上探讨了贬谪文学的发生机制，即从贬谪到贬谪士人到贬谪文学的这样一个过程。对贬谪士人而言，一旦被认定有罪而遭贬谪，贬谪所造成的就不仅是对其道德、能力的全盘否定，而且是对其

---

① 尚永亮著：《贬谪文化与贬谪文学——以中唐元和五大诗人之贬及其创作为中心》，兰州：兰州大学出版社2004年版，自序第2页。

心理和人格的沉重打击。在这种情况下，贬谪文学呈现给我们的"既是一支主题明确、意蕴深厚、充溢着真实生命痛苦骚动的文学乐章，又是一幅由血泪交织而成、饱含苦闷意识的中国贬谪士人的心态长卷。在这长卷的内里，我们分明觉察到了一种因正道直行横遭贬黜、独处遐荒、无可表白的屈辱感和悲愤感，一种因社会地位骤降、为人歧视、前途迷茫、进退维谷的自悲感和孤独感，一种被社会群体和所属文化抛弃了的恐惧感和失落感"①。

因为贬谪给士人带来巨大的生活磨难与心灵痛苦，所以当面对这种磨难痛苦时，贬谪士人会下意识地在精神上寻求解脱之道。于是，他们入仕进取之心逐渐淡薄，独善、归隐等思想观念滋生，这种思想观念慢慢沉淀为贬谪文化形成的重要因子。

第三节　宋代岭南贬谪文学创作变化

唐人重兴象，他们将自己对自然、对生活的热爱寄托在对山水美景的描绘中。而宋人尚理趣，北宋的山水诗文大都蕴含深邃的哲理。范仲淹在《岳阳楼记》中提出了"先天下之忧而忧，后天下之乐而乐"的忧乐观，表达了宋代士人强烈的责任感。

一、宋代岭南贬谪文学概述

以柳宗元为代表的唐代士人使用的传统记游技法，如细致逼真地描摹景物和寓感慨于景物描写等，在宋代的记游诗文创作中得到继承发扬，且宋代士人另有开拓和贡献。首先是说理性记游诗文的出现。宋代人尚理，在文中发议论、探哲理，是宋代散文的一大特点，这个特点同样体现在不少记游诗文中：苏轼的《石钟山记》、苏辙的《黄州快哉亭记》是说理性记游诗文之佼佼者。这类记游诗文的结构大抵相同，都是先写"游"之所见所闻，后就所见所闻的某一点发表议论，阐明某一道理。这一类记游诗文虽有说理的内

---

① 尚永亮著：《贬谪文化与贬谪文学——以中唐元和五大诗人之贬及其创作为中心》，兰州：兰州大学出版社 2004 年版，第 7 页。

容,但仍以"游"为主,"理"并不喧宾夺主,文中不乏细腻的写景文字。

宋代记游类的诗文名篇荟萃,佳作迭出,除上文提及的之外,还有王禹偁的《黄州新建小竹楼记》、曾巩的《墨池记》、苏舜钦的《沧浪亭记》、晁补之的《新城游北山记》、吕祖谦的《游兰亭记》、程端明的《游金华三洞记》、王质的《游东林山水记》等。宋诗主理,尚意趣,议论风发。王禹偁的《村行》、林逋的《秋日西湖闲泛》、梅尧臣的《鲁山山行》和《东溪》、欧阳修的《伊川独游》、苏舜钦的《初晴游沧浪亭》、王安石的《登飞来峰》和《泊船瓜洲》、苏轼的《饮湖上初晴后雨》和《题西林壁》、陈师道的《十七日观潮》,以及陆游的《游山西村》等都是景、情、理交融的优秀诗作。

"重文抑武"的社会环境使宋代的记游诗文不再像唐代的那样豪迈雄阔。士人在记游诗文中流露更多的是羁旅惆怅、离愁别绪和隐藏于内心深处的家国之忧。秦观、周邦彦、朱敦儒等著名的词人都是如此。其中,秦观的《踏莎行》可被视为表现羁旅之愁的典范之作。此外,描绘自然风光的宋词较多,较为突出的有潘阆咏杭州十景的十首《酒泉子》,欧阳修泛舟颖州西湖时创作的《采桑子·轻舟短棹西湖好》,李清照在游湖时创作的《怨王孙·湖上风来波浩渺》,吴潜的《水调歌头·焦山》,汪莘的《沁园春·忆黄山》、张孝祥的《念奴娇·过洞庭》和吴文英的《望江南·三月暮》等。

宋代的政治环境与人文环境与唐代的有很大不同,这使得宋代被贬谪的士人更豁达,更能在山水之间体悟、审视人生与宇宙,把审美推向更加自由的高度。宋代岭南贬谪文学作品创作颇丰的主要有以下数人。

陈尧佐(963—1044),字希元,世称颍川先生。曾被贬为潮州通判,咸平二年(999年)春,以太常丞至祯州,建野吏亭,植荔枝树,人称"将军树"。游罗浮山,命人绘图并作《罗浮图赞》。酷爱惠州溪山胜景,所作《游惠阳西湖》诗云:"附郭水连山,公余独往还。疏烟鱼艇远,斜日寺楼闲。系马芭蕉外,移舟菡萏间。天涯逢此景,谁信自开颜。"他入朝主政后,与宾客论天下奇胜必称惠州山水,是向外界推广惠州名胜之第一人。

苏轼(1037—1101),字子瞻,世称苏东坡、苏仙。北宋文学家、书法家、画家。被贬惠州、儋州之际,写有《题罗浮》《书卓锡泉》《记游白水岩》《白水山佛迹岩》《记游松风亭》《题合江楼》《题广州清远峡山寺》《书上元夜游》等作品。

唐庚(1071—1121),字子西,大观四年(1110 年),受党祸所累,安置惠州。寓惠期间,"问学兼儒释,交游半士农"(《杂咏二十首》其十),与惠州名诗人梅蟠及梁昭德等"三善士"交往甚密,相互唱和。他常游西湖等风景名胜,吟咏风物,著歌、诗、杂文三百余篇,南宋吕荣义称他"身益穷而文益富"。他的诗作无憔悴悲凉之态,"曲尽"惠州景物,结束精悍,隽永有味。他的文章则长于议论,通于事务,庄重缜密,虽篇幅不长,然蕴含深厚内涵。后人将唐庚与苏轼寓惠诗文合编为《寓公集》印行,又两次在惠州辑刻《眉山唐先生文集》三十卷,葺其旧居,立祠纪念,改其旧居一带地名为"子西岭"。唐庚代表作有《游汤泉记》。

韩维(1017—1098),字持国,熙宁二年(1069 年)迁翰林学士、知开封府。因与王安石议论不合,出知襄州,改许州,历河阳,复知许州。绍圣二年(1095 年)被定为元祐党人,再次被贬。元符元年(1098 年)卒,年八十二。有诗集三十卷,因曾封南阳郡公,故名之为《南阳集》,写有《友清堂记》等名篇。

赵汝驭(生卒不详),号雪庐,宋乐清人。淳祐三年(1243 年)任惠州知州,兴利除害,得士民之心。淳祐十年(1250 年)迁广东转运使。著有《罗浮山行记》《石楼》《可赋庵》《见日庵》《云峰庵》等。《见日庵》云:"莫把桃花误世间,日方明处隐尤难。道人办得心坚固,好向飞云顶上安。"其诗借题发挥,亦参禅理之趣。

周去非(1135—1189),字直夫,南宋地理学家。南宋孝宗淳熙初,周去非曾"试尉桂林,分教宁越",在静江府任小官,遍历州县名胜古迹,悉查物候民情。周去非两次出任钦州教授,唯一传世著作为《岭外代答》。《岭外代答》一书,是周去非对亲友询问岭南物事的回答,共十卷,内容分地理、边帅、外国(上下)、风土、法制、财计、器用、服用、食用、香、乐器、宝货、金石、花木、禽兽、虫鱼、古迹、蛮俗、志异等共二十门,记载了岭南的社会经济和物产资源、山川、古迹等情况,以及少数民族的生活风俗,是重要的广西地方史料。

罗大经(1196—约1252),字景纶,号儒林,又号鹤林。宝庆二年(1226 年)进士,历仕容州法曹、辰州判官、抚州推官。在抚州时,因为朝廷一起矛盾纠纷被株连,遭弹劾罢官。此后再未重返仕途,闭门读书,博览群书,专事著作,写成笔记《鹤林玉露》一书,其中有不少记载,可与史乘参证,补缺订误。

二、宋代贬谪文学审美意象变化

唐代记游诗文侧重对景物的描写,宋代则侧重体现生命的价值体验,所以诗文中多了一些休闲的韵味。如余靖的《斋中芍药与千叶御米花对发招伯恭饮》:"岭南卉木少珍奇,且喜逢春见数枝。百禄大来唯酒美,一年全盛是花时。"陈与义的《和大光道中绝句》:"寂寂孤村竹映沙,槟榔迎客当煎茶。岭南二月无桃李,夹路松开黄玉花。"黄公度的《官舍闲居》:"五斗红腐可以疗饥,一室琴书可以自乐。负暄扪虱度清昼,未觉岭南官况恶。"邓有功的《客信丰寄刘起潜》:"岭南咫尺莫如虔,和暖严寒别有天。一夜诗魂清到骨,晓霜封却钓鱼船。"郑蕴的《题玉岩次韵》:"岭外梅疏初破腊,岩前松老不知秋。晚风落日催归兴,更约闲时取次游。"饮酒、赏花、煎茶、品果、弄琴、读书、吟诗、垂钓、闲游,宋代岭南贬谪士人的生活相比唐代的可谓是多姿多彩了。

唐庚在贬谪岭南后,经常携伴出游。他游览至越王台,在描绘景观的同时,还不忘探讨越王台岿立千载而不毁的原因。

> 政和元年春,吾南迁惠州,道出番禺。明日,与客游越王台。台据北山,其高数百寻,南临小海,而潢溪横浦、牂牁之水辐辏其下。左右瞻顾,则越中诸山不召而自至;却立延望,则海外诸国盖可仿佛于溟蒙杳霭之间。吾游天下多矣,登临之胜未有先于此者。此其所以岿然千载虽废而不毁也与!
>
> 世言此台兴于汉初,废于元鼎之时。以吾观之则不然。昔樗里子之葬渭南也,曰:后百年当有天子宫夹吾墓。至汉兴,长乐宫在其东,未央宫在其西。谨按《史记》,秦昭王七年,岁在辛酉,樗里子卒。汉高帝七年,长乐宫成;八年,营未央宫,是岁癸卯,上距辛酉实一百有三年。世知二宫作于高帝之时,而不知百

年之前樗里子固已言之于秦昭王之世矣,古称得道至人能知城邑宫殿从何福业生,此非虚语也。凡物成就,本非一时之所能为,至其变灭,亦非一时之能废。业凝而成,既泮而散。其所由来远矣。世无至人,故莫识其所从也。若樗里子者,岂足名得道哉?彼不过以数知之耳。盖万物本于道,故道能知之;不外于数,故数亦能知之。战国士大夫皆深于数,故知来世如此。至诘其所从来,彼亦不能言也。噫,物之废兴眇矣,吾何足以知之?然于废兴之理则吾尝论之熟矣,岂偶然哉?至如士之所以成败得丧,彼亦有自来矣。岂云云者所能权之也哉!正月初五日记。①

(《游越王台记》)

从第一段来看,唐庚采用的是记游散文的一般写法,开门见山地交代了游览的时间、人物和地点,然后立即进入正题,描写越王台的自然景色。唐庚笔墨精省,仅用"据""临""横"等几个动词就勾勒出越王台高据北山的情景。但越王台的胜景并不在于此,而在于登台眺望所见之景象:近处重峦叠嶂,"不召而自至",有一种动态的美感;远处山水相接,云遮雾绕,令人遐想。对此,唐庚也没有描述更多,只用"登临之胜未有先于此者"作为结语,认为登临越王台所见的壮阔景象的确是天下奇异之景。唐庚接下来笔锋一转,提出越王台为什么能矗立千载而不毁的问题。

随后,唐庚对世间流传的越王台的兴废时间提出不同看法,然而并没有进一步说明自己的观点和理由,反而讲述了一段历史典故,即樗里子提前一百年预见汉代建宫的故事。唐庚插入这个故事有什么用意呢?随后他便揭示了其中蕴含的道理:事物的兴废不在一时之间,"其所由来远矣",只有"得道至人"知道其中的缘由,樗里子的预言不过是依靠"数"得出的,而不是因为得道,所以事物的兴废之理并非常人能知晓的,越王台的兴废也是如此,那么,世间流行的说法便不足为信。至此,唐庚才完全确立了自己的观点。

---

① 黄鹏编著:《唐庚集编年校注》,北京:中央编译出版社 2012 年版,第 377~378 页。

他不禁感叹事物的兴盛和荒废不可捉摸,想到了自己宦海沉浮,远谪岭南,进一步联想到士人的成败得失也是如此,渺不可知,最后在深深的感慨中结束全文。全文紧凑简练,曲折往复,从眼前景象写到万物兴废的原理,虚实结合,写景、叙事、议论和抒情融为一体,堪称佳作。

唐庚通过出游,悟出了深刻的人生道理,把自然山水与他的人生联系到一起,借助山水表达自己的贬谪心态。应该说到了宋代,由于儒家地位的上升,士人地位空前提高,其功利之心远不及唐代,他们不仅仅关注政治上的得失,还心怀天下与自然。有了唐代的贬谪先例,宋代士人面对困境时产生的恐惧自然变小,加之唐代对岭南的开发,使岭南已远非昔日的蛮荒之地,这些因素构成了宋代谪宦天然豁达的心态。宋代理学的兴起,让他们能更深刻地审视自然与人生。从这两篇贬谪文学作品中,不难发现苏轼与唐庚都能理性地看待贬谪,并在岭南实现个人价值。

李光、胡铨被贬至岭南后作有不少诗文,在其诗文中我们可以清楚地看到他们在贬谪地的生存状况与人格情操,他们能旷达地安居于贬谪地。

他们能欣赏岭南风物,能融入生存环境。李光曾在给胡铨的信中写道,"吉阳羊米特胜,诸郡鱼蟹亦不论钱。有此数物,人生更复何求"(《与胡邦衡书》),"海外风涛渺然,人情物态,久亦安之"(《与姜山嗣老书》)。

李光、胡铨二人均为骨鲠气节之士,在"南顾豺狼吞噬,北望中原板荡"(《水调歌头》)之际,不顾个人安危,直言进谏,得咎之后,泰然处之。他们在岭南创作的贬谪文学作品处处体现出忧国情怀与浩然正气。清代李慈铭在《南宋四名臣词集》序中写道:"三公多近东坡,而尤与后来朱子为似。虽处厄穷患难,而浩然自得,无一怨尤不平之语,则非东坡所及焉。"

李光存词十四首,其中近一半作于岭南,如《水调歌头》二首:

> 自笑客行久,新火起新烟。园林春半风暖,花落柳飞绵。坐
> 想稽山佳处,贺老门前湖水,敧侧钓鱼船。何事成淹泊,流转海
> 南边。　水中影,镜中像,慢流连。此心未住,赢得忧患苦相缠。
> 行尽荒烟蛮瘴,深入维那境界,参透祖师禅。宴坐超三际,潇洒
> 任吾年。

独步长桥上,今夕是中秋。群黎怪我何事,流转古儋州。风定潮平如练,云散月明如昼,孤兴在扁舟。笑尽一杯酒,水调杂蛮讴。 少年场,金兰契,尽白头。相望万里,悲我已是十年流。晚遇玉霄仙子,授我王屋奇书,归路指蓬邱。不用乘风御,八极可神游。

在岭南,李光虽有对国家政局的忧虑和对自身命运的悲叹,有乡关之思和怀念故友之情,但此时归隐之志、向佛之心和禅趣道意也涌上了他的心头。作为理学家,李光注重诚心、正性、反观自省,以达到"内圣"而"外王"的境界。他在词中表现了乐观旷达、潇洒超然的心态,能够"行尽荒烟蛮瘴,深入维那境界,参透祖师禅。宴坐超三际,潇洒任吾年",亦能够独步长桥,"笑尽一杯酒",品水调,听蛮讴,词风超旷。

胡铨能像李光一样安居于岭南,欣赏雄奇的山川、美丽的风光与独具特色的风物人情,正如李光曾云,"海南风物异中华","堆盘荔子如冰雪"(《丙寅元日偶出》),胡铨在新州亦曰:"休恼,休恼,今岁荔枝能好!"(《如梦令》)。他们像苏轼一样,以旷达的心态陶醉于此地的"天之尤物"。在海南,胡铨沉醉于"崖州何有水连空。人在浪花中。月屿一声横竹,云帆万里雄风"(《朝中措》)和"山浮海上青螺远,决眦归鸿。闲倚东风。叠叠层云欲荡胸"(《采桑子》)的寥廓壮美,故始终坚信"崖州险似风波海,海里风波有定时"(《鹧鸪天》)。

三、宋代岭南贬谪文学审美表达变化

宋代贬谪士人对自由超逸的世外境界充满了想象和向往,其实这是他们在困顿中宣扬个性和主体意识的一种方式,是他们的一种自我解脱和享乐之道。他们不像盛唐之前的谪宦——无论如何抒写自由超逸的世外境界,也难以摆脱仕途失意的阴影,也不像中晚唐的谪宦——在自我超越中还有那么多的压抑和重负之感。他们把自由、欢乐、繁华融入飘逸的世外境界,把佛教的寂灭之说和彼岸之境变成蓬勃的生机和对现世的怡悦,从而使世外境界充满了尘世的热闹与深情。他们甚至对贬谪生活、对贬谪地也充满了眷恋和深情。虽然他们也想早日离开伤心之地,可是当他们真的一朝离去,那已经熟悉的一切,甚至那过去了的失意的日子,仿佛如故土家园和亲朋故友一般,令他们倍感眷恋。更为独特的是,他们还塑造和玩赏着谪宦潇洒飘逸的形象,仿佛他们因贬谪而拥有独特的风流和神采!他们赋予贬谪的生涯一份留恋,赋予失意的日子一份深情和感动,这在唐代甚至整个封建时代士人的贬谪心态中,都是极为罕见的。

宋代社会积贫积弱的局面,造就了北宋士人的独特气质——以天下为己任。这样的精神和气质在范仲淹的《岳阳楼记》中有着非常突出的体现——"居庙堂之高则忧其民,处江湖之远则忧其君"。"忧"是北宋士人的基本精神和气质,不管哪个学派的士人,都表现出强烈的"忧"的精神,这是理解北宋的关键。所以笔者多年来一直认为,以下三个字是北宋士人精神的集中体现:一个是范仲淹的"忧",一个是程颢的"仁",一个是张载的"感"。这三个字都指向他人,都指向对他者责任的承担,所以宋代士人人格的伟大既源自个人的精神力量,也是时代塑造的结果。

程颢作为明确提出儒学复兴运动核心问题的人,其主张的"理学"开启了哲理思辨和对"心性"的体认。程颢认为佛教和道教的理论不可靠,对当时的佛教批判得非常全面且深刻。程颢的贡献之一是北宋道学话语体系的建立,可以说在整个北宋道学话语体系里面,最核心的范畴都是程颢提出的,并且,他给出了根本性的洞鉴。对于如何评价一种哲学体系,程颢给出了非常明确的标准,即"一本"的原则。什么是"一本"呢?就是"一元论"。他在批判佛教思想时,批判最多的就是佛教的"二本"。他认为,佛教的生活方式不能普遍化,如果佛教的生活方式普遍化了,那么人们都不从事物的再生产和人的再生产,人类社会就会灭亡。把一种不可普遍化的方式普遍化是没有道理的,所以他认为,强调"一本"或者强调"一元",就从根本上解决了普遍性的问题。凡是"道",就一定得是普遍的,任何一个地方没有这"道",就说明这"道"不是真的"道",因为它失去了普遍性。所以此处他强调"一本"的原则,以"一本"作为评价一个哲学体系、一种思想正确与否的标准,是非常高明的。

北宋五子普遍有这样的经历:以"泛滥佛老"到"归本六经",在深入研究佛教、道教的过程中,发现佛教、道教不能提供人生问题的答案,于是回到儒家固有的经典传统中寻找。但是程颢认为,如果去全面地研究佛教,对它的理论消化以后再加以批判,那么还没开始批判,就已经转化为佛教徒了。而且他认为,"才愈高明,陷溺愈深",因为佛教的道理讲得高妙。他常说,像我这样一个资质鲁钝的人,不会陷溺在玄虚的东西之中,能够回返过来。所以他认为,对于佛教的道理就应该如对淫声美色一样要斥远之,不要让它粘到你身上。他想表达的意思是,如果你认为它(佛教、道教)的道理是错的,你认为它的生活方式是错的,那么就不要去跟它辩论,你把对的说出来,错的自然就消亡了。这就是程颢所说的"自明吾理"。他认为人们最重要的就是"自明吾理""吾理自立":不必与他人争论,正确的思想建立之后,错误的东西自然就消亡了。程颢对两宋道学最大的贡献之一是把儒学复兴运动的核心主题概括为"自立吾理"这四个字。

宋代贬谪文学中蕴含丰富哲理的一个重要原因是理学发展对文学创作有一定影响。"理学"本为佛教名词,指佛门义理、性理之学,宋代士人借以指称本朝怀疑汉唐注疏、翻新儒家义理的儒学,以区别于汉唐训诂章句之学。宋代理学有三方面精神倾向:疑古、议论、内省。儒学是士人立身之本,没有哪一个士人能摆脱儒学的影响,所以儒学的新发展自然会影响宋代士人文化心理的形成。当他们"有动于中",要为文发声时,便表现出了如下特征。首先是疑古与翻案,以欧阳修、王安石和苏洵为代表。如王安石的《读孟尝君传》,欧阳修的《纵囚论》,苏洵的《管仲论》等,此类文章数量较多。其次是内省与议论。以"记"体文的创作为例,陈师道在《后山诗话》中写道,"退之作记,记其事尔,今之记,乃论也"。明代吴讷在《文章辨体序说》中写道,"以韩退之《画记》、柳子厚游山诸记为体之正",以欧、苏等人之作为"体之正"。对韩愈的《画记》,苏轼亦有一段评论:

> 永叔作《醉翁亭记》,其辞玩易,盖戏云耳,又不自以为奇特
> 也。而妄庸者乃作永叔语云:"平生为此文最得意。"又云:"吾

不能为退之《画记》,退之亦不能为吾《醉翁亭记》。"此又大妄也。①

　　苏轼本人所作杂记,几乎每篇都以议论申发旨趣,他对韩愈的《画记》、欧阳修的《醉翁亭记》做出上述评断不足为奇。韩愈长于记叙,柳宗元善写景,他们的作品代表了唐代记体文的成就。宋代士人则多在杂记中夹以议论,即便是被苏轼视为欧阳修戏作的《醉翁亭记》,其篇末也仍有议论。

　　因此,宋代思辨议论之风盛行,即使是在贬谪文学作品中也不例外。秦观在《答傅彬老简》里表达了"苏氏之道,最深于性命自得之际"的感慨,这种对于主体生存之道、存在状态的深入探讨,是宋代哲理思考中最精彩的部分。

四、宋代岭南贬谪文学"崇陶"的审美意象

　　事实上,苦闷与悲伤才是唐宋贬谪士人的心理底色,没有人觉得遭到贬谪、来到偏远穷困之地是喜悦幸福的事情。既然苦闷与悲伤是底色,即共性,那么它就不是本书探讨的主要内容。本书主要探讨的是在这种困境中更能活出自我、体现人性价值的古代士人,以及他们的文学作品。

　　苏轼自诩对陶渊明的诗文"去之五百余载,吾犹知其意也"(《书渊明〈述史〉章后》),感叹陶渊明为人"古今贤之,贵其真也"(《书李简夫诗集后》)。他对陶渊明的诗文喜爱到了近乎痴迷的地步,"每体中不佳,辄取读,不过一篇,惟恐读尽,后无以自遣耳"(《书渊明〈羲农去我久〉诗》)。从《与子由一首》中可以看出,他将陶诗推崇到了无以复加的高度:"吾于诗人无所甚好,独好渊明之诗。渊明作诗不多,然其诗质而实绮,癯而实腴,自曹、刘、鲍、谢、李、杜诸人,皆莫及也。"而且他的和陶诗作,不仅"与陶渊明诗的平淡中自有豪放之致的精神风貌深相契合",同时"也表现一种崇尚人格之独立

　　① (宋)欧阳修著,李之亮笺注:《欧阳修集编年笺注(三)》,成都:巴蜀书社 2007 年版,第93 页。

与自由的精神力量"。① 苏轼对陶诗的评价虽难免有过誉之嫌,但是,这对陶诗历史地位的提高,对陶诗美学价值的最终确立,所起到的作用无疑是巨大的。

以《和〈归园田居〉六首》为例:

> 三月四日,游白水山佛迹岩,沐浴于汤泉,晞发于悬瀑之下,浩歌而归,肩舆却行,以与客言,不觉至水北荔枝浦上。晚日葱昽,竹阴萧然,时荔子累累如芡实矣。有父老年八十五,指以告余曰:及是可食,公能携酒来游乎? 意忻然,许之。归卧既觉,闻儿子过诵渊明《归园田居》诗六首,乃悉次其韵。始余在广陵和渊明《饮酒二十首》,今复为此,要当尽和其诗乃已耳。今书以寄妙总大士参寥子。
>
> 环州多白水,际海皆苍山。以彼无尽景,寓我有限年。
> 东家著孔丘,西家著颜渊。市为不二价,农为不争田。
> 周公与管蔡,恨不茅三间。我饱一饭足,薇蕨补食前。
> 门生馈薪米,救我厨无烟。斗酒与只鸡,酣歌饯华颠。
> 禽鱼岂知道,我适物自闲。悠悠未必尔,聊乐我所然。②

从在惠州创作《和〈归园田居〉六首》开始,苏轼经常"和陶",在自己的生活中体认陶渊明归田的心境。苏轼一旦在精神上与陶渊明有所契合,便马上创作"和陶诗"。他想到自己和陶渊明一样,在物质生活上十分贫乏,便作《和陶贫士七首》,其中第二首写道:"古来避世士,死灰或余烟。末路益可羞,朱墨手自研。渊明初亦仕,弦歌本诚言。不乐乃径归,视世羞独贤。"苏轼对陶渊明选择归隐表示敬意。为谋生计,他和陶渊明一样亲自躬耕,便作

---

① 王运熙、顾易生主编:《中国文学批评史新编》(上册),上海:复旦大学出版社 2001 年版,第 316 页。

② (宋)苏轼著,李之亮笺注:《苏轼文集编年笺注:诗词附 11》,成都:巴蜀书社 2011 年版,第 582~583 页。

《和陶田舍始春怀古二首》和《和陶西田获早稻》。苏轼与当地的朋友和官员交游,作《和陶赠羊长史》《和陶郭主簿二首》《和陶与殷晋安别》等诗。苏轼在贬谪生活中体验着陶渊明的隐逸之态,越发感觉到和陶渊明在精神上有所契合。他将陶渊明、葛洪与自己并称为"三士",高唱"携手葛与陶,归哉复归哉"(《和陶读山海经》其十三),大有与知己同游同归的快乐。

不仅苏轼崇陶,凡是能以审美的角度看待岭南的士人,无不受到陶渊明的影响。大观四年(1110年),张商英与蔡京政见不合,唐庚受到牵累被贬惠州,直到政和五年(1115年)方才遇赦北归。五年之间,唐庚基本保持了达观的心态,《南迁》诗云,"未诛绮语犹轻典,更赐罗浮有底功",虽语含愤慨,却不乏乐观,诗的尾联则云"着鞭要及春前到,趁赋梅花庾岭东",表明唐庚不仅不视岭南为畏途,反而想快马加鞭,希望能在梅花盛开时游赏赋诗。唐庚初至惠州时作《示蜑》一诗,云"人生期百年,我生特未半",以表达旷达心态及坚韧的生命意志。由此可见,唐庚不似秦观那样颓丧不振,而是对异乡风物充满好奇。唐庚保持着随缘任运、无所不可的人生态度,"便归良不恶,未去亦随缘"(《杂诗二十首》其三),他的人生态度具体体现为他的许多贬谪文学作品充满了闲适的情调,如《杂诗二十首》其六描述的是山水间的生活:"湖尽船头转,山穷屐齿回。田间良自苦,清兴亦悠哉。"这首诗的前两句很像王维"行到水穷处,坐看云起时"(《终南别业》)那超尘出世的禅趣,后两句则近似陶渊明躬耕田园、苦中作乐的野趣,唐庚将两者结合,展现了其清雅不俗的人生情调。唐庚在许多诗作中都表达了徜徉于山光水色之中的惬意:

闹窄良难入,闲宽足见容。竹根收白叠,木杪得黄封。
问学兼儒释,交游半士农。行歌村落晚,落日满携筇。

(《杂诗二十首》其十)

水过鱼村湿,沙宽牧地平。片云明外暗,斜日雨边晴。
山转秋光曲,川长暝色横。瘴乡人自乐,耕钓各浮生。

(《杂诗二十首》其十八)

唐庚的两首诗,第一首开头两句以形象的"窄""宽"形容抽象的"闹""闲",新趣活泼、鲜活生动地表现唐庚趋闲避闹的心理。诗中写道:用竹子的根制成竹布,用木杪自酿椰酒,向儒生与和尚探讨学问,交往的人群中士农参半,傍晚的时候边唱歌边回村落,直到落日余晖布满了手杖。清净,悠闲,高雅,潇洒,俨然一副世外桃源。第二首通过渔村、牧地、片云、斜日、山水、秋光、暝色等一系列意象,塑造了宁静、明朗、优美的田园意境,让人流连忘返。因而唐庚最后感叹"瘴乡人自乐,耕钓各浮生"。

以上两首诗分别从日常生活和自然风光两方面表现了唐庚身居惠州的坦然心情。其他还有"草平连别洞,雨转入他山。道路鱼盐去,樵苏竹木还"(《杂诗二十首》其十七)。《醉眠》是唐庚晚年闲适之作的代表,诗云:"山静似太古,日长如小年。余花犹可醉,好鸟不妨眠。世味门长掩,时光簟已便。梦中频得句,拈笔又忘筌。"唐庚澄清俗虑,超轶绝尘,展现出泯合万物、与道合一的高妙境界。

事实上,这与唐庚的个性也有关系。他在少年之时,就作《戏题醉仙崖》一诗,借狂傲不羁的酒仙形象表达对秩序的蔑视和对自由的渴望。在《走笔赠仙姑》一诗中,唐庚则通过描述与仙姑的交往表达想成仙的愿望,同时寄托了他的自由理想。又如《病鹤行》一诗:

> 鹤兮鹤兮何处来,秋江静兮芦花开。
> 波痕侵月白皑皑,千声万声鸣哀哀。
> 不飞不翔不饮啄,骨瘠棱棱瘦如削。
> 冰姿玉质仅生存,雪羽霜毛半零落。
> 鹤兮鹤兮何郁郁?我知尔是冲天物。
> 芝田就养孤高情,瑶池洗出神仙骨。
> 传闻仙岛冥冥中,水晶鳌作蓬莱宫。
> 祥烟瑞雾常蒙蒙,好将六翮抟仙风。

《病鹤行》表达的是:这只病鹤不知从何处飞来,停落在这秋江边安静的芦花丛中,皎洁的月光衬托了病鹤鸣声的哀怨。这只病鹤玉质冰姿,霜毛零落,显然是满怀报国之志而无端被贬的唐庚的化身。唐庚显然并不甘于被贬的处境,于是借劝慰病鹤表达了他想要摆脱羁束、一飞冲天的强烈愿望,也表达了他对自由和理想的渴望。基于对自由人格的持守,唐庚也像苏轼一样不肯向当权者屈服,并时时给予讽刺,如《白鹭》一诗云:"说与门前白鹭群,也宜从此断知闻。诸公有意除钩党,甲乙推求恐到君"。唐庚托物讽喻,借对白鹭的兴叹影射当权者大搞党禁、打击异己的专制行径,可谓相当大胆。

从诗意来看,这首诗似是唐庚在贬谪惠州期间所作,表达了他的逍遥个性。

李纲与李光皆位列"南宋四名臣",皆曾被贬谪岭南,他们的贬谪文学作品充满了对渔樵生活的渴慕与观赏青山风云、烟岚波光、蟹螯鸥鹭的闲情意绪,这些意绪不仅化解了他们久谪不归的痛苦,而且将贬谪的悲愤、感伤、无奈变成忘情山水的逸兴高情,反映出生命的激情与平缓绵延,明显带有唐宋士人特有的超越意识。这种超越意识最明显的表现是对陶渊明的推崇与对岭南山水田园的审美描绘。

> 新苗未没鹤,老叶方翳蝉。绿渠浸麻水,白板烧松烟。
>
> 笑窥有红颊,醉卧皆华颠。家家机杼鸣,树树梨枣悬。
>
> 野无佩犊子,府有骑鹤仙。观风峤南使,出相山东贤。
>
> 渡江吊狼石,过岭酌贪泉。与君步徙倚,望彼修连娟。
>
> 愿及南枝谢,早随北雁翩。归来春酒熟,共看山樱然。
>
> (《次韵苏伯固游蜀冈送李孝博奉使岭表》)

> 宿雨乍开霁,新旸倏飞升。峤南瘴毒地,乃尔气候清。
>
> 束装遵陆途,夹道松林青。我家大江南,及此归有程。
>
> 山禽亦为喜,林间啭新声。况复抵衡宇,童稚欢相迎。
>
> 入室酒盈樽,聊以慰平生。已矣勿复道,晚节师渊明。
>
> (《自河源陆行如循梅》)

　　上述两首诗皆为模仿陶渊明笔法之作,表达了作者对隐逸之情的渴慕、对岭南山水的审美态度,以及唐宋士人的超越意识等,除表现悲怨凄怆之美外,还表现了超然外物之美。

　　陶渊明是宋代贬谪士人的重要精神寄托和效仿的对象,陶渊明田园诗中的意象被再度挖掘与解读,这在苏轼的和陶诗中可见一斑。在苏轼寻觅到陶渊明这个精神上的知音之后,贬谪生活的苦难似乎也没有那么难挨了。"归去来兮,请终老于斯游。我先人之敝庐,复舍此而焉求?均海南与汉北,挈往来而无忧"(《和陶归去来兮辞并引》),苏轼能以一种"均海南与汉北"的心态来看待贬谪,甚至表达"终老于斯"的念头,之前"吾生如寄耳,何者为吾庐"(《和陶拟古九首》其三)的感慨,转变为"漂流四十年,今乃言卜居。且喜天壤间,一席亦吾庐"(《和陶和刘柴桑》)。尽管居所简陋,苏轼仍感到满足,觉得天地间有自己的一席安身之地。

　　堪称古代士人精神典范的苏轼,是由"道德超脱"至"逍遥"的最高精神境界的代表。他继承陶渊明"纵浪大化""任性自适"的逍遥精神,又加以吸收和度越。苏轼认为:"君子可以寓意于物,而不可以留意于物。寓意于物,虽微物足以为乐,虽尤物不足以为病;留意于物,虽微物足以为病,虽尤物不足以为乐。"(《宝绘堂记》)这种"寓意于物"却不"留意于物"的心灵自由被苏轼视为人生至境。

　　苏轼通过写新苗、野鹤、春蝉、绿渠、松烟、机杼、梨枣、牛犊、贪泉、北雁、春酒、春山等富有自然悠闲气息的意象,表达他已走进田园,融入自然,达到了物我皆忘的人生境界。唐庚通过写渔村、牧地、片云、斜日、山水、秋光、暝色等一系列意象,塑造了一种宁静、明朗、优美、让人流连忘返的田园意境,让我们看到了一个诗意栖居的隐士形象。李纲通过描绘岭南宿雨开霁、新旸倏升、气候清新、青松夹道、山鸟新啭等清新的山水景象,以及稚童欢迎、适性饮酒的场面来表达他隐逸之意念与超脱之情怀。

　　总之,苏轼、唐庚、李光、李纲,他们最终通过回归自然,以"游世"的心态实现了人生的超越,获得了最大的精神自由。"面对遭贬处穷和贬中忧生的双重情景,是自我镇定,不为所累,还是不堪其累,悲苦不振,则是这一阶段创作主体的一场激烈的心理挣扎，也是其感怀兴寄时主题取向的心理本源。"①

宋红认为："文士是人生话剧中最投入的演员和最清醒的看客。最投入时可以'为知己者死'；最清醒时则把世上纷争均视为蜗角之争。"②个人的心性和遭遇决定了士人排遣痛苦的方式。苏轼等岭南贬谪士人经历了对世事"入乎其内，出乎其外"的过程，《宋史》第 338 卷《苏轼传》记载苏轼"自为举子至出入侍从，必以爱君为本，忠规谠论，挺挺大节，群臣无出其右"，所以可以认为苏轼愿为国、为民鞠躬尽瘁，"但为小人忌恶排挤，不使安于朝廷之上"。在这种现实形势不允许他们实现大济苍生的抱负的情况下，他们很快就"出乎其外"，转而追求超迈旷达、随遇而安的人生境界，把投荒万里的流放当作徜徉山水，享受"天公恩赐"的旅游："天人几何同一沤，谪仙非谪乃其游，麾斥八极隘九州。"(《书丹元子所示李太白真》) 他随缘自适，能够把身心安处当作家。他们在草地上席地而坐，频频举杯，在这自然率真之中，将身心完全融入大自然的秀水灵山之中，在醉归路上看着路旁的野梅花，觉得花那么鲜艳可爱。在他们创作的贬谪文学作品中决然没有离家万里的凄苦，他们尽情地游赏，天真得像个孩童，没有负累，只有对生活、对自然万物的一片深情，其词风极为飘逸而清新。在迁客逐臣多哀怨嗟叹之时，他们却把贬谪之苦唱成了一曲赞歌，过着自己的艺术人生。

---

① 沈松勤：《关于北宋党争与文学的两个问题》，载《中国人文社会科学博士硕士文库》（续编）编辑委员会编：《中国人文社会科学博士硕士文库（续编）文学卷上》，杭州：浙江教育出版社 2004 年版，第 389 页。

② 宋红：《孤独徘徊》，载《读书》1996 年第 4 期，第 107 页。

第四章 贬谪文学审美心态变化原因

如前文所述,贬谪对士人文学创作的影响很大,审美心态的变化影响着作品的审美风格与审美表现,这与贬谪地的地理气候与风俗习惯、政治文化与社会思潮的影响,以及古代士人的文化传统有关。

第一节 岭南地理气候的影响

中华文明源起于黄河流域,最初仅局限在河洛一带,即后世被称为中原的核心地带。由于独特的历史原因,中原地带在古代一直是我国的军事、政治、经济、文化中心,也是唐宋之前历代统一王朝中央政权的所在地。

一、地理距离与心理距离的影响

由于五岭自西向东形成一道天然的地理屏障,所以从中原入岭南相当困难,从而很大程度上阻碍了岭南与中原的经济、文化交流,唐宋时期也是如此。因此,在唐宋士人的政治地理观念里,岭南属于荒服,远离政治中心,经济文化十分落后。根据我国古代陆路交通工具的使用情况,想从长安或汴梁进入岭南,大概有如下几种进出方式。

现代地理学中,"五岭"分别指大庾岭(位于今江西与广东两省边境)、骑田岭(位于今湖南郴州市北湖区和宜章县之间)、都庞岭(位于今湖南道县和江永县交界处)、萌渚岭(位于今湖南江华瑶族自治县西南和广西壮族自治区边境)和越城岭(位于今湖南和广西壮族自治区边境)等五座南岭山脉中重要的山岭。五岭中的萌渚岭、都庞岭、越城岭和骑田岭呈东北—西南走向,岭与岭之间常有低谷分布,有的是构造断裂盆地,是天然的交通孔道。

大庾岭虽为东西走向,但"在山间却存在一些低矮的垭口",较易翻越,"如梅岭山口,海拔高程仅 430 米,成为沟通赣粤的孔道"。① 从黄河流域南下,势必要选择以上通道进一步南下,进入岭南,宋代余靖在《武溪集》卷五的《韶州真水馆记》中提到:"凡广东西之通道有三:出零陵下离水者由桂州,出豫章下真水者由韶州,出桂阳下武水者亦由韶州。"

余靖记述了三条过岭通道:由今湖南永州溯湘江而上,过五岭后入漓江,经广西桂林;由今江西南昌溯赣江而上,过五岭后入浈江,经广东韶关;由今湖南郴州过五岭后入武水,同样经过广东韶关。周去非认为五岭"非必山也",而是指入岭的五条通道,他由这个观点出发,详细列出了五条"古入岭之驿":

> 自福建之汀,入广东之循梅,一也。自江西之南安,逾大庾,入南雄,二也。自湖南之彬入连,三也。自道入广西之贺,四也。自全入静江,五也。②

与余靖不同的是,周去非多考订了两条路线:第一条"自福建之汀,入广东之循梅"之路,在大庾岭道之东,大致可以确定是由福建的长汀至广东梅州、龙川;第二条过岭通道就是大庾岭道,"自江西之南安,逾大庾,入南雄"。自开元四年(716 年),张九龄奉命整治大庾岭新道以后,粤赣之间交通更加便利,逐渐取代西面三条过岭通道,成为连通南北的首要交通路线。即便交通便利,但是从长安出发到岭南仍需很长时间,我们可以通过以下材料了解。

《唐会要》卷四十一《左降官及流》记载,天宝五年(746 年)唐朝规定:"左降官量情状稍重者,日驰十驿以上赴任;流人押领,纲典画时,递相分付,如更因循,所由官当别有处分。"意思是,获罪较重的谪宦,每天须赶赴十处驿站,由官差押送,每到一站,必须按规定画押。此外还有时间的限制,而

---

① 陈星主编:《江西通观》,北京:人民日报出版社 1987 年版,第 13 页。

② (宋)周去非著、屠友祥校注:《岭外代答》,上海:上海远东出版社 1996 年版,第 8 页。

且,站站如此。如果做不到或违反了规定,就要受处罚。据《唐六典》卷五《尚书兵部·驾部郎中》记载,唐代"凡三十里一驿",按照唐 1 里约合今 454.36 米计算,①可以得出大概 14 公里左右一个驿站。按照《新唐书》卷四十六《百官志一·尚书部·礼部·主客郎中》的说法,正常一天的行程是"乘传者日四驿,乘驿者六驿"。乘传指乘坐驿马拉的车,乘驿指骑着驿站的马。《太平广记》记载,凡遭贬谪,"自朝受责,驰驿出城,不得归第"。遭贬的士人从朝堂下来,连家都不能回,就被押解出城向贬谪地奔行,家眷也得随行。谪宦拖儿带女,扶老携幼,还被官差押送,翻山越岭,一天赶路约 140 公里,这个距离在今天城市高速上,开车一个多小时就跑完了,但是在唐代,确实是很远的路程。元和十四年(819 年),韩愈因谏阻唐宪宗迎佛骨,被贬到潮州做刺史。那年正月十四正值寒冬,韩愈一家老小加上仆从约上百人,啼哭哀嚎,窜逃离京。后来韩愈在《祭女挐女文》中写道:"我既南行,家亦随谴。扶汝上舆,走朝至暮。"二月二日走到商州时,韩愈的第四个女儿韩挐去世,他们用了 18 天从长安走到了商州。他们 1 个月后到达乐昌,驿站的人告诉他,到潮州还有 300 多公里。又经过不到 1 个月,三月二十五日他们抵达了潮州,整整走了 70 天,可见路程之远。仅仅从长安到"岭南门户"的乐昌,直线距离约 1600 公里,在唐代需要 2 个多月才能走完,可见行走之艰辛,这也从另一个方面反映了岭南之于中原路途之遥远。

在历史上,岭南始终给人以偏僻边远、蛮荒贫穷的印象,所以自然成了唐宋贬谪士人的最佳处所。唐代杜佑在《通典·南蛮下》中写道:"五岭之南,涨海之北,三代之前是为荒服。"以长安为中心,往南或往西一千多公里皆为荒服,但是对唐代人而言,于人生、于情感却有不同的意义。"西行",塞雁、雪野、长河、大漠、孤城、青嶂伴随着士人经历离别、死亡的人生过程,士人虽然悲伤,却有实现出将入相理想的希望,故而是悲壮的。唐代人向西迁移多半是自愿迁移。杜甫在《后出塞五首》中写道:"男儿生世间,及壮当封侯。战伐有功业,焉能守旧丘?"马璘"年二十余,读《马援传》至'大丈夫当

① 中国公路交通史编审委员会编著:《中国古代道路交通史》,北京:人民交通出版社 1994 年版,第 210 页注 1。

死于边野，以马革裹尸而归'，慨然叹曰：'岂使吾祖勋业坠于地乎！'开元末，杖剑从戎，自效于安西"①。而"南来"，炎热多雨，"鸟言夷面"，结合贬谪的个人遭遇，士人在岭南感到英雄无用武之地，只能空耗生命，既悲又惧且无奈。唐代人向南迁移大多是被迫迁移，诚如韩愈所写，"潮州底处所？有罪乃窜流"（《泷吏》）。《宋史·刑法志》记载："凡命官犯重罪，当配隶……配隶重者沙门岛砦，其次岭表，其次三千里至邻州……"又载："时江、广已平，乃皆流南方。"加之南宋偏安一隅，北方大片领土不在南宋版图之中，故两宋贬谪地亦多在岭南。

从现存的文献看，段公路的《北户录》、刘恂的《岭表录异》和周去非的《岭外代答》都是研究唐宋岭南地区地理、风俗、气候及生物比较好的文献，里面记载的很多事情在今天看来都稀奇古怪，比如刘恂的《岭表录异》云，"容南土风，好食水牛肉，言其脆美……或脍或炙，尽此一牛。既饱，即以圣齑消之。（圣齑如青菘，云是牛肠胃中已化草欲结为粪者）"，就说的是现在的牛便食。岭南人先吃牛肉，然后吃牛便食，才能避免肚子有过饱之感，但来自北方或中原的贬谪士人面对牛便食真的难以下咽。又比如《北户录》的《孔雀媒》，其中对孔雀有"真神禽也"的评语，可见孔雀在唐宋的地位与受欢迎程度绝不亚于当今熊猫之于欧美人或羊驼之于国人。其中最具传奇色彩的当属其中记录的"孔雀的三种怀孕方法"，分别为：其一，"孔雀不匹偶，但音影相接，便有孕"；其二，"如白鹇雌雄相视则孕"；其三，"雄鸣上风，雌鸣下风，亦孕"。② 孔雀的传奇特征，以及其中体现的丰富想象力，不仅使唐宋贬谪士人深感诧异，即便是在今天，也依然让人觉得十分神奇。

从上述文献来看，不论是段公路还是刘恂都说的是和自己不太相关的域外风物，可见，岭南对于来自中原的士人来说，地理距离远仅是他们排斥岭南的原因之一，主要原因则是因身处异乡产生的心理距离感。这种心理距离导致士人对岭南有先天的排斥感，产生地域性偏见，即对岭南地区生活的群体及事物持有不公正和否定的社会态度，它是以不完备或不准确的有

---

① （后晋）刘昫等撰，陈焕良、文华点校：《旧唐书》第四册，长沙：岳麓书社 1997 年版，第 2554 页。

② 吴玉贵、华飞主编：《四库全书精品文存：27》，北京：团结出版社 1997 年版，第 33 页。

关岭南地区的信息为基础形成的。人们常常把少数人表现出来的特质扩展为他们所属的那一地域的全体成员的特质,或者根据流言和谣言形成对该群体的整体印象。偏见的认知来源于刻板印象,所以一个地域的群体一旦对其他地域的群体产生偏见,就很难改变。久而久之,就会形成偏见的氛围,这种偏见的氛围又会强化人们的偏见,形成恶性循环。岭南"穷山恶水"的刻板印象被一次又一次地重复和强化,扩大了谪宦对岭南的心理距离,这在他们创作的贬谪文学作品中也有所体现。

二、对气候与风俗的不适应

岭南属亚热带、热带季风气候。雷州半岛、海南岛秋雨较多,约占全年降水总量的 30%,而我国其他地区的秋雨一般占全年降水总量的 15% ~ 20%,冬季全国普遍少雨,大多不足全年降水总量的 10%。[①] 这些在岭南南端的地方,季节的更替跟全国大部分地区不一样:全年近夏,唯雨季稍冷。如果以 20 世纪下半叶的气候状况为衡量标准,唐代前期当为气候温暖期,但有不少迹象显示,中唐以来气候有急剧变冷的趋势,在此仅举一些历史记载:杜甫在《后苦寒行》中提到,"南纪巫庐瘴不绝,太古以来无尺雪",但大历元年(766 年)、大历二年(767 年),在杜甫寄寓的夔州,暮冬时均有大雪,第一年还只在山顶积雪,次年就连崖谷中也是白皑皑的,而且《新唐书·五行志三》载有"大历四年六月伏日,寒"的记录。由此可见,岭南的气候变化无常,在没有天气预报的唐宋时期,这种异常的天气让从北方贬谪来的官宦产生畏惧与无力感。现代医学表明,"当阳光照射皮肤时,人体产生的维生素 D_3 会促使大脑分泌一种叫作血清的激素,从而使人愉悦和放松。不过阳光照射假使温度过高,人们又会变得焦虑不安、疑神疑鬼。当气压太低、湿度太高的时候,人们会难以集中精神,而且容易忧伤压抑、昏昏欲睡,甚至连自尊心都变得异常低落。在湿气重的日子里,有较多的人会得忧郁症;高温、闷热的天气,使人心理紧张,烦躁不安,工作效率降低;而连续的阴雨或低温天气,则会使人感到忧伤、多愁和抑郁。研究表明,高温、高湿、阴雨以及一

---

① 陈君慧编著:《中国地理知识百科》,长春:吉林出版集团有限责任公司 2013 年版,第 24 页。

些异常天气事件,都不利于人的心理健康"①。这种心理亚健康状态,直接导致很多被贬到岭南的士人郁郁而终。

　　岭南地区,部分在亚热带极南端,大部分则在热带北部,所以气候特征和一般的亚热带即岭北相比,已明显不同。岭南位于热带北部的地区,其气象学上界定的夏季一般都有半年以上,而冬季则不明显,不像岭北那样有典型的四季变化。地气燠热,无霜冻期,"桃李冬华匪时变"。岭南大部分地区,一般年份无雪,但岭北的某些地方,冬雪频率稍高。杜甫在《寄杨五桂州谭》一诗中写道:"五岭皆炎热,宜人独桂林。梅花万里外,雪片一冬深。"然而桂林之雪,未必每岁皆有,稍南处更不易见到。按周去非《岭外代答》卷四记载:"桂林气候与江浙颇相类。过桂林城南数十里,则便大异。"桂林与都庞岭、骑田岭纬度大致相当,桂林、永州间的通道恰在岭峤破缺处,不能抵挡南下的冷空气,故冬季较冷,会下雪,岭峤间时或有雪。桂林总的来说还是在炎热地区,李商隐《即日》诗云:"桂林闻旧说,曾不异炎方。山响匡床语,花飘度腊香。几时逢雁足,著处断猿肠。独抚青青桂,临城忆雪霜。"可见雪霜在桂林亦不常见。

　　位于北纬 25 度的韶阳应该和桂林的情况相似,虽然不是很明显,但能感觉到四季变化。许浑《早秋韶阳夜雨》诗云:"宋玉含凄梦亦惊,芙蓉山响一猿声。阴云迎雨枕先润,夜电引雷窗暂明。"又有《韶州驿楼宴罢》诗云:"檐外千帆背夕阳,归心杳杳鬓苍苍。岭猿群宿夜山静,沙鸟独飞秋水凉。露堕桂花棋局湿,风吹荷叶酒瓶香。主人不醉下楼去,月在南轩更漏长。"岭南大部地区,逢雨即寒,逢晴即热,虽一日数变,而四季无论,节令既乖,物候自异。现代医学表明,炎热季节,尤其当气温超过 35 摄氏度、持续日照超过 12小时、空气湿度高于 80% 时,气候条件对人体下丘脑的情绪调节中枢的影响会明显增强,导致人的情绪和认知行为产生紊乱,有些人会感到心浮气躁,意识与思维失去应有的理性节制。张鷟于开元二年(714 年),因御史李全交劾奏其受贿,贬谪岭南。估计受岭南气候的影响,张鷟在贬谪后文风大变,撰写了《朝野佥载》,记述唐代朝野轶闻,揭露武则天时期的政治黑暗、民生疾

---

① 张宗强:《异常天气对人的性格情绪有影响》,载《长寿》2014 年第 5 期,第 14 页。

苦,以及"贿货纵横,赃污狼藉"的现实世相,和他前期创作的"猥亵淫靡,几乎伤雅"的艳诗形成了鲜明的对比。

《岭外代答》卷四记载:

> 南人有言曰:雨下便寒晴便热,不论春夏与秋冬。此语尽南方之风气矣。桂林气候与江浙颇相类。过桂林城南数十里,则便大异。杜子美谓"宜人独桂林",得之矣。钦阴雨则寒气渐渐袭人,晴则温气勃勃蒸人。阴湿晦冥,一日数变。复顷刻明快,又复阴合。冬月久晴,不离葛衣纨扇。夏月苦雨,急须袭被重裘。大抵早温昼热,晚凉夜寒。一日而四时之气备。九月梅花盛开,腊夜已食青梅。初春百卉荫密,枫槐榆柳,四时常青。草木虽大,易以蠹腐。五谷涩而不甘,六畜淡而无味,水泉腥而黯惨,蔬茹瘦而苦硬。人生其间,率皆半嬴而不耐作苦,生齿不蕃,土旷人稀,皆风气使然也。北人至其地,莫若少食而频餐,多衣而屡更。惟酒与色,不可嗜也。如是则庶免乎瘴,然而腑脏日与恶劣水土接,毒气浸淫,终当有疾,但有浅深耳。久则与之俱化。①

这一段意在描述桂林以南数十里的气候,此地气候难以预测。按照现代医学的观点,一些人对天气变化较敏感,当天气频繁变化时会出现种种不适症状,如疲倦、健忘、情绪低落、工作效率降低、睡眠质量下降、注意力不集中等等。加之岭南的农作物和生活用水在谪宦看来较差,"五谷涩而不甘,六畜淡而无味,水泉腥而黯惨,蔬茹瘦而苦硬",他们觉得与中原相比,岭南的粮食不好吃,肉不好吃,水也不好喝,蔬菜又苦又硬,简直是没法生活了,由此产生的焦躁感可想而知,以至劝谏来岭南的人"北人至其地,莫若少食而频餐,多衣而屡更。惟酒与色,不可嗜也"。什么意思呢? 就是想要适应岭南的气候,要少食多餐,经常换洗衣服,还要控制饮酒的频率。对于长期

---

① (宋)周去非著,屠友祥校注:《岭外代答》,上海:上海远东出版社1996年版,第81页。

居住在北地或中原地区的谪宦来说,这打破了他们原有的生活习惯,所以在岭南如果有人请他们喝酒,对他们来说应该是非常开心的事情,于是喝酒和赴宴作为一个重要的题材,常被记录在贬谪文学当中,苏轼在儋州期间创作的诗文就多与宴饮有关。

岭南地处亚热带和热带,且州郡多濒海,常有热带风暴来袭,气象变幻莫测,这就是岭南贬谪文学中的"飓",实际上指的是台风,属于热带气旋的一种,常发生在热带或亚热带洋面上。韩愈在《县斋有怀》中写道,"毒雾恒熏昼,炎风每烧夏。雷成固已加,飓势仍相借",并慨叹"气象杳难测"。这是韩愈早年贬为连州阳山县令时所写,又作有《赴江陵途中,寄赠王二十补阙、李十一拾遗、李二十六员外翰林三学士》(简称《赴江陵途中》)一诗:"穷冬或摇扇,盛夏或重裘。飓起最可畏,訇哮簸陵丘。雷霆助光怪,气象难比侔。"这是韩愈前往江陵途中作的描述连州之气象变幻和台风来袭的情景。当韩愈再谪潮州时,途经与连州比邻的韶州作《泷吏》一诗,借官吏之口描述了台风的情况:"州南数十里,有海无天地。飓风有时作,掀簸真差事。"由此可见台风对岭南谪宦的影响,身居中原庙堂的士人何曾见过台风的凶猛,而台风天气对于北方谪宦的生活来说,真是有太多的不便了。

台风经过时常伴随着大风和暴雨天气,有时持续数周不见晴天,有时则伴随南方特有的回南天。回南天是我国南方沿海地区的一种独特天气现象,这与南方靠海,空气湿润有关。回南天出现时,空气湿度接近饱和,墙壁甚至地面都会"冒水",到处是湿漉漉的景象,空气似乎能拧出水来,浓雾是回南天最具特色的表象。古谚云:"天昏昏兮人郁郁。"意思就是在阴雨连绵的季节,人的精神较懒散,心情也不畅快。现代医学认为,阴雨天气之所以影响人的心理健康,主要是因为阴雨天气下光线较弱,人体分泌的松果体激素较多,这导致甲状腺素、肾上腺素的分泌浓度降低,甲状腺素和肾上腺素是唤起细胞工作的激素,这两种激素的减少会使细胞"偷懒",变得不怎么"活跃",人就会变得无精打采,这或许是岭南谪宦减少出游活动的原因之一。

三、对于"瘴疠"的恐惧

岭南炎热潮湿,且因原始植被茂密,沼泽湿地丛布,病疫发生的概率不低,故而岭南自古就被称为"瘴疠之区"。在唐宋时期的整个南方,气候和生存条件最恶劣的,恐怕要属岭南。论及岭南的气候和环境,北方人多谈"瘴"色变。古人常认为"瘴"源自炎气熏蒸,《广州志》记载:"南方炎洲,炎气熏数万里为瘴。""瘴"其实是一个复杂的概念,主要指因气候差异产生的不适应症。

《岭外代答》记载,"岭外毒瘴,不必深广之地……昭州与湖南、静江接境,士夫指以为大法场,言杀人之多也……广东以新州为大法场,英州为小法场",以"瘴毒"杀人之多寡比为大小法场,足见人们忧"瘴"惧"瘴"之心。"瘴疠"的意象,在唐代士人所作岭南诗中,可谓俯拾皆是。南来的唐代士人常常把岭南的山、川、云、雾、烟、树与"瘴"联系起来,如宋之问的《入泷州江》:"夜杂蛟螭寝,晨披瘴疠行。潭蒸水沫起,山热火云生。"又如张籍的《送南迁客》:"去去南迁客,瘴中衰病身。青山无限路,白首还归人。"再如李商隐的《异俗二首》亦有"鬼疟朝朝避"之句。然而"瘴疠"并非仅是人的主观恐惧产生的诗歌意象,还有一定的客观事实基础。

"瘴"的名称是在中原政权向南扩张,不断接触和深入少数民族聚居区的过程中产生的。在唐代岭南地区,人在适应环境的过程中所遭遇的最大挑战,便是"瘴疠"。史料显示有"瘴疠"的地区集中在岭南和五岭稍北一侧,偶尔唐代士人使用"瘴"的意象,还会延及长江流域。但由典型"瘴疠"病症造成的人口消耗,主要还是集中于岭南地区,而且不限于外来迁入岭南的人口。唐初所撰《隋书·志二十六》记载:"自岭已南二十余郡,大率土地下湿,皆多瘴厉,人尤夭折。"韩愈在《赴江陵途中》中写道,"疠疫忽潜遘,十家无一瘳",如此高的疫病死亡率,难怪人们对"瘴"唯恐避之不及。从岭南诗文中渗透的忧惧情绪来看,情况通常比较严重,人们对此无能为力,但就概念本身来看,"瘴疠"只是界定模糊的一组症候群罢了。古人对疾病的理解还比较原始,简单粗暴地将致病因子概括为"瘴"在现在看来是缺乏科学依据的,不过它暗示了包括气候因素在内的某一类型生态系统对人的综合影响。

"瘴"的含义比较复杂。广义上,南方地域性疾病皆可被称为"瘴"。狭义上,"瘴"指疟疾。唐代王焘在《外台秘要方》卷五《山瘴疟方一十九首·备急》中写道:

> 夫瘴与疟,分作两名,其实一致。或先寒后热,或先热后寒,岭南率称为瘴,江北总号为疟,此由方言不同,非是别有异病。然南方温毒,此病尤甚,原其所归,大略有四:一山溪毒气,二风温痰饮,三加之鬼疠,四发以热毒,在此之中,热毒最重。①

其中四种病因的说法,完全继承隋代巢元方的《诸病源候论》卷十一《山瘴疟候》,但后者强调"此病生于岭南,带山瘴之气""皆由山溪源岭瘴湿毒气故也"。"瘴疠"所引发的岭南地区较高死亡率的现实,直接影响谪宦对生命的看法,他们深刻地体悟到"世事一场大梦,人生几度秋凉"(《西江月·黄州中秋》),以及"寒蒲虽有节,枯木已无心。客至还须饮,逢欢起自斟"(《次韵德孺感兴二首》)。他们勘破世情,放任自流,伴随着深深的无奈与沉重叹息。

第二节　儒释道思想的文化影响

我国古代主要的哲学和宗教派别在唐代趋于成熟,唐代以儒家为基础,兼取百家,在思想领域则儒、释、道并存。在政权运作和人才选拔方面,儒家思想占统治地位,士人入仕、致君尧舜、建功立业,都需要儒家积极入世的进取精神。在人生信仰、社会思潮、生活情趣与生活方式方面,则时时有释、道的影响。

一、儒道互补对审美心态的影响

"儒道互补"的概念是由当代一些学者提出的。从孔子开其端,至孟子

---

① (唐)王焘撰:《外台秘要方》,太原:山西科学技术出版社 2013 年版,第 120 页。

而蔚为壮观的儒家学说构成了古代文化强大的理性精神,它以"外王"的功利策略使人进取济世,但同时儒家强调的"达则兼济天下,穷则独善其身"则启示了一条修身养性的"内圣"路径,为非理性的道家的出世哲学留下了发展空间。这两种表面对峙的思想同时出现在传统的古代士人身上,表现为表面对立而实则互补。

从表面上看来,儒、道是离异而对立的:一个入世,一个出世;一个乐观进取,一个消极退避。但实际上它们刚好相互补充而协调,因为"兼济天下"和"独善其身"经常是后世士人选择的互补人生道路,而"身在江湖"和"心存魏阙"也成为古代士人的常规心理状态。而且,庄子尽管避弃现世,却并不否定生命,而是对自然生命抱有尊重和珍惜的态度,所以,儒家体现了艺术为政治服务的实用和功利,道家则体现了人与外部对象的超功利的审美关系。一些学者认为道家作为儒家的补充和对立面,在塑造古代士人的世界观、人生观、审美兴趣、文化心理结构和艺术理想上,与儒家一道起了决定性的作用。正是这种"儒道互补"的传统,造就了贬谪文学审美心态的差异,贬谪士人群体看似矛盾的心态,在"儒道互补"的传统下,得到了暂时的调和。

儒道互补,是人文主义和自然主义的互补,二者各有特色。儒道互补构成了一种完整的、艺术的人生观,它视人生为一种变速的曲折运动,使得古代士人刚柔相济,能屈能伸,出处有道,进退自如,不走极端,心态上和行为上都具有良好的分寸感和平衡感。

始于755年的安史之乱是唐朝由盛而衰的转折点,八年不息的战火焚烧了唐朝的半壁江山,兵革给中原广大地区带来了深重的灾难,也使唐朝从此元气大伤,一蹶不振。贞元二十一年(805年),即永贞元年,唐德宗身死,唐顺宗抱病即位,他对当时社会中的种种弊端深感忧虑,久欲变革,即位伊始,就起用了王叔文、王伓、韦执谊、杜佑、刘禹锡、柳宗元等一批贤才,授以要职,组成了一股新的政治力量。刘禹锡、柳宗元二人深受王叔文器重,他们参与谋政,草拟文告,采听外事,展示了卓越的政治才能和激切的进取精神。王叔文集团大刀阔斧、雷厉风行地改革朝政,打击拥兵自重、骄横不法的强藩,压制干政弄权、蠹国害民的宦官,举贤用能,减免赋税,清除朝廷积弊,解除民生疾苦。他们这些"善政"取得了明显的成效,使得"人情大悦""百姓相聚欢呼大喜"(《顺宗实录》卷二)。此时的刘禹锡对其政治前途充满信心,他把这场政治革新看作实现政治抱负的契机,热情澎湃地写了《春日退朝》来表达这种心情:

> 紫陌夜来雨,南山朝下看。戟枝迎日动,阁影助松寒。
> 瑞气转绡縠,游光泛波澜。御沟新柳色,处处拂归鞍。

刘禹锡通过描写一场新雨后春光明媚的景象和沐浴在春光中的庄严宫殿,表现永贞革新所带来的崭新、光明的政治气象,同时抒发了他功名在望的欣喜,展现了积极进取、昂扬奋发的乐观精神。

可是旨在中兴王朝的永贞革新在历史上仅仅存在了100多天就以失败告终,如同流星一闪,昙花一现,它在给中唐社会带来一丝光明、一缕馨香的同时,也给以刘禹锡为代表的革新人士带来了生命中的巨大转折。刘禹锡先后被贬至朗州、连州、夔州、和州等地,开始了他"巴山楚水凄凉地,二十三年弃置身"(《酬乐天扬州初逢席上见赠》)羁囚苦旅般的贬谪生活。

贬谪地朗州偏远,由长安至贬所,刘禹锡被严诏催迫。贬期的匆促、贬途的艰险、自然环境的恶劣犹能忍受,然而,身遭禁锢、远离帝京、前路渺茫、壮志难酬却让刘禹锡不堪忍受。

> 独上百尺楼,目穷思亦愁。初日遍露草,野田荒悠悠。
> 尘息长道白,林清宿烟收。回首云深处,永怀帝乡游。
> (《登陕州城北楼却寄京师亲友》)

> 谪在三湘最远州,边鸿不到水南流。
> 如今暂寄尊前笑,明日辞君步步愁。
> (《赴连州途径洛阳诸公置酒相送张员外贾以诗见赠率尔酬之》)

刘禹锡失魂落魄一如苦旅羁囚,沿途的凄清秋景激起了他内心的万般悲凉之情。刘禹锡登高临远,穷尽目力,不见缈缈故都,看到的只有秋日寂静荒芜、林木凋伤的田野。回首当时身居庙堂,委佩低簪,经世治国,壮志尽显,而眼下繁华落尽,凄凉无限,独赴边鸿尚无力飞到的三湘最远州,想来不禁忧思浩盈。诸公置酒相送,宽慰劝勉,刘禹锡樽前赠笑,然而笑中有泪,满腹辛酸。他将辞别故人,投荒赴远,却因心中承载了过多的负累和忧愁而步步沉重,步步艰难。

南国山川旧帝畿,宋台梁馆尚依稀。

马嘶古树行人歇,麦秀空城泽雉飞。

风吹落叶填宫井,火入荒陵化宝衣。

徒使词臣庾开府,咸阳终日苦思归。

(《荆门道怀古》)

风烟纪南城,尘土荆门路。天寒多猎骑,走上樊姬墓。

(《纪南歌》)

刘禹锡面对岭南山川,缅怀前朝旧事,回味现实,不禁感慨万千。寒风摧木,瘦马嘶鸣,泽雉乱飞,败叶飘零,先前的繁华之地如今已破败不堪,昔日谏猎进贤的樊姬的墓地,如今已成为尘土飞扬的猎场,盛世不再,繁华如梦。

我们可以感受到刘禹锡抱负不得施展的悒郁感伤,仿佛听到他对唐朝命运的隐忧之叹。

身处异乡,生存环境与之前完全不同,生命价值被荒废,这一切使得刘禹锡的怨愤之情和痛苦感受进一步加深。"北渚不堪愁,南音谁复听。离忧若去水,浩荡无时停""铩翮方抬举,危根易损伤""休公久别如相问,楚客逢秋心更悲",这类表现愁苦和孤独的诗句在刘禹锡的作品中俯拾皆是。

贬谪无疑提高了刘禹锡对唐朝政治的认识。在《华佗论》中他对封建统治阶级残酷性的认识更进一步,"吾观自曹魏以来,执死生之柄者,用一恚而杀材能众矣……前事之不忘,期有劝且惩也",他不仅影射了王叔文的被害,还表达了对自己遭贬谪的政治命运的不平。痛定思痛,刘禹锡进一步认识到在他所处的时代圣君不圣、贤臣不贤,"执柄者"对人才的戕害乃是导致他悲剧命运的根源,他认为自己坚持的政治理想和忧国参政的行动是正确的,只是因为涉世不深,过于激切才付出了被贬谪的沉重代价。正是基于对理想信念的坚持,刘禹锡才会在极度困顿的境遇中,仍固守着昔日之本心与意念。这种对信念的坚持与固守赋予他直面惨淡人生的勇气和信心,也激发了他揭露现实、抨击群小、顽强抗争、勇猛反击的力量。早在永贞革新以前,刘禹锡就在《武夫词》中揭露了"依倚将军势""跃马饫膏粱"的唐朝社会现实,在《养鸷词》中借"饮啄既已盈,安能劳羽翼"的鸷鸟嘲讽唐朝厚养而无用的禁军。在这样的环境下,这一时期刘禹锡的诗词作品既有自苦身世、自伤流年、思归不得的"悲语",亦有针砭时弊、剖白心迹的"切语",还有"故态复还,宝心再起"、秋日胜春、晴空一鹤的"壮语",他自觉沉沦而不甘沉沦,明知无望却偏不绝望。因此,其诗风格凄婉而又沉雄,苍凉中犹见亢奋。刘禹锡曾在《砥石赋》中写道,"石以砥焉,化钝为利;法以砥焉,化愚为智",在不断地砥砺节操中,刘禹锡化悲痛为力量,逐渐地坚强和果敢,在"世道剧颓波"中坚守自我,砥柱中流。英国学者斯马特指出:"如果苦难落在一个生性懦弱的人头上,他逆来顺受地接受了苦难,那就不是真正的悲剧。只有当他表现出坚毅和斗争的时候,才有真正的悲剧……悲剧全在于对灾难的反抗"①。

刘禹锡在坚守儒家济世思想的同时,又在积极寻找自新之道,寻求更理想、更"圆融"的处世态度和方法。传统文化强调修身养性,即人的自我改造,刘禹锡在连州能根据生存需要重建理性,说明中唐时士人在专制政体之下个体意识的逐渐觉醒和自我保护意识的不断增强。在坚守儒家进取精神,不断进德修业、积极有为的同时,又能于困境中借道家安时处顺、随遇而安的精神来慰藉疲惫的身心,体现了一种儒道互补的生存智慧和精神力量。

道尚自然,强调无欲无争、随遇而安,这对谪宦在岭南以旷达的心境来超越逆境是非常适合的。邹浩谪居昭州,多读《庄子》,曾有诗云:"万物同为

---

① 斯马特:《悲剧》,转引自朱光潜《悲剧心理学——各种悲剧快感理论的批判研究》,北京:人民文学出版社1983年版,第206页。

一体真,体真谁复见陈新。今吾故我强名耳,莫逆于心得此人。"(《读庄子》)他认为他与庄子虽隔千年,但是莫逆于心。当时他的邻居王子正秀才筑轩求名,邹浩为其取庄子所谓栩栩者名之,并赠以绝句:"不知觉梦不知忧,物与心冥事事休。此是道人真境界,西家分得亦同游。"(《栩栩轩》)从中可见他对道家思想的偏好。唐庚自称:"伏念臣生逢尧舜,迹虽涉于仕途,性嗜老庄,口不谈于世事,自知无用,非敢有求。"①在惠州他曾做酒二种,其和者名"养生主",其稍劲者名"齐物论"。

士人被贬之前,处在庙堂之上,他们秉承儒家思想,积极入世,建功立业,被贬之后,受诸多因素的影响,他们的心态发生了巨大变化,如果他们继续秉承儒家的积极心态,将面临身心巨大的矛盾与煎熬。好在有道家的思想,让士人处于江湖之中时,心灵也有所归属,这样他们的心态就会趋于平衡,更能以自然、自由的心境去审美自然。

二、统合儒释对审美心态的影响

"统合儒释"这一思想出于柳宗元的《送文畅上人登五台遂游河朔序》一文,"由是真乘法印,与儒典并用,而人知向方","上人之往也,将统合儒释,宣涤疑滞"。这个思想后来频繁出现在柳宗元的《送僧浩初序》《送元暠师序》《送元十八山人南游序》等文中。

柳宗元的"统合儒释"思想基本上是站在儒家立场对释家思想进行选择、吸收和统合。特别在人生的价值取向上,他力图调和入世与出世的矛盾,积极引导释家发挥"佐教化""佐世"的社会功用。"浮图诚有不可斥者,往往与《易》《论语》合,诚乐之,其于性情奭然,不与孔子异道。"(《送僧浩初序》)"释之书有《大报恩》十篇,咸言由孝而极其业……于元暠师,吾见其不违且与儒合也。"(《送元暠师序》)柳宗元认为儒家和其他各家虽有矛盾,但能"悉取向之所以异者,通而同之,搜择融液,与道大适,咸伸其所长,而黜其奇邪,要之与孔子同道","然皆有以佐世"(《送元十八山人南游序》)。柳宗元的"统合儒释"思想,主要包括以下几个方面的内容。

---

① 黄鹏编著:《唐庚集编年校注》,北京:中央编译出版社2012年版,第397页。

第一个方面是儒、释在道德价值上的统合。柳宗元认为,儒、释二者都重视人生的道德价值。儒家强调依靠个人修养和道德力量使人性归于善,释家强调劝善惩恶,也是归于性善。柳宗元肯定了慧能等大德高僧始终以性善教人的行为,并称可以"丰佐吾道",在"性善"观念中通同儒、释两家。当然,柳宗元还证明了儒、释在孝道上的通同。释家思想传入中原后直至中唐时期,因其"灭其天常。子焉而不父其父,臣焉而不君其君,民焉而不事其事"(《原道》)的观点受到了儒家的批判,故释家在本土化的过程中吸收儒家的传统思想进行自我改造,以适应当时士人的伦理观念,逐渐有了《大方便佛报恩经》《父母恩重经》等宣扬孝道的本土化内容。柳宗元推崇元暠等得道高僧,并在《送浚上人归淮南觐省序》中将孝道与释家思想中的"性空"观统合,提出"盖本于孝敬,而后积以众德,归于空无"的观点。

第二个方面是通过自身的实践证明儒、释在出世、入世上的通同。儒家"齐家、治国、平天下"的人生理想一直是古代士人的追求,虽然柳宗元在积极参与王叔文集团的永贞革新后遭遇贬谪,但是柳宗元几经周折移居永州城外,依然有"却学寿张樊敬侯,种漆南园待成器"(《冉溪》)的抱负。当然,儒家思想也有安抚失意者,平衡其心态的作用,这就是"穷则独善其身,达则兼济天下"。孔子曰:"天下有道则见,无道则隐。"(《论语·泰伯》)。柳宗元济世报国的理想与被贬谪产生的现实反差,使其心灵无时无刻不遭受着痛苦的煎熬,但他认为"夫君子之出,以行道也;其处,以独善其身也"(《送娄图南秀才游淮南将入道序》)。对于失去政治前途和人身自由的柳宗元来说,做到独善其身,南方的自然山水就合乎逻辑地成了实体化的生命寄托。柳宗元有"永州八记"等记游散文,寄情山水,描绘自然之美好,同时也有如《捕蛇者说》等文章,关注民生,表达对理想社会的向往。柳宗元通过自身的实践,证明了儒、释在出世、入世上的通同。

第三个方面是儒、释在理想生活境界上的通同。孔子的理想生活境界强调"乐",即"暮春者,春服既成,冠者五六人,童子六七人,浴乎沂,风乎舞雩,咏而归"(《论语》)的生活状态,这是一种精神陶冶之旅,是一种真正的精神愉悦。儒家强调的这种理想生活关注自然的人性,即不夹杂世俗杂念,不带有世俗焦虑与欲念,只关注愉悦身心的、顺乎人性的行为。诚如柳宗元所言,"诚乐之,其于性情奭然,不与孔子异道",释家的"奭然"就是"吾与点也"的悦乐境界。儒、释两家的悦乐境界恰恰是柳宗元"统合儒释"中的审美思想根基所在。正如吴经熊在《中国哲学之悦乐精神》中写到的:"中国哲学有三大主流,就是儒家、道家和释家,而释家尤以禅宗为最重要。这三大主流,全都洋溢着悦乐的精神。虽然其所乐各有不同,可是它们一贯的精神,却不外"悦乐"两字。一般来说,儒家的悦乐导源于好学、行仁和人群的和谐;道家的悦乐在于逍遥自在、无拘无碍、心灵的和谐,乃至于由忘我而找到真我;禅宗的悦乐则寄托在明心见性,求得本来面目而达到入世、出世的和谐。由此可见,和谐实在是儒家、道家和禅宗三家悦乐精神的核心。"①

长期的贬谪经历一方面给柳宗元的事业和人生带来了不可磨灭的阴影,另一方面也使我们进一步了解如柳宗元一样的岭南谪宦在儒、释的入世和出世等思想观念的冲突中如何形成一种稳定的和谐,使其审美心态向复杂的兼容并包方向发展,最终形成物我一体、宁静淡泊和因人而彰的表征。

释家"无情有性"的观点对谪宦影响较大,所以谪宦普通认为山石溪流、花草树木、小丘深潭等都是有灵性性却无人赏识的,他们赋予山水景物以人的品格,借此来抒发自己怀才不遇的郁郁不平。这种面对自然时的"心凝形释,与万化冥合"(《始得西山宴游记》)、物我为一的审美移情,是审美主客体关系的显著表征。

谪宦在与僧人的频繁交往中能够暂时忘却个人的恩怨得失,得到暂时的愉悦和满足,因而其美学思想中更多地表现出宁静淡泊的意境。他们诗境幽静、沉寂,借描绘山水,借歌咏隐居在山水之间的智者,寄托清高孤傲的情怀,把追求遗世独立和回归自然、无拘无束、自得其乐的理想生活生动形象地表达出来。

柳宗元在《邕州柳中丞作马退山茅亭记》中写道:"夫美不自美,因人而彰。兰亭也不遭右军,则清湍修竹,芜没于空山矣。"此处,柳宗元提出了一个重要的美学思想:只有在审美活动中,通过审美主体的意识去发现"景"

---

① 老品、王平编:《二十世纪中国学术散文精品:奠基者卷》下,北京:中央编译出版社1996年版,第102~103页。

（清湍修竹），"唤醒"它并"照亮"它，使这种自然之"景"由实在物变成一个完整的、有意蕴的、抽象的感性世界，即"意象"，只有这样，自然之"景"才能够成为主体的审美对象，才能成为美。也就是说，"清湍修竹"作为自然的"景"是不依赖于主体而客观存在的，美并不在于外物自身，外物并不是因为其自身的审美性质就是美的（"美不自美"），美离不开人的审美体验，只有经过人的审美体验，自然景物才可能被彰显出来。无论儒、释，都表述过类似的观点：孔子的"智者乐水，仁者乐山"；释家说"凡所有相，皆是虚妄"等。可见，在审美过程中，审美主体的"意"是在一定的社会文化环境中形成的，某个具体的个体（他）只能选择能够使自己产生美感的，符合他自己的审美经验的"象"来作为情感的寄托，从而达到寄情于景、情景交融的"一气流通"的"审美意象"之美的境界。

古代士人试图解脱因贬谪带来的巨大精神痛苦，他们或是走向自然山水，或是走向释家，或是借诗歌抒写内心深处的郁闷，他们中的一些人则将这三者巧妙地统一在其创作的贬谪文学作品中。贬谪岭南后，谪宦不同程度地表现出亲近禅宗的倾向，刘禹锡、柳宗元等谪宦，与慧能、浩初、大颠、贾鹏、无碍上人等多名禅师交往，他们以诗明禅，把禅意、禅境用诗歌表达出来，这种意境就是空灵。经过谪宦的努力，空灵成为岭南山水诗的普遍追求，沈佺期的《绍隆寺》、宋之问的《自衡阳至韶州谒能禅师》、张说的《江中诵经》、柳宗元的《浩初上人见贻绝句欲登仙人山因以酬之》、刘禹锡的《海阳湖别浩初师》等，堪为代表。

不同于先秦时期开启的审美直观体验，即将审美对象从物理到事理做机械比附，宋代士人以其理辨之风浸染于山水记游诗文之中，使哲理思考成为当时的一种普遍倾向，而其哲理思辨的重点大都为对"心性"的体认。宋代三家学说融合的趋势继续发展，而士人之所以愿意出入儒、释、道三家，就在于三家学说在士人那里存在一个共同的契合点——"心性的体认"。古代士人本以儒家经世治国的观念来指导他们的立身行事，但在复杂的社会生活与政治生活中，满腔热忱并不总能得到封建王朝统治者的赏识，致君尧舜的理想也并不像当初读书万卷下笔如神时那么容易实现。而释、道两家由于变换了观照世界的角度，恰能化解某些人生矛盾，适应当时的人们某些特别的精神需要,尤其是在人们困顿无助的时候。这样,作为具体的个人就可以融通地接受三家学说,往往各取所需、各适其用,兼收释、道而又无悖于儒家义理。在这样的社会思潮中,宋代文学中的哲理思辨获得了长足发展。"统合儒释"思想在唐宋贬谪现象中表现为古代士人在儒家积极入世的精神受到外部阻碍后,从释家思想中寻找内心的安稳。

三、儒释道思想交融对审美心态的影响

经过隋唐两宋,儒、释、道三种思想鼎立的局面达到了高潮,三家在学说上的交流空前频繁,出现了你中有我、我中有你的局面。唐"贞元十二年四月,德宗诞日,御麟德殿,召给事中徐岱、兵部郎中赵需、礼部郎中许孟容与渠牟及道士万参成、沙门谭延等十二人,讲论儒、道、释三教"。① 儒、释、道三家学说在唐宋时期历经频繁的交流与辩论,产生了更多共同使用的词汇、概念和思维表达方式,"借儒者之言,以文佛老之说。学者利其简便"②,客观上使三家学说在内质上加深了对彼此的了解与认同。魏晋时期道家就提出"儒道同旨",到了唐代,唐睿宗推行"三教并行",柳宗元主张"统合儒释","中唐以后,天子生日举行有关三教的传统性活动——三教讨论……中唐产生了三教一致的思想"③。

唐代是一个文化相对宽容的时代,历朝君主虽对儒、释、道时有偏重,但就总体而言,"三教共弘"是唐代大势。武则天认为,"佛道二教,同归于善。无为究竟,皆是一宗"④,这一时期,儒、释、道三家学说迅速融合。

这种兼收并蓄使唐代士人的思想世界里既有释家的影子,也有道家的痕迹,更有儒家的观念。他们对道家道法自然的崇拜,对释家顿悟本心的顶礼,对儒家博取功名的向往,使他们进入了一种既想追求功名又想忘情山水,既想奋发有为又想逍遥林皋的思想境地。因此,在唐代士人的思想中始

---

① (后晋)刘昫等撰,陈焕良、文华点校:《旧唐书》第三册,长沙:岳麓书社 1997 年版,第2338 页。

② 韦政通著:《中国哲学辞典》,长春:吉林出版集团有限责任公司 2009 年版,第 204 页。

③ 镰田茂雄著,郑彭年译:《新编世界佛学名著译丛,第 42 册:简明中国佛教史》,北京:中国书店 2010 年版,第 200 页。

④ (宋)宋敏求编:《唐大诏令集》,北京:商务印书馆 1959 年版,第 587 页。

终缠绕着一种山水情结,"这种'旅游天地间,休闲野外村'的生活旨趣成为唐人特别文人士大夫游历天下的社会心理基础"①。此外,唐代释、道的充分发展,使群众性的"礼佛""慕道"等宗教旅游活动长盛不衰,人们除了参加宗教活动外,还会沿途览胜,或寻觅世外桃源,抒发方外之情,或寄寓佛寺道观,体味禅意,观赏自然。可以说,在唐代士人的观念中,总是夹杂着释、道的思想,对于此二家中崇尚自然、师法造化的基本观点和忘情丘壑、休闲村野的生活情趣是比较乐意接受的。

到了宋代,经济发展进入又一个高峰时期,同时,在儒、释、道三家学说影响下的"理学"让宋代审美心态在尚理求雅的文化背景下呈现出独特的面貌,呈现比较明显的时代特征。总体来看,理学话语环境下的宋代士人的审美心态是趋雅避俗。形成宋代审美文化心理机制的深层原因主要有:宋代士人对理想人格的选择,导致了对雅的追求,对俗的摒弃;宋代士人对中和之美的再释,导致了对雅的追求,对俗的批评;宋代士人强烈的民族意识导致了对雅的推崇,对俗的鄙夷;宋代士人伦理型文化观念与消费型文化观念的互渗,导致了对雅的崇尚,对俗的鄙弃;宋代士人对理学的大力张扬,影响了词论和创作的尚雅弃俗;统治阶级的大力倡导,推动了崇雅贬俗的社会整体审美倾向的发展进程。

第三节 唐宋政治文化对贬谪文学审美心态的影响

不论在东方还是西方,人们对于文化的研究主要集中在物态文化、制度文化和心态文化的"社会意识形态"方面,个体的审美心态必然受到社会政治文化的影响。不仅社会的生产关系、人际关系、人们的生活方式和思维方式存在巨大差异,而且人们的思想观念、审美心态及其相应的艺术思维方式也存在显著差异,这种差异会进一步造成审美心态的嬗变。

一、科举制度对审美心态的影响

我国历史上采用过的选官制度,主要有世袭制、军功制、任子制、纳赀

---

① 牟维珍:《唐代文人与旅游文化论略》,载《学术交流》2010年第8期,第188~193页。

制、察举制、九品中正制、科举制等等。先秦时期的选官制度主要是世袭制，西周时期的世卿世禄制是其典型形态。战国至秦，官僚制逐渐取代世袭制，但是直到西汉前期，仍然存在很深的世袭制的痕迹，这就是任子制。从汉武帝开始采用的察举制，虽然比之世袭制是一进步，但仍然存在很大的缺陷，即缺乏客观性较强的操作标准。由于举荐权掌握在各级官僚权贵手中，因而自东汉开始，豪族强宗逐渐垄断选官权。选官权的垄断，使儒家士族和豪族强宗的结合体获得了世代为官的特权，形成了士族门阀。魏晋南北朝时期，门阀贵族操纵政权，并利用九品中正制的选官制度垄断了对官吏的选拔，造成了极其恶劣的政治与社会影响。

由豪门世族充任的中正官在品第人物时，专讲家世门第，不论才德，真正的贤才受到排挤，世族子弟尽管无才无德，却可以凭借其家族的背景担任高官。汉末崛起的群雄，大都是出身于贵族豪门的官僚。而东晋之灭亡，也与巨姓豪族的政治角逐密切相关。当世族把持朝政，架空皇帝时，皇帝往往利用宦官来制衡外朝。而宦官一旦权力过大，达到威胁皇权的地步，皇帝又会提拔外戚，利用血亲关系来制约宦官。待外戚强大至不能控制之时，皇帝又会利用强宗豪族来压制外戚。从汉至唐，这种力量的此消彼长，造成了社会长期的动荡不安。产生这种状况的一个重要原因是世袭制所形成的官僚集团掌握了国家的政治大权。

随着经济的发展，到了隋朝，门阀势力有所衰弱，庶族地主的经济力量日益强大，其利益诉求急需通过政治途径实现，以门第出身为标准的选官制度恰恰限制了其诉求的实现，士族门阀和庶族地主之间的利益争执越发尖锐，而考试选官的制度（科举制）恰恰是庶族地主阶层表达诉求的有效途径。当然，这也为其后几百年的"士庶之争"埋下了伏笔，斗争最为激烈时，发生了"牛李党争"。通过研究发现，与庶族相比，士族门阀的子弟遭贬谪后，很难适应贬谪地的气候与风俗，极难融入当地的社会生活，表现出种种的不适应性，其贬谪文学作品常常表现他们愤懑忧谗畏讥的情感，例如，李德裕在南贬途中作有《畏途赋》，认为仕途之险甚于山川之险：

> 自淮服而载驰，贯岷山而上溯。气溢于大浸，温风发于中

路。于时行潦猥至,百川皆注。望九派而无际,横扁舟而径度。非如渔父之勇,已忘胥靡之惧。神将骇而还伏,蛟欲绝而自去。岂有幼安之感,幸无杜侯之虑。访浔阳之故里,怀靖节之旧居。陈一樽以遥奠,悲三径之久芜。当其辞簪组,返蓬庐。逸妻宾敬,稚子欢娱。临流赋诗,卧壑观书。对南山之幽霭,荫嘉木之扶疏。不为轩冕之累,焉得风波之虞。何夫子之早悟,居一世之不如。①

科举制度的形成和发展,经历了一个长期的过程。盛行于古代长达1300多年的科举制,始于隋,盛行于唐。隋代首创科举制,到了唐代,科举制度仍处于形成时期,还很不完善,贵族官僚凭借其特权操纵选举的情况还很严重。科举制度的完善与成熟是在宋代,宋代科举在唐代科举的基础上进行了改革,创立了殿试、锁院、别试、糊名、誊录等防范舞弊的制度,使科举制臻于完备。

科举制的产生,适应了社会政治发展的需要。唐代科举制大致分为两类:一是常科,有秀才、明经、进士、明书、明法等基本科目,每年定期举行;二是制科,由皇帝主持,根据需要临时举行。通过考试选拔官员的制度,促进了庶族士人的崛起,鼓舞了大量庶族士人的信心和热情。"天生我材必有用,千金散尽还复来""莫愁前路无知己,天下谁人不识君"抒发的正是这种情怀。唐代科举制还特别重视考生平时的文誉和声名,考生可以不拘泥于一次考试的成败,更好地发挥自己的水平。科举制使封建政权和官僚制度呈现出一种开放性和流动性的态势,突破了门阀世族用血缘关系和身份关系造成的垄断局面。科举制的产生,适应了当时社会的发展需要,对于维护封建统治起到重要作用。科举制的意义,首先在于对庶族士人的解放,它唤起了广大中下层士人的希望,使他们生出进取的活力、乐观的信心和竞争的胆量。盛唐时期士人的自负、自信、注重人格独立的精神气质,在他们的文学作品中表现得很明显。同时,唐代士人在入仕之前,多有出游的经历,游

---

① (清)董诰等编:《全唐文》第七册卷698,北京:中华书局1983年版,第7199页。

历地点或是名山大川，或是通都大邑。游历名山大川，反映了唐代士人对于美好生活的向往。凡佳山水，必有士人足迹。游览山水，开阔视野，亲近自然，陶冶了情趣，提高了士人山水审美的能力。

在古代的政治体制中，为学不离从政，孟子认为，"士之仕也，犹农夫之耕也"，意思是说，士出来任职做官，为社会服务，就好像农夫从事耕作一样，是他的职业。"学而优则仕"，"学而优"是士人进入官场的主要渠道。古代封建统治阶级从士人中选拔官员，士人则把"穷则寓治于教，达则寓教于治"奉为信条。古代封建统治阶级总是习惯于把文化看作现实政治的附庸，多数士人也认为这是理所当然的，其结果是士人把与封建统治无直接关系的学问都看作"无用之辩，不急之察，弃而不治"。同时，读书做官后来逐渐演变成读"经"做官的狭窄局面，从而形成了"万般皆下品，唯有读书高"的思维定式，使许多士人一旦高中，便可光宗耀祖，而一旦落第，便因身无长技而穷困潦倒，不能适应社会的需要，在生存的压力下逐渐形成软弱、善于依附等阶层特征。

这种阶层特征使士人只能服务于庙堂，其一生的命运也只能由以皇帝为首的封建统治阶级来掌握。无论是门阀士族的子弟，还是庶族地主的子弟，在通过科举制的考核后，大多会拜主考官为座师，与同期进士为同年，然后形成朋党，进而参与朝政纷争。如顾况在《行路难》中写道："一生肝胆向人尽，相识不如不相识。"刘禹锡在《竹枝词九首》其七中写道，"长恨人心不如水，等闲平地起波澜"，士人之间的交往开始变得复杂和势利。贬谪文学意境的构成，既离不开社会和自然的客观环境，也离不开作者的主观情思与审美心态。士人被贬到陌生之地，其文化特质发生巨大的变化，浪漫豪爽的气质已成为过去，博大宽阔的胸襟已不复存在，积极的政治热情与生活热情也已渐渐退去。严峻、冷酷的现实使谪宦陷入极度的苦闷与彷徨之中。可以说，绝大多数贬谪文学作品都是以苦闷、彷徨、哀愁为基调。作者从关心社会政治，转为描写身边琐事，抒发内心苦闷；从赞美大自然风光，转为在其中寄托空虚的精神。谪宦为了生存不断地奔波，频繁转任各地，不断体验别离，这是贬谪文学作品数量较多的重要原因之一。

二、古代士人被羁縻的人生轨迹

在古代,"士人"阶层的主体是士大夫。"就这个意义上说,中国传统知识分子的特征可概括为三个字:士大夫。中国传统士大夫的品格,可以概括为社会地位的臣仆化与思想文化的主体化这样一种混合型的结构。这种品格结构是由中国特定的社会历史背景造成的。"①

从皇帝的角度看,所有的人都必须是臣仆,只有当他们为皇帝所用时才有存在的价值。《诗经》中说,"率土之滨,莫非王臣"。在皇帝看来,他人若不臣,就没有生存的价值,就应该被杀掉。汉武帝认为:"有才而不肯尽用,与无才同,不杀何施!"②从士人的角度看,他们大抵自觉地把自己视为臣仆。古代士人历来推崇内圣外王,推崇辅佐圣君治理天下的行为,其内心时刻期待着生逢其时,遇到明君圣主。当然,古代士人也并非没有理性和批判精神,但在强大的封建专制权力下,理性不得不妥协和屈服,士人只能做忠臣、谏臣、股肱,更有甚者做犬马,唯独不能做首脑。所谓"效犬马之劳""臣罪该万死"云云,几乎成了人类政治史上的文化奇观,所以才有了鲁迅先生所论及的我国古代的特殊现象:"想做奴隶而不得"和"暂时做稳了奴隶"③。

隋、唐始兴科举,从士人蒙学束发的那时起,注定他的皓首穷经只能"货与帝王家",因为社会没有给士人准备其他的出路。不同于今天的知识分子,"中国古代社会结构属于'权力—依附'型结构。这种结构广泛存在于社会生活的各个层面。在生产关系上,生产资料占有者与生产者之间有绝对的(主人与奴隶)或较强的(主人与部曲,主户与客户)隶属关系。人与人之间的经济关系是主奴或近乎主奴的关系。在政治关系上,帝王、官僚、庶民之间等级分明,君支配臣,臣支配民。官僚队伍内部也等级分明,形成上对下的支配、下对上的依附。在宗法关系上,大宗与小宗、父家长与其他家庭成员,以及长辈与晚辈、兄与弟、夫与妻、嫡与庶,都属于支配与被支配关系。其中父与子的隶属关系更具绝对性。在其他各种社会关系中,类似的'权

---

① 刘泽华著:《王权思想论》,天津:天津人民出版社 2006 年版,第 79 页。
② 徐安怀主编:《资治通鉴·现代版》,成都:巴蜀书社 1996 年版,第 166 页。
③ 鲁迅著:《鲁迅散文》,北京:人民文学出版社 2013 年版,第 101 页。

力—依附'关系普遍存在。如师与徒之间犹如君与臣、父与子。总之,几乎一切人与人之间的纵向关系都有明确的序位,并依序位构成'权力—依附'式的等级关系。这就使除帝王以外的一切社会角色都在不同程度上具有'奴'的属性。'尽人皆奴'是生产关系、社会关系、政治关系及相应的文化观念所共同构建的社会现实"①。

如不入仕,古代士人最多只能当个乡村私塾先生,或者在每个月才有的市集上帮人代写家书,抑或是当个账房,但在一个人口流动极小的农业社会中,这类需求并不多。因此,如果某位士人有从政的天分,那么他最好的出路就是"学而优则仕",修齐治平。如此一来,他就需要一个事业和一个可以依附的政治力量。所以才会有如下事实:士人对封建统治者的依赖和从属是"臣卑"的基础和前提。这种依赖和从属是全方位的,士人的社会地位、衣食、知识、寿命等,皆来自"圣育"和"皇恩"。

> 天子神圣,威武慈仁,子养亿兆人庶,无有亲疏远迩;虽在万里之外,岭海之陬,待之一如畿甸之间,辇毂之下。②

> 称身虽贱微,然皆以选择得备学生,读六艺之文,修先王之道,粗有知识,皆由上恩。③

> 举而违之,臣所未识,况臣等共被仁育,同臻大和。陛下德达上玄,以丰臣之衣食;道跻寿域,以延臣之岁年。④

> 况臣等得生邦甸,幸遇盛明。身体发肤,尽归于圣育;衣服

---

① 刘泽华著:《王权思想论》,天津:天津人民出版社 2006 年版,第 229 页。
② (唐)韩愈撰,马其昶校注,马茂元整理:《韩昌黎文集校注》,上海:上海古籍出版社 1986 年版,第 618 页。
③ (唐)韩愈撰,马其昶校注,马茂元整理:《韩昌黎文集校注》,上海:上海古籍出版社 1986 年版,第 629 页。
④ (唐)柳宗元著,易新鼎点校:《柳宗元集》,北京:中国书店 2000 年版,第 490 页。

饮食,悉自于皇恩。①

可见士人在内心就认可封建统治者对其拥有生、杀、予、夺的权力,在他们的思想观念中,人的生存权利是受到限制的,生命由封建统治者掌握是天经地义、理所当然之事。相反,不杀、不夺即是恩。由这种观念引发出来的必然是依赖和从属意识。所以贬谪、左迁等现象,在士人的内心深处就是皇帝对其行使生、杀、予、夺的权力,士人作为"臣",给"臣"先天地定义了"卑"的属性,如从"天秩""阴阳"等学说论定"君尊臣卑"。韩愈、柳宗元在表奏中对这些观念间有涉及,如"君者,阳也,臣者,阴也""臣受性愚陋""身微命贱""性本庸疏"等。士人把自己说成无知、无能、无用,这就从能力、作用和价值上把自己剥夺得一干二净。其实只要翻开士人的个人上疏,便能发现士人大都对自己的能力、作用和价值持贬低与否定的态度。这固然可视为谦辞,但由于具有普遍性,士人几乎人人如此,这就不再是个人问题,而是一种文化现象。这就在士人的作用理论上形成一种悖论性结构,即理论上的肯定与个人的自我否定。士人说自己无知、无能、无用是"君尊臣卑"理论与观念的重要组成部分,这种普遍的对个体价值的否定,最终导致士人无人格、无主体、无意义,并为士人天然的谬误与有罪论以及封建统治者生杀予夺的权力做了铺垫。

三、"平民化"对审美心态的影响

与土地关系的变化和门阀制度的崩溃相适应,宋代社会各阶层的经济地位和政治地位出现了较为明显的社会流动,地主阶级内部阶层的升降沉浮加速,贫富交替日渐频繁。经济上,个人的经济地位波动频繁。政治上,官、民的身份可以相互转化。社会各阶层升降更替的加快,使等级界限松动,促进了大众文化娱乐市场的繁荣,这导致宋代整个社会出现了"平民化"的趋势。

首先,从士人阶层的成长来看,选拔官员的科举制比唐代更加公正开

① (唐)柳宗元著,易新鼎点校:《柳宗元集》,北京:中国书店2000年版,第492页

放,给予许多出身平民的"寒俊之士"崛起的机会。例如,宋太宗时做过宰相的吕蒙正,年轻时候曾经在洛阳龙门利涉院读书,天气炎热想要买瓜,却囊中羞涩,掏不出几文钱,只能捡食卖瓜人遗落的瓜。后来他科举高中状元,做宰相后,回到之前拾瓜的地方,建了一个亭子,取名"馇瓜亭",以示不忘当年的落魄,并以此激励清寒的后学。范仲淹幼年丧父,母亲改嫁,他曾经在寺院中靠粥和咸菜度日,清苦读书,断齑画粥。与前朝才俊相比,两宋士人脱颖而出,历经基层磨炼,文章、经术、政事等方面的能力更加出色。唐太宗时的房玄龄、杜如晦,唐玄宗时的姚崇、宋璟,都是出色的政治家,却少有著述流传于世,而文采灼然的李白、杜甫则没有机会登上政治舞台。宋代与此明显不同,范仲淹、欧阳修、司马光、王安石和苏轼等人才学横溢,并且都曾投身政治,施展身手。当时士人不仅把自己当作社会的文化主体和道德主体,还将自己视为政治主体,以天下为己任。

其次,宋代科举制的改革,使大批寒门出身的士人进入上层阶级,使世俗化的审美标准得以在上层阶级确立。这使得宋代士人在"雅化"的同时,其文化特色也出现了"俗化"的趋势。当然,宋代士人雅俗观念的核心是忌俗尚雅,但与前朝士人那种远离现实社会的心境不同,其审美追求不仅体现在对理想人格的崇拜和对内心世界的探索上,还体现在对世俗生活的体验上。宋代士人及时行乐的思想意识,以及由此产生的游走于歌馆楼台、沉溺于声色犬马的疏狂行为,是宋代士人社会生活俗化的极端表现。在文学领域里,宋代士人的文学作品呈现鲜明的以俗为雅、雅俗贯通的倾向。如边地的俗曲就倍受宋代士人的青睐。"俗文化"在宋代已获得相对独立的地位,出现了前所未有的繁荣。在美学领域中,雅俗并峙、以俗为美已成为当时的审美取向。

自中唐以来的由向外转为向内的人生追求指向的日益强大,以及两宋理学的形成,使得士人更加注重知性内省,造微于心性之间,把自我人格修养的完善视为人生的最高目标,而将一切世俗功利都视为人格修养的外在表现,这也就是以"内圣"控"外王"的人生路线。由于深受儒、释、道交融思潮的影响,士人的审美情趣也发生了改变。他们认为,审美活动中的雅俗之辨,关键在于审美主体是否具有高雅的情趣,而不在于审美客体是高雅还是凡俗。苏轼认为："凡物皆有可观。苟有可观,皆有可乐,非必怪奇玮丽者也。"①黄庭坚认为："若以法眼观,无俗不真。"②便是这种新的审美情趣的体现。因此,宋代士人的出游理趣盎然,注重通过欣赏实在具体的景物去追求和领悟理趣,也就是因物及理、因景言理、因象悟道、因游得理。以上种种,正是宋代贬谪文学特点形成的深刻原因。

通过读书、科举、仕宦、创作、教学、游赏等活动,宋代的士人结成了多种类型和不同层次的交游圈,像真率会、耆英会、九老会、同乡会、同年会等各种各样的聚会形式层出不穷。城市中的茶楼、酒肆,成为士人交往和"期朋约友"的场所。焚香、点茶、挂画、插花,成为当时的雅事。不仅是这些城市的公共空间,而且一些私人的花园、亭馆也成了士人交游访友的去处。像洛阳的花圃、苏州的园林,在不少名人宅邸有频繁的聚会活动:四方友朋往来酬酢,煎茶酌酒,"以经史图画自娱"。士人也将茶具、酒器、梅花、新茶等作为重要的礼品互赠。在北宋被传为佳话的"西园雅集",就是当年苏轼、苏辙兄弟,以及黄庭坚、李公麟这样的精英人物汇聚于王诜园邸,赋诗、题词的盛事。士人常常流连于这些场所。宋代士人可以从事形形色色的公务,进行多姿多彩的交游,也有很多独处静思的时间,在不同的空间、不同的文化氛围中,发展出丰富的生活方式,展现出多样性情。

除此之外,对宋代士人出游产生重大影响的是城市中坊市制度的瓦解。坊市制度瓦解,不仅为宋代城市经济的快速发展创造了条件,而且为人们的出游活动开辟了一片广阔的天地。出游对人们学习和探求知识具有重要作用,是这一时期士人的共识,"读万卷书,行万里路"的观念在这个时期已初具雏形。理学大师朱熹一生游历讲学,身体力行地推动崇尚理学的士人出游,李侗曾赞扬他"颖悟绝人,力行可畏,其所诧难,体人切至,自是从游累年,精思实体,而学之所造亦深矣"③。宋代记游作品蔚然可观,而且佳作频出,这不仅是文学上的成就,也是出游活动盛行的结果。同时,作品又反过来促进士人的出游活动,作品中的景观描写极富感染力,这些作品实际上也

① (宋)苏轼著,汪超导读、注译:《苏轼集》,长沙:岳麓书社2019年版,第220页。
② (宋)黄庭坚著,屠龙祥校注:《山谷题跋》,上海:上海远东出版社1999年版,第46页。
③ 周茶仙著:《朱熹经济伦理思想研究》,北京:光明日报出版社2009年版,第70页。

充当了旅游指南的角色。《方舆胜览》和《舆地纪胜》两部作品在宋代问世绝非偶然,它们是宋代出游活动盛行的体现,同时也是适应人们出游需要的产物。《庐山记》《赤松山志》《赏心乐事》《旅舍备要方》以及多种多样的方志、图经,为出游者提供了方方面面的信息,极大地方便了人们的出游活动。

大盛于两宋的山水画创作,必然会影响到同样以山川为关注对象之一的山水记游文学的创作。宋代山水记游文学作品从数量上看,再现型占绝对优势,从艺术创造来看,表现型与文化型则显示出由景到情、到理、到文化内涵的更丰富深刻的境界。这与宋代绘画由摹形逼真的画工画向写意寄情的文人画转变的趋势是一致的,而这种一致性,也体现在宋代士人的贬谪文学审美心态中。

两宋时期山水画创作的极大繁荣,体现了艺术领域内人们对于山水的普遍关注与思考。虽然山水之游并不一定因画而起,但艺术的普遍倾向,以及士人对山水画的热爱,必然会形成潜移默化的影响。宋代士人强调文人画要"画中有诗",即要求偏重"客观再现"的绘画艺术具有偏重"主观表现"的诗文创作的那种表达艺术家自我情感和自我个性的意趣。文人画的概念源于文人群体,又在文人中得到广泛的响应,绘画创作理念必然会反过来影响记游文学的创作,特别是同以自然为关注对象的山水记游文学的创作。这种在艺术境界上的一致性追求,也影响了谪宦的审美心态,使他们在自我情感表达方面,与唐代谪宦相比有更为独特的意境。

同时,隋唐是古代园林由皇家、私家园林向皇家、私家和公共园林全面发展的时期。园林的兴建,从单纯模仿自然环境发展为在较小的区域内以体现山水的特点、追求诗情画意为主,产生了"写意山水园"。私家园林中有一些是由士人营建的名园,如王维的辋川别业、白居易的庐山草堂、柳宗元的愚溪别业等。王维关于其园的作品有《辋川集》,白居易、柳宗元则有《草堂记》和《愚溪诗序》,皆为优秀的山水记游作品。宋代经济文化发达,封建统治者允许甚至提倡达官贵族放纵享乐、追求安逸,这导致皇家及士人大兴私宅园林。北宋都城汴梁有琼林苑、撷芳园、玉津园、东御苑、金明池、良岳等皇家园林。南宋建园之风更盛,耐得翁的《都城记胜》、吴自牧的《梦粱录》记载临安西湖及周围山区名园有五十余处。周密的《吴兴园林记》记载私园有名者三十余处。

　　因士人而有名的园林,如苏舜钦筑于苏州的沧浪亭,他作有《沧浪亭记》写其意趣。再如沈括的梦溪园,他晚年隐居其中,著书立说,逍遥自乐。诸多贬谪文学作品中都有"园记",如苏轼的《灵壁张氏园亭记》、欧阳修的《海陵许氏南园记》和《真州东园记》、苏辙的《洛阳李氏园池诗记》等等。其中有一些作品是作者亲自游览园林后所作,也有的根据图画所作,但不管哪一类,都是刻画细腻的写景佳作,是贬谪文学作品中的经典。可见出游或营建园林已成为唐宋谪宦重要的审美手段,他们在览胜之际,心中早已感慨万端,于是援笔述怀,自成佳文。

第五章　唐宋贬谪文学审美心态比较

——以柳宗元、苏轼为例

本章选取唐宋岭南谪宦中最具代表性的人物——柳宗元、苏轼,比较柳宗元、苏轼两人在不同时空下撰写的带有记游性质的贬谪文学作品,通过对其中相关意象的分析,重点探讨唐宋岭南贬谪文学审美心态的变化及原因。

第一节　柳宗元不同时空贬谪文学比较

根据《柳宗元年谱》①记载,永贞元年(805 年)永贞革新失败后,九月,柳宗元被贬为邵州刺史,十一月,在赴任途中,柳宗元又被贬为永州司马。元和十年(815 年)正月,柳宗元返京,三月,柳宗元被改贬为柳州刺史,六月抵达柳州。元和十四年(819 年)十一月,柳宗元死于任上。故,柳宗元的贬谪生涯非常清晰,大致分为永州时期和柳州时期。

一、永州时期与柳州时期贬谪文学意象比较

永贞元年(805 年),柳宗元因参与永贞革新被贬至永州,直到元和十年(815 年)才奉诏离开此地,他本以为可以回归朝堂,结果却再度被贬为柳州刺史。元和十年(815 年)六月,柳宗元到达柳州上任。从永州到柳州,对当时的人们来说,路途遥远。永州毕竟是潇湘之地,是当时的楚地,与中原地区还有一些往来,而岭南的柳州,在唐代士人心目中是一块未开化的地方。柳宗元在这两个地方创作的贬谪文学作品,在意象的选取上受到地域的影

---

① 施子愉著:《柳宗元年谱》,武汉:湖北人民出版社 1958 年版。

响,而且这些意象的特征被柳宗元赋予了不同的感情色彩。

在永州时,柳宗元笔下的自然景色都带着个人的感情色彩。景语皆情语、情景交融,这是"永州八记"的一大艺术特色。除了"永州八记",柳宗元在此处时留下的贬谪文学作品还有散文《愚溪诗序》《永州龙兴寺修净土院记》《永州韦使君新堂记》《游黄溪记》《永州崔中丞万石亭记》等,以及诗《构法华寺西亭》《冉溪》《雨晴至江渡》《旦携谢山人至愚池》《南涧中题》《与崔策登西山》《入黄溪闻猿》《韦使君黄溪祈雨见召从行至祠下口号》等。

> 窜身楚南极,山水穷险艰。步登最高寺,萧散任疏顽。
> 西垂下斗绝,欲似窥人寰。反如在幽谷,榛翳不可攀。
> 命童恣披翦,葺宇横断山。割如判清浊,飘若升云间。
> 远岫攒众顶,澄江抱清湾。夕照临轩堕,栖鸟当我还。
> 菡萏溢嘉色,筼筜遗清斑。神舒屏羁锁,志适忘幽潺。
> 弃逐久枯槁,迨今始开颜。赏心难久留,离念来相关。
> 北望间亲爱,南瞻杂夷蛮。置之勿复道,且寄须臾闲。

（《构法华寺西亭》）

此诗当作于元和元年(806年)夏,因柳宗元在《法华寺西亭夜饮赋诗序》中写道,"余既谪永州,以法华寺浮图之西临陂池丘陵,大江连山,其高可以上,其远可以望,遂伐木为亭,以临风雨,观物初,而游乎颢气之始。间岁,元克己由柱下史亦谪焉而来。无几何,以文从余者多萃焉"①,可知法华寺西亭建于元克己贬谪永州的前两年,而元克己至永州不迟于元和三年(808年),由此可知,法华寺西亭约建于元和元年(806年)。因为诗中提及"菡萏溢嘉色",故知作诗时为夏天。此诗早于"永州八记",其中的部分意象也出现在之后的"永州八记"中,如"幽谷""澄江""清湾""夕照""栖鸟""菡萏""清斑""羁锁"等,都有求清、求静的特征。

元和十年(815年),柳宗元出任柳州刺史。柳州地处今广西壮族自治区

---

① （唐)柳宗元著:《柳河东全集》,北京:北京燕山出版社1996年版,第546页。

中部,是典型的喀斯特地貌区。此处山高而陡峭,且多为石山,石头呈青色,柳江河如壶形穿城而过,河大水清。所有这些,都与永州有明显的不同。在柳州的四年间,柳宗元共创作了十多篇记游性质的贬谪文学作品,其中诗的数量多于散文,散文有《柳州东亭记》《柳州复大云寺记》《桂州裴中丞作訾家洲亭记》《柳州山水近治可游者记》等,诗有《与浩初上人同看山寄京华亲故》《登柳州峨山》《柳州峒氓》《种柳戏题》《柳州城西北隅种柑树》《柳州二月榕叶落尽偶题》等,赴任柳州途中还作有《再至界围岩水帘遂宿岩下》《长沙驿前南楼感旧》《重别梦得》《三赠刘员外》《桂州北望秦驿,手开竹径至钓矶,留待徐容州》《登柳州城楼寄漳、汀、封、连四州刺史》《重赠刘梦得》等诗。

在柳州创作的贬谪文学作品中,意象有了明显的转变。柳宗元往往将山水视为一种精神上的负担,因而作品中的山水意象通常是奇崛险怪的,也不具备清、静的特征,而是充满了绝望的情感,如《登柳州城楼寄漳、汀、封、连四州刺史》中的"城上高楼接大荒,海天愁思正茫茫"。"大荒"一词给人以荒凉之感,"岭树重遮千里目,江流曲似九回肠","九回肠"传递曲折蜿蜒之感,既描写出柳江河环绕柳州的景象,又表达了伤感的情绪,柳宗元在诗中表达了他到柳州后特有的心理情感。

在《柳州山水近治可游者记》中,柳宗元说柳州的山"崭然""奇""壮耸环立""独立不倚",还在这篇游记中使用了一些不太常见的字,使山的意象呈现出怪异恐怖的特征。柳州峻峭的高山在柳宗元眼中就如一把锋利的武器,如《与浩初上人同看山寄京华亲故》:

> 海畔尖山似剑铓,秋来处处割愁肠。
> 若为化得身千亿,散上峰头望故乡。

又如《得卢衡州书因以诗寄》:

> 临蒸且莫叹炎方,为报秋来雁几行。
> 林邑东回山似戟,牂牁南下水如汤。

在上述贬谪文学作品中,柳宗元以"剑铓""戟"来比喻山,非常精准地描绘了柳州石山的陡峭,结合后文来看,柳宗元以"剑铓"割"愁肠"的意象表达了忧愁的情感,用武器的锋利暗示山的峭拔,这是在柳宗元之前的诗中没有出现过的。

到柳州后,柳宗元没有感受到风景的优美,反而因柳州地理、人文环境与中原地区存在差异而倍感压力。又如在《岭南江行》中,柳宗元以"瘴江""黄茆""象迹""蛟涎""射工""飓母"等意象来表达他到岭南后的感受,"瘴""黄茆"等字、词曾多次出现在他的诗中。

> 瘴江南去入云烟,望尽黄茆是海边。
>
> （《岭南江行》）

> 林邑山连瘴海秋,牂牁水向郡前流。
>
> （《柳州寄京中亲故》）

> 桂岭瘴来云似墨,洞庭春尽水如天。
>
> （《别舍弟宗一》）

> 椎髻老人难借问,黄茆深峒敢留连。
>
> （《南省转牒欲具江国图令尽通风俗故事》）

与永州时期的作品追求清、静,使用如"幽谷""澄江""清湾""夕照""栖鸟""菡萏"等意象不同,柳州时期作品中的"瘴江""黄茆"等意象都有一个共同的特点,就是让人觉得单调、陌生和可怕,这些意象的一再出现,体现了柳宗元后期贬谪文学作品的特点。

二、不同时空的审美心态差异和成因

(一)永州初期柳宗元审美心态及成因

永贞元年(805年)九月十三日,柳宗元遭贬。接到贬诏后,他带着女儿、年近七旬的母亲卢氏、卢氏的侄子、表弟卢遵和从父弟柳宗直踏上了贬谪之路。元和元年(806年)五月,因贫病交加、无医无药,柳宗元的母亲卢氏病死在破庙里,这几乎让柳宗元绝望了。柳宗元在《上广州赵宗儒尚书陈情启》中记载了他刚到永州几个月的情形:

> 某天罚深重,余息苟存,沉窜俟罪,朝不图夕,……投窜零陵,囚系所迫,不得归奉松槚。哀荒穷毒,人理所极,亲故遗忘,况于他人。朝夕之急,饘粥难继,宗祀所重,不敢死亡,偷视累息,已逾岁月。①

这是被贬永州初期柳宗元真实的心理写照。柳宗元从邵州四品刺史被贬为永州司马,虽官为正六品,却形同"缧囚"。因为司马是编外之职,所以柳宗元在永州没有固定的廨宇,幸得他早年在长安结识的重巽和尚的帮助,才在龙兴寺住了下来,但只能围着龙兴寺周边游走。柳宗元每天见到的除了家人就是和尚,孤寂的寺庙生活,让他感到痛苦。柳宗元居龙兴寺期间,心态十分矛盾,满怀失落感、负罪感,忧恐交加。他想从佛学中寻求寄托,又想在出游中抒发抑郁之情,于是在元和二年(807年)创作了《江雪》一诗。在这首诗中,柳宗元将自己的心路历程外化为"孤舟蓑笠翁,独钓寒江雪",将自己比喻为一位遗世独立的渔翁。正如明代胡应麟评价他的《江雪》一诗所说的:"'千山鸟飞绝'二十字,骨力豪上,句格天成,然律以《辋川》诸作,便觉太闹。"②"便觉太闹"这四个字,道破了柳宗元永州初期的困窘与审美心

---

① (唐)柳宗元著:《柳河东全集》,北京:北京燕山出版社1996年版,第767页。
② 王志清撰:《王维诗选》,北京:商务印书馆2015年版,第151页。

态的矛盾。"闹"在此处的含义为"刻意",胡应麟认为《江雪》这首诗"闹",或许是因为他看出了柳宗元虽然想以遁世的审美态度来作诗,但雕琢的痕迹过重。这实际上是柳宗元自身的局限性造成的,是他在孤独和不甘寂寞之间挣扎的直接表现。

柳宗元在永州创作了大量的记游性质的贬谪文学作品。在这些作品中,柳宗元常借助山水表达自己失望悲愤的心情,柳宗元往往先描述山水之景,然后抒发自己的幽思,如《南涧中题》:

> 秋气集南涧,独游亭午时。回风一萧瑟,林影久参差。
>
> 始至若有得,稍深遂忘疲。羁禽响幽谷,寒藻舞沦漪。
>
> 去国魂已游,怀人泪空垂。孤生易为感,失路少所宜。
>
> 索寞竟何事? 徘徊只自知。谁为后来者,当与此心期!

在这首诗中,柳宗元从对景物的感受,写到自己的"去国""怀人",萧瑟的秋风似乎使他忘记了疲劳,但是无法令他摆脱孤寂与悲愤的心情。秋风萧瑟,羁鸟鸣叫,柳宗元感到自己孤身一人,宛若离开故土的游魂,个中愁苦无法排解,从情感上来说,自然无法摆脱悲伤的情绪。贬谪永州初期,柳宗元深刻地体会到屈原那种被放逐的心情,他在《游南亭夜还叙志七十韵》中写道:"投迹山水地,放情咏《离骚》。"他纵情山水,其实是在表达他那种不平静的心情。永州初期柳宗元的出游总是体现出一种孤独感,原因是"交游解散,羞与为戚,生平向慕,毁书灭迹"①,整天"长为孤囚,不能自明"②,"与囚徒为朋,行则若带缧索,处则若关桎梏"③,柳宗元认为原来的朋友圈没有了,交往的都是囚徒之流,平时追慕他的人毁掉书信,隐去交往的痕迹。柳宗元一时间觉得自己犹如跌进万丈深渊,简直是上天无路,入地无门,这种因自卑而产生的孤独,如同《江雪》中的渔翁形象:既孤独寂寞,又清高倔强,身体感到寒冷,但内心仍然炽热,既抑郁失望,又抱有幻想。柳宗元矛盾的审美

---

① （唐）柳宗元著：《柳河东全集》，北京：北京燕山出版社1996年版，第347页。

② （唐）柳宗元著，易新鼎点校：《柳宗元集》，北京：中国书店2000年版，第420页。

③ （唐）柳宗元著：《柳河东全集》，北京：北京燕山出版社1996年版，第714页。

心态历历可辨。

(二)永州中后期柳宗元审美心态变化

在永州的前几年,柳宗元与外界断绝音信,朝中的故臣、旧友怕受其牵连,没有给他写信或回信。柳宗元心态的变化发生于元和四年(809年)陆续收到长安回复的书信之后。第一封是他父亲的好友许孟容的来信,这对于身居偏远地区五年、与外界隔绝的柳宗元来说,是非常惊喜的。柳宗元"捧书叩头",战栗着,心情久久不能平静。元和四年(809年)之后,柳宗元在回复亲故好友的书信中,详细地诉说了贬谪以来的痛苦生活和心境:

> 罪谤交积,群疑当道,诚可怪而畏也。是以兀兀忘行,尤负重忧,残骸余魂,百病所集,痞结伏积,不食自饱,或时寒热,水火互至,内消肌骨,非独瘴疬为也。
>
> (《寄许京兆孟容书》)

> 自遭责逐,继以大故,荒乱耗竭,又常积忧,恐神志少矣。所读书随又遗忘,……虽有意穷文章,而病夺其志矣。……又永州多火灾,五年之间,四为天火所迫,徒跣走出,坏墙穴牖,仅免燔灼,书籍散乱毁裂,不知所往,一遇火恐,累日茫洋,不能出言,又安能尽意于笔砚,矻矻自苦,以危伤败之魂哉?
>
> (《与杨京兆凭书》)

> 炎昏多疾,气力益劣,昧昧然人事百不记一,舍忧栗,则怠而睡耳。
>
> (《与裴埙书》)

> 仆自去年八月来,痞疾稍已。往时间一二日作,今一月乃二三作。……阴邪虽败,已伤正气。行则膝颤,坐则髀痹。
>
> (《与李翰林建书》)

从以上书信可以看出,柳宗元诉说了永州生活条件艰苦、自己多病的身体、接连遇到火灾的窘境,以及精神不济、体力不支的现实。除了这些事情,让他感到痛苦的还有在永州无婚配、无子嗣这件事:

> 独恨不幸获托姻好,而早凋落,寡居十余年。尝有一男子,然无一日之命,至今无以托嗣续,恨痛常在心目。孟子称"不孝有三,无后为大"。今之汲汲于世者,唯惧此而已矣!
>
> (《与杨京兆凭书》)

> 茕茕孤立,未有子息,荒陬中少士人女子,无与为婚,世亦不肯与罪人亲昵,以是嗣续之重,不绝如缕。每当春秋时飨,孑立捧奠,顾眄无后继者,懔懔然欷欷惴惕……
>
> (《寄许京兆孟容书》)

> 今仆癃残顽鄙,不死幸甚。苟为尧人,不必立事程功,唯欲为量移官,差轻罪累,即便耕田艺麻,取老农女为妻,生男育孙,以供力役。
>
> (《与李翰林建书》)

柳宗元的发妻去世较早,他因为是士族门阀后裔,所以不能随便婚娶,被贬至永州后,也未找到合适的婚配对象,他考虑到"嗣续之重",很是犹豫。与亲友们的书信往来,让柳宗元的社交需要得以满足,他通过书信诉说自己的境遇,以此达到心理学上"宣泄"的目的。"宣泄"一词是由奥地利心理医生、精神分析理论的创始人西格蒙德·弗洛伊德提出来的,他认为人把一些本能冲动压抑到无意识领域中去而不得发泄就会导致心理疾病,所以他提出了"宣泄"这种治疗办法,其中就包括与亲友通过语言和书信完成"宣泄"的过程。

柳宗元通过书信"宣泄"内心,走出了心理孤寂的阴影,开始关注身边的

山水之美,开始宴游出行,这就是"永州八记"的写作背景:

> 八记都有写作年代可考。前四记可看作一组,约写于809
> 年(元和四年);后四记可看作另一组,约写于812年(元和七
> 年)。……所以,八记都是他十年永州生活后期的作品。①

在柳宗元收到亲友来信的那一年,他开始通过游历山水的方式给自己减压,从柳宗元给李建信中的"永州于楚为最南,状与越相类。仆闷即出游,游复多恐"(《与李翰林建书》)可以看出,他的出游是排挤"闷",这种"闷"是抑郁,而不是孤独。

"永州八记"中的泉水和潭水清白无污,"诡石怪木"不同流俗,"奇卉"清香四溢,"美箭"既孤且直,凡此种种自然之美,都与柳宗元高洁深邃的人格、傲然卓立的品格,相协调,相统一,即自然美就是柳宗元的品格美。柳宗元从自然界中选择了清、奇、幽、怪的山、水、木、石加以描绘,通过它们来抒发自己的情怀。他曾经写道:"日与其徒上高山,入深林,穷回溪,幽泉怪石,无远不到。"(《始得西山宴游记》)既然经常"上高山,入深林""无远不到",那么永州山水的另一种景色,如春天的百花争艳,夏日的郁郁葱葱,秋季的层林尽染,他必定也能看见。可是,这些能被人们赋予热烈欢快感情色彩的景色,在"永州八记"中却是看不到的,如《袁家渴记》中的"上生青丛,冬夏常蔚然",就是一笔带过的。

柳宗元的抑郁之情与清、奇、幽、怪之景相合,便形成"永州八记"中凄清幽凉的意境。如他写小石潭是"四面竹树环合,寂寥无人,凄神寒骨,悄怆幽邃",写西小丘则是"则清冷之状与目谋,潺潺之声与耳谋,悠然而虚者与神谋,渊然而静者与心谋"。西小丘虽不至于如小石潭那样"凄神寒骨",但"清冷",幽凉之气还是颇重的。柳宗元写西山宴游,先着力写西山的"怪特",又写在这"特立"的山顶之上和同道"引觞满酌,颓然就醉",最后写"苍然暮

---

① 中国唐代文学学会、西北大学中文系主办:《唐代文学论丛·总第三辑》,西安:陕西人民出版社1983年版,第185页。

色,自远而至",表达凄楚之情、悲壮之气。至于"永州八记"其他各篇中由山、水、木、石所形成的艺术境界,大致也是如此。这种凄清、悲凉的意境,正是柳宗元身世感受的艺术表现。"永州八记"中的永州山水,在柳宗元笔下,再也不是一种冷漠的存在,它们仿佛都成了柳宗元的知己,具备比较明显的主体间性。

(三)柳州时期柳宗元审美心态变化

柳宗元于元和十年(815年)正月应诏返京,当时贬来永州时走了三个月的路,返程时,他仅用一个月就从永州赶回到长安,可见其内心的喜悦和回归庙堂的急迫之情。从回归朝堂到再度贬谪柳州的两个月中,柳宗元作诗十余首,如此诗兴是他一生中其他时候所没有的:

> 投荒垂一纪,新诏下荆扉。疑比庄周梦,情如苏武归。
>
> 赐环留逸响,五马助征骓。不羡衡阳雁,春来前后飞。
>
> (《朗州窦常员外寄刘二十八诗见促行骑走笔酬赠》)

> 楚臣昔南逐,有意仍丹丘。今我始北旋,新诏释缧囚。
>
> 采真诚眷恋,许国无淹留。再来寄幽梦,遗贮催行舟。
>
> (《界围岩水帘》)

> 十一年前南渡客,四千里外北归人。
>
> 诏书许逐阳和至,驿路开花处处新。
>
> (《诏追赴都二月至灞亭上》)

以上诗句中各有一处可窥见柳宗元心迹的关键句。"疑比庄周梦",表明柳宗元不敢相信诏返消息是真,既心存希望,也有所疑虑。因为十多年的谪宦生涯留下的伤痕实在太深了,所以当柳宗元发现真的可以回归庙堂时,立刻激动不已,发誓要"许国无淹留"。身在永州的柳宗元心已飞到了长安,从牢笼中解脱出来的轻松与"许国"的急切之情洋溢在诗文中,他感慨"十一年""四千里"的时间之久和距离之远,而今重返故土的喜悦却能暂时消除"十一年""四千里"带来的时间上的折磨和空间上的隔阂,柳宗元用"归"字,表明长安才是他为国家效力的地方,那里才有家的温暖,那里才是他的身心所归。

带着喜悦和雄心壮志的柳宗元回到长安才发现,物是人非的朝堂并非他的归宿。由于唐宪宗对革新派的记恨、政敌的反对以及刘禹锡等人的不够低调,柳宗元在回到长安一个多月后再次被调离京师,外任柳州刺史。虽然刺史一职比柳宗元在永州所任司马一职的官阶高出许多,然而柳州比永州更偏远,也更为贫瘠荒芜。此次外任柳州给了柳宗元更加沉重的打击,这不仅意味着柳宗元政治理想的彻底破灭,而且预示着他此生很可能还乡无望了,"十年憔悴到秦京,谁料翻为岭外行"(《衡阳与梦得分路赠别》)。在不到三个月的时间里,柳宗元经历了前所未有的人生起伏和从失望到希望再到绝望的心理变化。这种打击要远比贬谪永州的时候大,因为在永州他还可以怀揣希望——"重入修门自有期"(《汨罗遇风》),但是贬去柳州,则只剩下"不知从此去,更遭几年回"(《再上湘江》)的绝望感叹了。如果没有重返长安的这个小插曲,可能柳宗元的审美心态不会发生太大的转变,这件事对柳宗元的审美心态可以说影响巨大。

虽然如前文说的,柳州挺拔峻峭的山水在外形上就给了柳宗元一种特有的感觉和震撼的力量,但二度被贬在他心理上造成的巨大打击,加上从父弟柳宗直在他到柳州约二十天后因病去世,以及对岭南气候和风俗不适应的苦闷,使得他在柳州彻底失去了对未来的信心。在柳州,柳宗元不再过多地表达他的宏伟志向,而是表达无奈和哀伤的情绪,其贬谪文学审美心态由清婉转为凄凉,由孤单转为麻木与茫然:

> 瘴江南去入云烟,望尽黄茆是海边。
>
> 山腹雨晴添象迹,潭心日暖长蛟涎。
>
> 射工巧伺游人影,飓母偏惊旅客船。
>
> 从此忧来非一事,岂容华发待流年。
>
> (《岭南江行》)

城上高楼接大荒,海天愁思正茫茫。

惊风乱飐芙蓉水,密雨斜侵薜荔墙。

岭树重遮千里目,江流曲似九回肠。

共来百越文身地,犹自音书滞一乡。

（《登柳州城楼寄漳、汀、封、连四州刺史》）

柳州期间,柳宗元更乐于用七言诗来表达情绪,这是有别于永州诗作的。在唐宋八大家追求"师古"的古文运动中,柳宗元"师古"最成功的作品是他的五言诗。在柳州,他忽然舍弃了以五言诗表达情绪的方式,这本身就是一种心境变化的体现,即以赤诚的"真"的语言,袒露自己对生命的欲望与理想,在无际的苦海中仍燃起一盏心灯,以语言之本色,建构一个富含人性与诗性的语言世界,以真挚的语言书写情感,从而形成主观的叙述语态。

同时,诗作体裁的转变也表明,柳宗元正从永州时期的政治情感、文化情感中走出来,进入现实情感。因为他此时必须面对属于他的悲剧命运,不再有梦可做了。这最后的诗情是如此悲凉。柳宗元虽然也曾游览柳州山水,也曾写下诸如《柳州山水近治可游者记》《柳州东亭记》《桂州裴中丞作訾家洲亭记》等贬谪文学作品,然而在这些作品中,柳宗元再也没有刻意地去临山摹水,山水在他的诗中已经成为抒情的工具,他放弃表达"淡泊"和"简古",转而表达郁结。柳宗元在柳州作的诗中表达最集中的审美心态就是这种郁结,而不是"淡泊""简古""幽峭""冷峭"或别的什么,这郁结的背后,隐藏着柳宗元对人生的一种麻木与迷茫。

贬谪柳州以后,柳宗元自知一切都不复存在,他深刻地感受到了生命的空寂与无归,于是更觉无物可供慰藉。久滞他乡,心力交瘁,他自知北归早已无望,便更加频繁地抒发思乡之情:

荒山秋日午,独上意悠悠。如何望乡处,西北是融州。

（《登柳州峨山》）

宦情羁思共凄凄,春半如秋意转迷。

山城过雨百花尽，榕叶满庭莺乱啼。

（《柳州二月榕叶落尽偶题》）

那回不去的故乡是他心灵最后的归所，也可以说是一个抽象的符号，是心灵的唯一退路。柳宗元的这种无归的心态，还使得他再也不能与自然和谐相处，柳州诸景与永州的愚溪形成了反差：愚溪是柳宗元想要去拥抱、去感染的一处景物，"永州八记"中描述的诸景远不如柳州，但是因为柳宗元情感的投入而显得栩栩如生；柳州则是柳宗元刻意去疏远的地方，尽管他在柳州种了一些树，挖了几口井，写了《柳州山水近治可游者记》，但他始终不喜欢这个地方。柳宗元于元和十四年（819年）作《复杜温夫书》："吾虽少为文，不能自雕斫，引笔行墨，快意累累，意尽便止，亦何所师法？立言状物，未尝求过人，亦不能明辨生之才致。"他在这里强调的是"快意累累"，是"意尽便止"，不喜欢就不去刻意表达。山水不足以解其忧，此外又没有任何东西可供寄托，精神只能在痛苦无助中孤独漂泊，这恐怕正是柳宗元诗歌风格变化的原因。从这一点看，柳宗元无疑把握住了文学创作的根本。柳宗元的价值或许在于，古代士人内心深处的一切旧梦，他几乎都做了一遍，但最终又都醒了过来。在没有梦的人生里，他渐渐地找到自己，进而发展出一种独立的人格。

第二节　苏轼不同时空贬谪文学比较

熙宁四年（1071年），苏轼上书谈论新法的弊病，王安石对此十分愤怒，便让御史谢景温弹劾苏轼，导致苏轼出京任职。熙宁四年（1071年）至熙宁七年（1074年），苏轼被派往杭州任通判，同年秋被调往密州任知州，熙宁十年（1077年）至元丰二年（1079年）在徐州任知州，同年四月被调往湖州任知州。按照本书对贬谪的定义，这个时期也是苏轼的贬谪期。元丰二年（1079年），苏轼因"乌台诗案"，诏责授检校尚书水部员外郎黄州团练副使、本州安置，开始了他被贬谪的"罪人"生活。直到元祐元年（1086年），苏轼以礼部郎中被召还朝，后任龙图阁学士知杭州，又因为政见不合，在元祐六年（1091

年)被调往颍州任知州,再度开始贬谪生涯。元祐七年(1092 年),苏轼任扬州知州,元祐八年(1093 年)任定州知州,同年,宋哲宗临朝,新党再度执政,绍圣元年(1094 年),被贬为宁远军节度副使,再次被贬至惠阳,开始了在岭南的贬谪生涯。绍圣四年(1097 年),已 60 岁的苏轼被贬儋州,直到元符三年(1100 年)大赦,复任朝奉郎,北归。所以,本书将苏轼的贬谪文学品在时间上做了一个划分:岭南之前和岭南时期。

一、黄州时期与岭南时期贬谪文学意象比较

谪居黄州在苏轼的一生中具有重要的意义,其弟苏辙在《亡兄子瞻端明墓志铭》中写道:"既而谪居于黄,杜门深居,驰骋翰墨,其文一变,如川之方至,而辙瞠然不能及矣。后读释氏书,深悟实相,参之孔、老,博辩无碍,浩然不见其涯也。"①苏轼的文风、思想和心态也在这一时期发生了重大变化,这些变化都鲜明地体现在苏轼这个时期贬谪文学作品主题的选择和意象的使用上。

元丰三年(1080 年),在赴黄州的途中,一路上只有梅花与苏轼相伴。刚刚遭受牢狱之灾被贬黄州的苏轼是孤独的,他认为幽谷中的梅花同样是孤独的,便生出与梅花同病相怜的感觉。梅花如同他的知音,所以到了黄州后,他才会不惜笔墨描写和赞美生长在草棘间寂寞的梅花。

春来幽谷水潺潺,的皪梅花草棘间。

一夜东风吹石裂,半随飞雪度关山。

何人把酒慰深幽,开自无聊落更愁。

幸有清溪三百曲,不辞相送到黄州。

(《梅花二首》)

十日春寒不出门,不知江柳已摇村。

① (宋)苏轼著,李之亮笺注:《苏轼文集编年笺注》,成都:巴蜀书社 2011 年版,第 597 页。

稍闻决决流冰谷,尽放青青没烧痕。

数亩荒园留我住,半瓶浊酒待君温。

去年今日关山路,细雨梅花正断魂。

（《正月二十日,往岐亭,郡人潘、古、郭三人,

送余于女王城东禅庄院》）

蕙死兰枯菊亦摧,返魂香入岭头梅。

数枝残绿风吹尽,一点芳心雀啅开。

野店初尝竹叶酒,江云欲落豆秸灰。

行当更向钗头见,病起乌云正作堆。

（《岐亭道上见梅花戏赠季常》）

怕愁贪睡独开迟,自恐冰容不入时。

故作小红桃杏色,尚余孤瘦雪霜姿。

寒心未肯随春态,酒晕无端上玉肌。

诗老不知梅格在,更看绿叶与青枝。

（《红梅三首》其一）

可见苏轼不仅将梅花引为知己,而且赋予它高贵、坚毅的"梅格",用以自我比照,并且每次出游时都用诗歌咏之。但是此类梅花的意象,在苏轼到达岭南以后,就只出现了三次,其中一次是追忆性的意象再现：

春风岭上淮南村,昔年梅花曾断魂。

岂知流落复相见,蛮风蜑雨愁黄昏。

长条半落荔支浦,卧树独秀桄榔园。

岂惟幽光留夜色,直恐冷艳排冬温。

松风亭下荆棘里,两株玉蕊明朝暾。

海南仙云娇堕砌,月下缟衣来叩门。

酒醒梦觉起绕树,妙意有在终无言。

先生独饮勿叹息,幸有落月窥清樽。

（《十一月二十六日松风亭下梅花盛开》）

罗浮山下梅花村,玉雪为骨冰为魂。

纷纷初疑月挂树,耿耿独与参横昏。

先生索居江海上,悄如病鹤栖荒园。

天香国艳肯相顾,知我酒熟诗清温。

蓬莱宫中花鸟使,绿衣倒挂扶桑暾。

抱丛窥我方醉卧,故遣啄木先敲门。

麻姑过君急扫洒,鸟能歌舞花能言。

酒醒人散山寂寂,惟有落蕊黏空樽。

（《再用前韵》）

苏轼于绍圣元年(1094年)被贬惠州。昔日贬谪黄州过春风岭时,苏轼见梅花开于草棘间,感而赋诗。十四年后,他流落惠州,又见松风亭下的荆棘里有梅花盛开,对梅花的冷艳幽独心领神会,无限感慨,那些在黄州谪迁生活中的往事,此时因面对松风亭下盛开的梅花而涌上心来。"岂知"一句极沉痛,苏轼此时已经是近六十岁的老人,却依旧流落异乡,当他再次见到这个贬谪生活中的旧侣——梅花,想到自己如今每况愈下,便觉得忧愁。

但当苏轼发现荆棘丛中两株盛开的梅花在清晨的阳光下明洁如玉时,他感觉自己仿佛身处幻境:眼前的已经不是梅花,而是一个缟衣素裳的海南仙子,乘着娇云,冉冉地降落到书窗外,叩响紧闭的房门。把梅花比作神女,也出现在苏轼作的悼亡词中:

玉骨那愁瘴雾,冰姿自有仙风。海仙时遣探芳丛。倒挂绿毛幺凤。 素面翻嫌粉涴,洗妆不褪唇红。高情已逐晓云空,不与梨花同梦。

（《西江月·梅花》）

　　这首词看似咏梅,实为悼亡,是苏轼为悼念随自己贬谪惠州的侍妾朝云而作的,词中描写的惠州梅花是朝云美丽的姿容和高洁人品的化身。惠州的梅花不同于黄州的梅花,"岭外梅花","与中国异。其花几类桃花之色,而唇红香著"(《岭外梅花》)。在苏轼看来,梅花生长在"瘴疠之乡",却不怕"瘴气"的侵袭,是因为它有冰雪般的肌体、神仙般的风致。如果说黄州的梅花在"草棘间"凌寒盛开只是苏轼赋予其的"梅格",那惠州的梅花在苏轼心中已经具备了"神格"。苏轼到达岭南之后,他笔下的梅花不再具有人格化的特征,所以在岭南贬谪文学作品中较少提及。

　　《十一月二十六日松风亭下梅花盛开》结尾的"酒醒梦觉"和《再用前韵》结尾的"酒醒人散",在写"梅"的诗中使用"酒""梦"的意象,这是苏轼在其他地方所没有做过的。对苏轼而言,岭南的"梅"的世界是一种"醉境"和"梦境",所有跟"梅"有关的美好,最后都归于现实。他"绕树""无言""寂寂",思绪深沉。从诗的内在感情脉络看,这和前面"岂知流落复相见"一句所隐含着的情思一脉相承,他如有所悟,但终归于无言,这正是"此时无声胜有声"。苏轼这里使用的"酒""梦"意象,都是他在黄州时常用的:

> 夜饮东坡醒复醉,归来仿佛三更。家童鼻息已雷鸣。敲门都不应,倚杖听江声。　长恨此身非我有,何时忘却营营。夜阑风静縠纹平。小舟从此逝,江海寄余生。
>
> 　　　　　　　　　　(《临江仙·夜饮东坡醒复醉》)

> 梦中了了醉中醒。只渊明,是前生。走遍人间,依旧却躬耕。昨夜东坡春雨足,乌鹊喜,报新晴。　雪堂西畔暗泉鸣。北山倾,小溪横。南望亭丘,孤秀耸曾城。都是斜川当日境,吾老矣,寄余龄。
>
> 　　　　　　　　　　　　　　(《江城子》)

> 遥想公瑾当年,小乔初嫁了,雄姿英发。羽扇纶巾,谈笑间、樯橹灰飞烟灭。故国神游,多情应笑我,早生华发。人间如梦,

一尊还酹江月。

（《念奴娇·赤壁怀古》）

世事一场大梦，人生几度秋凉。夜来风叶已鸣廊，看取眉头鬓上。 酒贱常愁客少，月明多被云妨。中秋谁与共孤光，把盏凄然北望。

（《西江月·黄州中秋》）

照野弥弥浅浪，横空隐隐层霄。障泥未解玉骢骄，我欲醉眠芳草。 可惜一溪风月，莫教踏碎琼瑶。解鞍欹枕绿杨桥，杜宇一声春晓。

（《西江月·顷在黄州》）

渔父饮，谁家去，鱼蟹一时分付。酒无多少醉为期，彼此不论钱数。 渔父醉，蓑衣舞，醉里却寻归路。轻舟短棹任横斜，醒后不知何处。 渔父醒，春江午，梦断落花飞絮。酒醒还醉醉还醒，一笑人间今古。 渔父笑，轻鸥举，漠漠一江风雨。江边骑马是官人，借我孤舟南渡。

（《渔父》）

苏轼在黄州时的生活态度，多少有点近于正始时期的文人，所谓"适性随志""放浪形骸"，如他在《西江月·顷在黄州》词序中写道："顷在黄州，春夜行蕲水中，过酒家，饮酒醉。乘月至一溪桥上，解鞍，曲肱醉卧少休。及觉已晓，乱山攒拥，流水锵然，疑非尘世也。书此语桥柱上。"这已足够说明他当时的生活情况了。基于当时的思想和生活态度，苏轼在贬谪文学作品的创作上显然同之前不同，多数学者认为苏轼贬谪黄州后的作品风格清俊雄放。

不同于苏轼之前的自愿外任，贬谪黄州是将他当作"罪人"的"安置"，这让苏轼产生了一种自我失落感，所以在苏轼这个时期的贬谪文学作品中经常出现"饮醉""醉梦""醒复醉"等意象。如何摆脱现实的苦楚？炙热焦灼的内心如何平复？在黄州的苏轼只能依凭酒精的麻醉,越是清醒,就越痛苦,所以就出现了"醒复醉"的反常状态。"长恨此身非我有","此身非我有",自己的命运自己却不能主宰,苏轼能想到的唯一途径居然是"小舟从此逝,江海寄余生",他想通过隐居减少内心的痛苦。"舟"与"寄"的意象,贯穿了苏轼的贬谪生涯。

被贬谪黄州之前,苏轼诗词中的"舟"尚未形成意象,只具备以下两种功能:其一是苏轼与友人出游或友人远行时所乘坐的交通工具,如《画堂春·柳花飞处麦摇波》一词中写的"小舟飞棹去如梭,齐唱采菱歌";其二是作为游玩时所见景观的描述,如《瑞鹧鸪·城头月落尚啼乌》一词中所写的"城头月落尚啼乌,朱舰红船早满湖"。这些作品中的"舟"大多作为一种客观事物出现,或为写景而设,或为送别而设,苏轼并没有将太多的情感和笔力用于描写"舟",因此"舟"在词中无足轻重。"舟"的意象到了苏轼贬谪黄州之后才出现,首次出现在《水龙吟·小舟横截春江》中:

> 小舟横截春江,卧看翠壁红楼起。云间笑语,使君高会,佳人半醉。危柱哀弦,艳歌余响,绕云萦水。念故人老大,风流未减,空回首,烟波里。 推枕惘然不见,但空江月明千里。五湖闻道,扁舟归去,仍携西子。云梦南州,武昌东岸,昔游应记。料多情梦里,端来见我,也参差是。

根据词序"闾丘大夫孝终公显,尝守黄州,作栖霞楼,为郡中绝胜。元丰五年余谪居黄。正月十七日梦扁舟渡江,中流回望,楼中歌乐杂作。舟中人言,公显方会客也。觉而异之,乃作此曲,盖越调鼓笛慢。公显时已致仕,在苏州",这是一首记梦游词,从"云间笑语,使君高会,佳人半醉"等句可以看出,苏轼在梦中与友人相聚甚欢,而"推枕惘然不见,但空江月明千里"等句则表现出苏轼梦醒后的落寞,两种情感交织在一起,更容易让人体会到苏轼谪居黄州时的孤独和艰难。连词序在内,"舟"字共出现四次,同时也出现了苏轼后来常用的"醉""梦"等意象,这是苏轼贬谪文学创作的转折点。"舟""醉""梦"同时出现在一个作品中,而且"舟"开始具备隐喻的作用,苏轼用

"舟"的意象表明自己四处漂泊、无人问津的现状。与前期的"舟"相比,苏轼从写景转向寄情,并赋予"舟"以"归去"的内涵,"舟"成了意象。值得注意的是,这个"舟"的意象在苏轼岭南贬谪文学作品中很少见到,只是在接到朝廷对他的传召,让他北归时,才又出现:

> 心似已灰之木,身如不系之舟。
>
> 问汝平生功业,黄州惠州儋州。

(《自题金山画像》)

苏轼的一生经历了北宋仁宗、英宗、神宗、哲宗、徽宗五朝,担任过三十多个官职,辗转奔波于凤翔、杭州、密州、徐州、湖州、黄州、登州、颍州、扬州、定州、惠州、儋州等地,足迹踏遍大半个中国。他一生两次自求外任,三次遭贬,命运坎坷。好不容易熬到了元符三年(1100年)大赦,但是由于要调和党争,宋朝对苏轼的安置一直没有明确的说法,这让他感到心灰意冷,之前的"舟"与"归路"有关,但是到了岭南后,特别是到了海南后,他彻底绝望了。他在《到昌化军谢表》中写道:"而臣孤老无托,瘴疠交攻。子孙恸哭于江边,已为死别;魑魅逢迎于海上,宁许生还。"在《与王敏仲书》中他写道:"某垂老投荒,无复生还之望!昨与长子迈诀,已处置后事矣。今到海南,首当作棺,次便作墓。"此时他觉得前面似乎是一条不归路,既然是不归路,那么有没有"舟"已经没什么意义了。

苏轼晚年诗词中的"舟"已经"不系"了,突显了他"吾生如寄"的人生客寓之感和对人生有限性的强烈焦灼感。苏轼的人生如"寄"的意象,表现出他对人生的感慨:

> 吾生如寄耳,寸晷轻尺玉。

(《次韵刘景文登介亭》)

> 人生百年如寄尔,七十朱颜能有几。

(《清远舟中寄耘老》)

· 145 ·

偶还仗内身如寄,尚忆江南酒可赊。

(《次韵王仲至喜雪御筵》)

此生暂寄寓,常恐名实浮。

(《辩才老师退居龙井,不复出入》)

我生天地间,一蚁寄大磨。区区欲右行,不救风轮左。
虽云走仁义,未免违寒饿。剑米有危炊,针毡无稳坐。
岂无佳山水,借眼风雨过。归田不待老,勇决凡几个。

(《迁居临皋亭》)

"吾生如寄耳"在苏轼贬谪文学作品中多次出现,从熙宁十年(1077 年)第一次使用,到绍圣后最后一次使用,在二十余年间,他的这种"吾生如寄"的思想一直未变。"吾生如寄"是苏轼数十年宦海沉浮的真实写照,也是他对人生有限性的深刻体悟。"吾生如寄""过客""暂寓"等是对短暂的个体生命的描述:个体的生的欲望越强烈,在时间的无限性面前越是感到悲伤和绝望,在可怕的死寂与虚无面前越是感到恐惧和忧虑。

苏轼的贬谪文学作品记录了他的命运多舛:他郁郁不得志,从以前人人羡慕的才子变成囚犯,历经死亡威胁,在贬谪地用酒精麻醉自己。林语堂说苏轼天生是乐观的,苏轼是一个有着崇高理想的士人,他正直、有才华,却无法大展宏图,苏轼最可贵的就是用他自己的方式超越了生命中的苦难,为后人树立了一个高尚的人格榜样。

二、不同时空的审美心态差异和成因

(一)贬谪黄州之前苏轼的审美心态

随着王安石主导的熙宁变法开始,保守派因反对新法失败而陆续外任。熙宁四年(1071 年)至元丰二年(1079 年),苏轼自请外放州官期间,开始了贬谪意义上的山水游历。

在这个时期,苏轼的审美心态多体现为失落和寂寞,如《出颍口,初见淮山,是日至寿州》:"我行日夜向江海,枫叶芦花秋兴长。长淮忽迷天远近,青山久与船低昂。"因转官和政务需要而舟车劳顿,苏轼在赴杭途中产生的寂寞落寞之感跃然纸上。34 岁的苏轼在外任期间修禅访道,寓理于山水以表达人生思考,也常常借山水宣泄牢愁,讥诮新法,如《游径山》:

> 众峰来自天目山,势若骏马奔平川。
>
> 中途勒破千里足,金鞭玉镫相回旋。
>
> 人言山住水亦住,下有万古蛟龙渊。
>
> 道人天眼识王气,结茅宴坐荒山颠。
>
> 精诚贯山石为裂,天女下试颜如莲。
>
> 寒窗暖足来扑朔,夜钵咒水降蜿蜒。
>
> 雪眉老人朝扣门,愿为弟子长参禅。
>
> 尔来废兴三百载,奔走吴会输金钱。
>
> 飞楼涌殿压山破,朝钟暮鼓惊龙眠。
>
> 晴空偶见浮海蜃,落日下数投村鸢。
>
> 有生共处覆载内,扰扰膏火同烹煎。
>
> 近来愈觉世议隘,每到宽处差安便。
>
> 嗟余老矣百事废,却寻旧学心茫然。
>
> 问龙乞水归洗眼,欲看细字销残年。

北宋庆历以来,士人好评议时政,秉道直陈的政治品格在苏轼身上体现得极为明显,这种品格同样体现在他的文学作品中。在这首写游山的诗中,苏轼在描述了山色壮丽之后,就开始讥讽朝廷之用人多是刻薄狭隘之士,要用龙泉水洗洗眼睛,可见游山参禅亦难遣苏轼胸中积愤。又如:"吴儿生长狎涛渊,冒利忘生不自怜,东海若知明主意,应教斥卤变桑田。"(《八月十五日看潮五绝》其四)因为当时存在渔民赶潮被溺死的情况,所以王安石禁止渔民赶潮。苏轼讽刺道,"东海若知明主意,应教斥卤变桑田",意思是东海的海神,倘若知道人间君王的旨意,那就应该让海边的盐卤地变成肥腴的桑田。苏轼借此讽刺当时宋朝兴建水利的不切实际。

熙宁年间辗转州府的出游,其意义绝不限于舒展苏轼所谓的"麋鹿之性",苏轼借出游调剂单调的政治生活,在诗意中突显自身的性情与抱负。苏轼一次次深入到山水中,想要寻找审美意境与理想生活:

> 心随叶舟去,梦绕千山碧。新诗到中路,令我喜折屐。
>
> (《自径山回得吕察推诗用其韵招之宿湖上》)

> 我从山水窟中来,尚爱此山看不足。
>
> (《游道场山何山》)

> 天功争向背,诗眼巧增损。……天怜诗人穷,乞与供诗本。
>
> (《僧清顺新作垂云亭》)

> 不将新句纪兹游,恐负山中清净债。
>
> (《与胡祠部法华山》)

苏轼自请外放州官期间的贬谪文学作品,表现出了他作为年轻人的挥斥方遒与洒脱,"不仅是比拟新奇,格调贴切,还在主体精神超越自然的基础上,使山水反过来成为印证此禅理诗心的手段和媒介,将欣赏自然之美纳入到人文世界之精细赏玩、灵慧妙悟的畛域"①。

(二)贬谪黄州时苏轼审美心态特征

苏轼于元丰三年(1080 年)抵达黄州,元丰七年(1084 年)赴汝州。谪居黄州在苏轼的一生中具有重要的意义。初到黄州,苏轼内心充满苦楚,毕竟

---

① 程磊:《论苏轼早期的山水宦游诗》,载《中国苏轼研究(第五辑)》,北京:学苑出版社 2016 年版,第 60 页。

之前的外任是他要求的，而现在却作为"罪人"被贬至黄州。翻开苏轼的诗作，不难发现其中尽是那些给人以凄清、冷寂、清寒感觉的"断霞""落日""残钮""暮鼓""荒村""孤栖""残灯""孤舟""残暑""寒灰""残年""寒灯""菰蒲""暗潮""寒蚓""落月""悬蛛""暮鸦""寒条"等意象，这正与宋代词坛当时的基调"悲凉于残山剩水"相一致。从这一方面讲，我们不得不承认苏轼诗作中有"以词入诗"的迹象。同是"落日""孤烟"，在苏轼笔下不同于王维笔下"大漠孤烟直，长河落日圆"的雄浑、开阔，而是表达了"羁愁畏晚寻归楫，山僧苦留看落日。……怅然归卧心莫识，非鬼非人竟何物"（《游金山寺》）的残缺心迹。

造成这种残缺心迹的主要原因是苏轼当时政治地位严重下降，俸禄随之低到极其微薄，几乎到了不能温饱的地步，如他给秦观的通信中写道，"初到黄，廪入既绝，人口不少，私甚忧之。但痛自节俭，日用不得过百五十"①。最初他住在黄州城南的定惠院，生活非常拮据。当时他为生活所迫，不得不从事农务劳动，可是黄州土地相对贫瘠，难有好的收成，其心情之悲苦可想而知。他写了《东坡八首》来陈述他垦荒种粮的艰苦，提及在种植过程中当地老农对他的指导，以及对于未来能得到较好的收成后改善生活的期望。

生活上的艰困，改变了古代士人不事农稼的传统，对苏轼的思想产生了深刻的影响，使他对自己的仕宦生活、人生，以及古代先贤的思想进行深入的思索，他从先秦孟轲的思想中学到了"我善养吾浩然之气"，从庄周的思想中习得了旷达的胸怀，因而他的世界观发生了一次飞跃，可以说达到了像《庄子·天下篇》中"独与天地精神往来，而不敖倪于万物"的境界。这种境界体现在苏轼的《记承天寺夜游》一文中：

> 元丰六年十月十二日夜，解衣欲睡，月色入户，欣然起行。
> 念无与乐者，遂至承天寺寻张怀民。怀民亦未寝，相与步于中
> 庭。庭下如积水空明，水中藻荇交横，盖竹柏影也。何夜无月，
> 何处无竹柏？但少闲人如吾两人耳。

---

① （宋）苏轼著，刘乃昌选注：《苏轼选集》，济南：齐鲁书社，1980年版，第216页。

"庭下如积水空明,水中藻荇交横,盖竹柏影也。"这个由十八字构成的句子,使月夜承天寺庭院中的景色跃然纸上。在很大程度上,正因为有了这十八个字,才使《记承天寺夜游》成为不朽名篇。"庭下如积水空明",是说庭院中的月光宛如一泓积水那样清澈透明,"如"字表明"积水空明"是比喻。"水中藻荇交横,盖竹柏影也",表明水中纵横交错的藻、荇两种水草是竹子、柏树的影子。"藻荇交横",是比喻竹柏的影子。庭下本无水,也就谈不上"藻荇交横","积水空明""藻荇交横"完全是苏轼借助美好事物进行的想象。一个优美的想象,就使月下承天寺中庭之景充满了诗情画意,全篇为之生色。这种效果的取得,从修辞的角度看,是苏轼巧妙地使用映衬手法的结果,他将两个相关事物结合在一起,使其情景交融,互为衬托。这样一来,月色就不再是作为客体的月色,而是附着了苏轼情感的月色,这就能给读者留下深刻的印象。往往只有此等"闲人"才能于细微处发现生活的美好,被贬的遭遇让苏轼远离了政治的纷争和城市的喧嚣,也让苏轼真正成为一个"闲人","独与天地精神往来"。

经过短暂的茫然之后,苏轼从阴影中走出来,出入自若,随缘自适,寻溪傍谷,钓鱼采药,诵经拜佛,扁舟草履,放浪于山水之间,襟怀豁达坦荡,履危犯难而泰然,化解危厄,克服重难,乐观向上。元丰五年(1082年),苏轼曾于七月十六和十月十五两次泛游赤壁,写下了两篇以赤壁为题的赋,后人因此称第一篇为《前赤壁赋》,第二篇为《后赤壁赋》。文中对客人有一处描写,"倚歌而和之,其声呜呜然,如怨如慕,如泣如诉,余音袅袅,不绝如缕"。他以曹操为例,认为英雄人物不能与天地共存,并发出"哀吾生之须臾,羡长江之无穷"的深切感慨。在遭受重大的政治挫折后,道家超脱尘世的思想与儒家积极入世的思想在他心中交锋,苏轼更多倾向于消极遁世,只想"渔樵于江渚之上,侣鱼虾而友麋鹿",而且想"挟飞仙以遨游,抱明月而长终",回避现实中的烦恼和痛苦,回避政治上的党争,回避现实生活的不堪,只想做一个孤芳自赏、超尘脱俗的人。苏轼用"变与不变"解释月的盈虚、水的涨落,用"清风""明月"来畅怀,鼓励失意的士人寄情于山水,可以看出苏轼的随缘自适和旷达胸襟。苏轼的这种无挂无碍的超脱胸怀,有些像佛教的顿悟,隐约可见释家思想对他的影响。

从另一个方面也可以证明在元丰五年(1082年),苏轼已经走出了"乌台诗案"的阴影。元丰五年(1082年),苏轼游蕲水清泉寺,看到溪水西流,在《浣溪沙·游蕲水清泉寺》中写下"谁道人生无再少?门前流水尚能西。休将白发唱黄鸡"的豪言壮语。作于同月的《定风波·三月七日,沙湖道中遇雨》同样表现出苏轼超旷洒脱的心态:

> 莫听穿林打叶声,何妨吟啸且徐行。竹杖芒鞋轻胜马,谁怕?一蓑烟雨任平生。料峭春风吹酒醒,微冷。山头斜照却相迎。回首向来萧瑟处,归去,也无风雨也无晴。

疾风暴雨并不可怕,它们终会过去,所以苏轼以从容超然的心态来面对人生道路上的凄风苦雨。虽有料峭春风,但苏轼看到的却是"山头斜照却相迎",因为他知道风雨过后就会"也无风雨也无晴"。这是一种波澜不惊、泰然自若的境界,若能以此面对生老病死,则可以摆脱人生的忧惧。苏轼对生死问题的思考发生了明显的变化,其心态也渐趋超然旷达。这种转变固然与释、道思想有关,但苏轼却并不以宗教的方式来求得解脱。他吸取了释、道思想中积极的因素,采用道家"齐物""知足"的思想却不消极避世,借鉴释家将现实世界中的事物视为梦幻泡影的观念却不走向虚无,从而摆脱了生死的困扰,形成了自身特有的生命气质。

(三)岭南时期苏轼审美心态变化

绍圣元年(1094年),宋哲宗下诏改年号为"绍圣",其意是继承宋神宗朝的施政方针,把打击"元祐党人"作为主要目标。于是,苏轼又被以"讥讽先朝"的罪名贬谪英州,"强衰病之余生,犯三伏之毒暑,陆走炎荒四千余里"(《赴英州乞舟行状》)。苏轼刚到安徽当涂,又接到朝廷降官诰命,落左承议郎,责授建昌军司马,惠州安置,不得签书公事,于是,苏轼开始了他在岭南的生活。

苏轼初居惠州,生活上还比较安闲自在,经历过黄州"罪官"生涯的磨砺,他对惠州生活的适应与融入都完成得比较快,而且审美心态已经从道家和释家转为更为现实的参照——陶渊明。苏轼创作了大量的和陶诗,最早的和陶诗作于扬州,但大部分和陶诗都作于岭南,仅在惠州创作的和陶内容的作品就有五十首左右,这些诗真实地记录了他的心路历程。

在《和归田园居六首》中可知垂垂老矣的苏轼游历山水时的心情:"环州多白水,际海皆苍山。以彼无尽景,寓我有限年。"苏轼初到岭南时,岭南的奇异风光开拓了他的生活视野,使他获得一个新的天地,发出"心空饱新得,境熟梦余想"的愉悦感慨。他登罗浮,游东江,步村野,看到"南池绿钱生,北岭紫笋长"和"南村诸杨北村卢,白华青叶冬不枯。垂黄缀紫烟雨里,特与荔枝为先驱"(《四月十一日初食荔枝》)的岭南美景,亲身感受"罗浮山下四时春,卢橘杨梅次第新。日啖荔枝三百颗,不辞常作岭南人"的生活情趣。他在多首诗中将岭南称为"故乡",此时在他的思想里,只要心有所安,无处不可作故乡。

苏轼对日常生活津津乐道,《谪居三适三首》中有记录理发梳头的"一洗耳目明,习习万窍通",有记录午睡的"身心两不见,息息安且久"(《午窗坐睡》),以及"此间道路熟,径到无何有"等琐碎的日常札记。这里不需要苏轼确认社会角色,不用回归自然,只需走向内心,追求心灵的自由。苏轼岭南时期的作品在题材内容上的变化是明显的,而这些变化表明苏轼的审美趣味也在发生变化:由以往的豪壮、慷慨、激昂转向萧散冲淡、旷逸闲适。他由早期积极进取的现实人格变为逍遥自适的逍遥人格,再变为惠州时期的审美人格。

苏轼早期在立身处世的行为趋向方面表现出一种对现实的执着和韧性,在心理上表现出极强的建功立业的欲望,在品行上表现出刚烈敢言、九死未悔的气节,这是他现实人格的典型特征。黄州时期,由于经历了政治上的多次挫折,所以他的心态反而平和下来,他既不厌倦现实,也不留恋现实,在追求身心自由的层面上,赋予自由人格以新的内涵,即从哲学上、审美上提升对自由人格的认知。

谪居岭南以后,苏轼达到了审美的极境。相较而言,黄州时期的他还停留在描述生活的阶段,即使有反思,也不过是一些浅显的思考,他所营构的逍遥超脱的境界也不过是对人生的自解而已。因为此时的他，对人生还来不及做更深的参悟，兼济之心并未完全泯灭。而岭南时期的他则截然不同，他已经完全摆脱了功名事业的羁绊，对荣辱是非、富贵祸福、生老死育有了更深的感悟和认识。现实功名已不再是他审美心态的焦点，感悟人生、探寻人生才是他诗中的主题，诸如孤独、悲伤、病痛这些负面的感受，他都可以进行审美体验，积极进行理性思考，他以一种宁静淡泊的平和心态来面对一切。苏轼在这个时期创作的贬谪文学作品不注重华美的词彩，不注重新颖贴切的意象，不注重浓烈的情感，不注重"味外之味"。荣辱、穷达、得失在苏轼眼中已互为表里：

> 虽惭抱朴子，金鼎陋蝉蜕。犹贤柳柳州，庙俎荐丹荔。吾生本无待，俯仰了此世。念念自成劫，尘尘各有际。下观生物息，相吹等蚊蚋。
>
> 　　　　　　　　　　　　　　　　　　　　（《迁居》）

　　这首诗意在表达：整个世界是由无数个念头组成的，宇宙再大也有边际，世间万物如此渺小，和蚊蚋没有什么区别，如此看来，一个人的痛苦和不幸又算什么呢？这么一想，就用不着戚叹和悲伤了。这种胸无芥蒂、超然物外、不为世俗的祸福苦乐所拘牵、不为生死得失所烦忧的精神，是苏轼饱经人世沧桑，对生活进行深刻反思的结果。苏轼解除一切心灵的桎梏，以一颗赤诚之心来贴近生活，他的思想和生活体验，使他从苦难走向省悟再走向超越。他反复咏叹"吾生如寄耳""人生如梦"，他只追求心灵的自由，他已从功名富贵的牢笼中跳出，平淡而率真地对待身边发生的一切。同时，他的贬谪文学风格也从前期的婉丽、中期的豪放转为晚期的清淡自然，用质朴的语言表达他对人生的理解，呈现"超脱物象、回归自我"的趋向性，达到了"无待"的精神境界。

　　苏轼贬谪文学作品中的山水之美美在处处闪耀着哲思的光芒，不论是黄州时的《前赤壁赋》《后赤壁赋》《记承天寺夜游》《记游定惠院》《书临皋亭》《游沙湖》，还是惠州时的《题罗浮》《记游松风亭》《游白水书付过》，抑或是儋州时的《书上元夜游》《儋耳夜书》,都体现出苏轼对自然景物的赏会和对人生哲理的领悟。如《记游松风亭》,文中没有对山川胜景的精心刻画,可一句"此间有甚么歇不得处"的人生顿悟,使这篇文章富含诗意和哲理,让人玩味不尽。而《临皋闲题》中的"江山风月,本无常主,闲者便是主人"则让人豁然开朗。平心而论,苏轼笔下的景物都很平常,几乎随处可见,但他在平常的景物中发现了美,领悟到了人生的哲理,从而赋予他笔下的山水以睿智的美和魅力。

结　语

　　本书是在我的博士毕业论文《唐宋岭南贬官游记审美心态研究》基础上修订而成的。2013 年我构思博士论文开题的时候，国内关于旅游真实性的研究正如火如荼，旅游中的真实性研究是一场旷日持久的思辨，"客观真实性""主观真实性""建构真实性""后现代真实性""存在真实性"接踵而来。

　　在论文写作的过程中，我对旅游真实性的研究视角从客观逐渐向主观转移，关注焦点逐渐由"物"（旅游吸引物）到"人"（旅游者）。客观论者和建构论者为"物"的真实性做辩解，认为旅游体验的质量与旅游吸引物之间存在因果关系；后现代论者则放弃对客体真实性的依赖，认为人可以从"虚假"客体中获取旅游乐趣；存在论者认为旅游具有帮助旅游者找到"忠实于自我的感觉"的潜力，旅游体验的真实性与旅游客体真实与否没有关系或少有关系，而是看旅游者是否在体验中达到"真我"的状态。旅游学界关于旅游真实性的研究与讨论对我的论文写作影响较大，并让我对自己的写作初衷做了一次又一次的拷问：贬官抵达岭南以后，其生存环境、生活方式、人际关系和工作内容都发生了巨大的改变，是什么促使他们突破心理阻碍，去积极地接触新环境、发现新美好、获得新感知？这种心态转变背后的动因是什么？贬官通过文字再现的旅游或出行的场景，是他"真我"状态的体现，还是他刻意营造的"场景真实"？

　　深思熟虑后，我将书名定为《唐宋岭南贬谪文学审美心态研究》。"文学"这个词语，包含了无尽的深度和广度，是人类情感、思想和经验的载体，是我们理解世界的一种方式。然而，唐宋岭南贬谪文学是真实地反映了当时的客观世界，还是反映了作者眼中的世界，抑或是一个表演型的世界，这又是一个值得探讨的话题。

文学作品并非镜子,它并不能如实地反映世界的真实面貌。文学作品是作者的创作成果,是他们用文字描绘出的他们心中世界的样子。作品中的世界可能与现实世界相似,也可能完全相反。例如,托尔斯泰在《战争与和平》中描绘了一个庞大的历史画卷,但作品本身并非是历史的真实记录,而是作者对历史的主观理解和个人情感的表达。同样,村上春树的《挪威的森林》虽然以现实世界为背景,但它的内容和人物都是作者创作出来的,而非现实世界的直接反映。

然而,这并不意味着文学作品仅仅是作者主观世界的投射。事实上,文学作品往往是作者对现实世界的深度解读和独特见解。他们通过自己的笔触,将复杂的人性、社会现象和历史变迁揭示出来,让我们看到了更丰富的现实世界。这种解读和见解,既是对现实的反映,也是对现实的超越。文学作品让读者看到了作者所处时代的复杂性和多样性,也让读者对现实世界有了更深入的理解。

此外,文学作品也是一种表演型的世界。作者在写作的过程中势必会想到其所撰写的内容将给读者传递怎样的信息,作者在创作过程中,可能会筛选或者隐藏他所要表达的观点和情感,甚至可能通过歪曲事实的方式故意误导读者。在阅读文学作品的过程中,读者不仅是观察者,而且是参与者。读者通过想象进入作者创造的世界,与书中的人物共同经历喜怒哀乐。文学作品之所以普遍具有较高的艺术价值和感染力,正是源于这种参与感,同时,这也是作者的创作初衷之一:作品作为一种有效的情感沟通媒介,使读者获得了作者想要传递的主观真实,这种主观真实有可能与现实真实一致,也可能是对现实真实的扭曲。

旅游审美是有维度的。章海荣教授认为,在旅游审美活动的过程中,存在"二度审美":一度审美,指旅游资源开发时对以设计和建造景观美为目标的追求;二度审美,指游客在游览观赏中的美感冲动和情感创造。章海荣教授的这个观点符合大部分对旅游审美活动的描述,二度审美的完成依托于一度审美,因此,景区、景点中一度审美的状况与质量必然会影响二度审美的展开。这样的"二度审美"的构成既反映了现代旅游学的学理规范,也呈现出了旅游审美研究的特殊性。诚如柳宗元在《邕州柳中丞作马退山茅亭记》中提到"夫美不自美，因人而彰。兰亭也，不遭右军，则清湍修竹，芜没于空山矣"，王羲之作《兰亭集序》，引得后人纷至沓来。王羲之的《兰亭集序》造就了一度审美，后人因为喜欢《兰亭集序》，便前往兰亭游览，成为其二度审美。

章海荣教授还考虑到了景区造景时的审美追求。除此之外，境外造景还需考虑到自然景观的特殊性。比如日出与朝霞、落日与黄昏，无论是在山上看日出、日落，还是在海上看日出、日落，都只存在一度审美，旅游者在观赏中产生的美感冲动和情感创造都是最为直接的。如果旅游者读过沪教版《语文》五年级下册中《登泰山观日出》这篇课文，被课文引发了旅游冲动，从而前往泰山观日出，同样站在日观峰作者站过的大石头上，"……只见山峰之间白雾茫茫。大约过了七八分钟，东方天际出现了鱼肚白，是那么柔和，又是那么光洁。它不断地扩大，仿佛要淹没群山似的。它的底部则微露着淡红色，四周的云也发白了……一会儿，那淡红色加深了，范围越来越大，把邻近的云也照得发亮。这时，东方的天空发红了，在重重叠叠的峰峦的最东端，红得最浓、最艳，好像燃烧着的大火正在蔓延扩大。就在这一刹那间，那红绸帷幕似的天边拉开了一角，出现了太阳的一条弧形的边，并且努力地上升着，变成一个半圆形，放着强烈的光，把周围的红绸帷幕撕得粉碎"。旅游者或许像作者一样目睹了这样的过程，或许因为气候、季节和环境的不同而没有获得同作者一样的审美感受，但旅游者存在章海荣教授所说的"二度审美"。

同样还是兰亭，现在的兰亭景区是著名的书法圣地，是国家级文物保护单位、国家4A级旅游区。明嘉靖年间，郡守沈启重建兰亭，将其修复成明清园林的建筑风格。尽管沈启在建园的时候根据《兰亭集序》和相关文献想尽可能多地复原兰亭旧景，但是仍无法完全抹去他所处的时代的印记。如果说《兰亭集序》体现的是一度审美，那么沈启重建兰亭就是二度审美，而后世的游客参观现在的兰亭景区则可看作是三度审美。

如果旅游者是由导游人员带领去参观兰亭的，那么情况就有了变化。如果说《兰亭集序》体现的是一度审美，那么沈启重建兰亭就是二度审美，导游人员根据自己的审美经验对兰亭进行审美阐释就是三度审美，旅游者结合审美对象以及导游人员的引导进行审美鉴赏,就会形成四度审美,当旅游者在社交平台上记录景观带给自己的美感时,无论是发布在即时性的社交平台上,还是以游记出版物的形式发表,其实质都是旅游者对景观审美鉴赏的二次加工,是审美经验沉淀后的外化,必然夹杂了个人的审美判断,所以就产生了五度审美。回头看我的这部书,通过文学作品还原唐宋岭南贬官的审美心态,可能就是四度或者五度的审美接受了,有没有可能接近真实,就真的不好说了。

虽然博士毕业了,书也即将出版了,但是我的心依然忐忑,我的思考永远在路上……

元元

2022 年 11 月于三亚守常斋

参考文献

一、基本典籍

[1]四书五经[M].北京:中国书店,1985.

[2]司马迁.史记[M].北京:中华书局,1959.

[3]王国维,袁英光,刘寅生.水经注校[M].上海:上海人民出版社,1984.

[4]刘勰.文心雕龙注[M].范文澜,注.北京:人民文学出版社,1958.

[5]南京中医学院.诸病源候论校释[M].北京:人民卫生出版社,1980.

[6]刘俊文.唐律疏议[M].北京:法律出版社,1999.

[7]张九龄.曲江集[M].刘斯翰,校注.广州:广东人民出版社,1986.

[8]李林甫.唐六典[M].陈仲夫,点校.北京:中华书局,1992.

[9]沈佺期,宋之问.沈佺期宋之问集校注[M].陶敏,易淑琼,校注.北京:中华书局,2001.

[10]吴兢.贞观政要[M].上海:上海古籍出版社,1978.

[11]张鷟.朝野佥载[M].赵守俨,点校.北京:中华书局,1979.

[12]刘肃.大唐新语[M].许德楠,李鼎霞,点校.北京:中华书局,1984.

[13]王维.王维集校注[M].陈铁民,校注.北京:中华书局,1997.

[14]杨世明.刘长卿集编年校注[M].北京:人民文学出版社,1999.

[15]杜佑.通典[M].王文锦,王永兴,刘俊文,等,点校.北京:中华书局,1988.

[16]刘禹锡.刘禹锡集[M].《刘禹锡集》整理组,点校.卞孝萱,校订.北京:中华书局,1990.

[17]柳宗元.柳宗元集[M].北京:中华书局,1979.

[18]韩愈.韩昌黎文集校注[M].马其昶,校注.上海:上海古籍出版社,1986.

[19]杜牧.樊川诗集注[M].冯集梧,注.上海:上海古籍出版社,1998.

[20]封演.封氏闻见记校注[M].赵贞信,校注.北京:中华书局,2005.

[21]姚思廉.梁书[M].北京:中华书局,1973.

[22]白居易.白居易集[M].顾学颉,校点.北京:中华书局,1979.

[23]独孤及.毗陵集[M].上海:上海古籍出版社,1993.

[24]李吉甫.元和郡县图志[M].贺次君,点校.北京:中华书局,1983.

[25]商壁,潘博.岭表异录校补[M].南宁:广西民族出版社,1988.

[26]王云五.北户录附校勘记异物志[M].上海:商务印书馆,1936.

[27]静、筠二禅师.祖堂集[M].孙昌武,点校.北京:中华书局,2007.

[28]王仁裕.开元天宝遗事十种[M].丁如明,辑校.上海:上海古籍出版社,1985.

[29]王钦若.册府元龟[M].北京:中华书局,1960.

[30]王溥.唐会要[M].北京:中华书局,1957.

[31]李昉.太平广记[M].北京:中华书局,1961.

[32]司马光.资治通鉴[M].胡三省,音注.北京:中华书局,1956.

[33]洪迈.容斋随笔[M].于志勇,张媛婷,译注.北京:中国社会科学出版社,2005.

[34]计有功.唐诗记事[M].景印文渊阁四库全书,台北:台湾商务印书馆,1986.

[35]欧阳永叔.欧阳修全集[M].北京:中国书店,1986.

[36]李焘.续资治通鉴长编[M].上海师范学院古籍整理研究室,上海师范大学古籍整理研究室,点校.北京:中华书局,1979.

[37]李心传.建炎以来系年要录[M].上海:上海古籍出版社,1992.

[38]顾廷龙.庆元条法事类[G]//唐明律合编·宋刑统·庆元条法事类.北京:中国书店,1990.

[39]余靖.武溪集[G]//北京图书馆古籍出版编辑组.北京图书馆古籍珍本丛刊85.北京:书目文献出版社,1998:45-204.

[40]孔凡礼.苏轼文集[M].北京:中华书局,1986.

[41]苏轼.苏轼词集[M].刘石,导读.上海:上海古籍出版社,2014.

[42]王文诰.苏轼诗集[M].孔凡礼,点校.北京:中华书局,1982.

[43]苏辙.栾城集[M].曾枣庄,马德富,校点.上海:上海古籍出版社,1987.

[44]苏过.斜川集校注[M].舒大刚,蒋宗许,校注.成都:巴蜀书社,1996.

[45]周义敢,程自信,周雷.秦观集编年校注[M].北京:人民文学出版社,2001.

[46]范成大.范石湖集[M].上海:上海古籍出版社,1981.

[47]吕祖谦.宋文鉴[M].齐治平,点校.北京:中华书局,1992.

[48]胡寅.崇正辩·斐然集[M].容肇祖,点校.北京:中华书局,1993.

[49]阮阅.诗话总龟[M].北京:人民文学出版社,1987.

[50]司马光.涑水记闻[M].邓广铭,张希清,点校.北京:中华书局,1989.

[51]苏辙.龙川略志·龙川别志[M].俞宗宪,点校.北京:中华书局,1982.

[52]邵伯温.邵氏闻见录[M].李剑雄,刘德权,点校.北京:中华书局,1983.

[53]惠洪.冷斋夜话[M].陈新,点校.北京:中华书局,1988.

[54]邵博.邵氏闻见后录[M].刘德权,李剑雄,点校.北京:中华书局,1983.

[55]罗大经.鹤林玉露[M].王瑞来,点校.北京:中华书局,1983.

[56]周密.癸辛杂识[M].吴企明,点校.北京:中华书局,1988.

[57]江少虞.宋朝事实类苑[M].上海:上海古籍出版社,1981.

[58]陈长方.步里客谈[M]//四库全书第1039册·子部345·小说家类.上海:上海古籍出版社,1987:399-406.

[59]乐史.太平寰宇记[M].台北:文海出版社,1980.

[60]王象之.舆地纪胜[M].台北:文海出版社,1971.

[61]周去非.岭外代答校注[M].杨武泉,校注.北京:中华书局,1999.

[62]范成大.桂海虞衡志校注[M].严沛,校注.南宁:广西人民出版社,1986.

[63]朱熹.四书章句集注[M].北京:中华书局,1983.

[64]王安石.王安石全集[M].秦克,巩军,标点.上海:上海古籍出版社,1999.

［65］脱脱. 宋史［M］. 北京：中华书局，1977.

［66］释继洪. 岭南卫生方［M］. 北京：中医古籍出版社，1983.

［67］董诰. 全唐文［M］. 北京：中华书局，1983.

［68］全唐诗［M］. 北京：中华书局，1960.

［69］徐松. 宋会要辑稿［M］. 北京：中华书局，1957.

［70］厉鹗. 宋诗纪事［M］. 上海：上海古籍出版社，1983.

［71］屈大均. 广东新语［M］. 北京：中华书局，1985.

［72］王懋竑. 朱熹年谱［M］. 何忠礼，点校. 北京：中华书局，1998.

［73］施蛰存. 词籍序跋萃编［M］. 北京：中国社会科学出版社，1994.

［74］唐圭璋. 全宋词［M］. 北京：中华书局，1965.

［75］北京大学古文献研究所. 全宋诗［M］. 北京：北京大学出版社，1991.

［76］曾枣庄，刘琳. 全宋文［M］. 上海：上海辞书出版社，2006.

［77］岑婉薇，谷禧. 五公诗词选［M］. 广州：中山大学出版社，1991.

［78］辞海［M］. 上海：上海辞书出版社，1980.

二、研究专著

［1］卢因. 个性动力论［M］. 何道宽，译. 北京：中国传媒大学出版社，2016.

［2］阿德勒. 自卑与超越［M］. 李章勇，译. 北京：中国华侨出版社，2014.

［3］马斯洛. 动机与人格［M］. 许金声，译. 北京：中国人民大学出版社，2012.

［4］林方. 人的潜能和价值［M］. 北京：华夏出版社，1987.

［5］弗洛伊德. 精神分析引论［M］. 鲍音亥，译. 北京：台海出版社，2016.

［6］苏. 休闲［M］. 姜依群，译. 北京：商务印书馆，1996.

［7］弗洛姆. 追寻自我［M］. 苏娜安定，编译. 延吉：延边大学出版社，1987.

［8］朗卡尔. 旅游及旅行社会学［M］. 北京：旅游教育出版社，1989.

［9］达尔文. 不可抹灭的印记之人类的由来及性选择［M］. 潘光旦，胡寿文，原译. 李绍明，校订. 长沙：湖南科学技术出版社，2015.

［10］M. H. 艾布拉姆斯. 镜与灯：浪漫主义文论及批评传统［M］. 郦稚牛，张照进，童庆生，译. 北京：北京大学出版社，2004.

［11］镰田茂雄. 简明中国佛教史［M］. 郑彭年，译. 上海：上海译文出版

社,1986.

[12]岑仲勉.隋唐史[M].石家庄:河北教育出版社,2000.

[13]周绍良.唐代墓志汇编[G].上海:上海古籍出版社,1992.

[14]王仲荦.隋唐五代史[M].上海:上海人民出版社,2003.

[15]张国刚.唐代官制[M].西安:三秦出版社,1987.

[16]傅璇琮.唐才子传校笺[M].北京:中华书局,1987.

[17]李锦绣.唐代制度史略论稿[M].北京:中国政法大学出版社,1998.

[18]傅璇琮.唐代诗人丛考[M].北京:中华书局2003.

[19]尚永亮.元和五大诗人与贬谪文学考论[M].北京:文津出版社,1993.

[20]李锦绣.唐代财政史稿:上卷[M].北京:北京大学出版社,1995.

[21]曾小华.中国古代任官资格制度与官僚政治[M].杭州:杭州大学出版社,1997.

[22]罗宗强.隋唐五代文学思想史[M].北京:中华书局,2003.

[23]王云红.流放的历史[M].北京:中国文史出版社,2006.

[24]孙国栋.唐代中央重要文官迁转途径研究[M].上海:上海古籍出版社,2009.

[25]戴义开.柳宗元·柳州[M].南宁:广西教育出版社,1989.

[26]胡守为.岭南古史[M].广州:广东人民出版社,1999.

[27]李兴盛.中国流人史[M].哈尔滨:黑龙江人民出版社,1996.

[28]吕思勉.隋唐五代史[M].上海:上海古籍出版社,2005.

[29]中国历史地图集编辑组.中国历史地图集:第五册[M].上海:中华地图学社,1975.

[30]吴松弟.两唐书地理志汇释[M].合肥:安徽教育出版社,2002.

[31]尚永亮.贬谪文化与贬谪文学[M].兰州:兰州大学出版社,2004.

[32]曾大兴.中国历代文学家之地理分布[M].武汉:湖北教育出版社,1995.

[33]龚延明.宋代官制辞典[M].北京:中华书局,1997.

[34]方志钦,蒋祖缘.广东通史[M].广州:广东高等教育出版社,1996.

[35]马汴梁.简明中医病名辞典[M].北京:人民卫生出版社,1997.

[36]尚永亮. 唐五代逐臣与贬谪文学研究[M]. 武汉:武汉大学出版社,2007.

[37]金强. 宋代岭南谪宦[M]. 广州:广东人民出版社,2009.

[38]左鹏. 唐代岭南社会经济与文学地理[M]. 郑州:河南人民出版社,2014.

[39]鲁迅. 鲁迅全集[M]. 北京:中国文联出版社,2013.

[40]刘泽华. 王权思想论[M]. 天津:天津人民出版社,2006.

[41]郑永晓. 黄庭坚年谱新编[M]. 北京:社会科学文献出版社,1997.

[42]宗白华. 美学散步[M]. 上海:上海人民出版社,1981.

[43]敏泽. 中国美学思想史[M]. 济南:齐鲁书社,1987.

[44]梅新林,俞樟华. 中国游记文学史[M]. 上海:学林出版社,2004.

[45]桂林市地方志编纂委员会. 桂林市志[M]. 北京:中华书局,1997.

[46]张成德. 中国游记散文大系[M]. 太原:书海出版社,2002.

[47]尹德涛. 旅游社会学研究[M]. 天津:南开大学出版社,2006.

[48]杨立元,杨扬. 创作动机新论[M]. 北京:现代出版社,2014.

[49]北京大学哲学系美学教研室. 西方美学家论美和美感[M]. 北京:商务印书馆,1980.

[50]曹诗图. 旅游文化与审美[M]. 3版. 武汉:武汉大学出版社,2010.

[51]曹诗图. 旅游哲学引论[M]. 天津:南开大学出版社,2008.

[52]王淑良. 中国旅游史:古代部分[M]. 北京:旅游教育出版社,1998.

[53]谢彦君. 基础旅游学[M]. 2版. 北京:中国旅游出版社,2004.

[54]国家教委高教司组,张岱年,方克立. 中国文化概论[M]. 北京:北京师范大学出版社,1994.

[55]蒋孔阳. 美学与艺术评论(二)[M]. 上海:复旦大学出版社,1986.

[56]冯友兰. 中国哲学史新编[M]. 北京:人民出版社,2007.

[57]章必功. 中国旅游史[M]. 昆明:云南人民出版社,1992.

[58]薛群慧. 现代旅游心理学[M]. 2版. 北京:科学出版社,2011.

[59]徐善. 傅抱石谈艺录[M]. 郑州:河南美术出版社,1998.

[60]王立群. 中国古代山水游记研究[M]. 开封:河南大学出版社,1996.

［61］沈松勤.北宋文人与党争——中国士大夫群体研究之一［M］.北京：人民出版社,1998.

［62］韩玉奎.山水游记探美［M］.北京：中国旅游出版社,1987.

［63］倪志云,郑训佐,张圣洁.中国历代游记精华全编（上,下）［M］.石家庄：河北教育出版社,1996.

［64］倪其心,费振刚,胡双宝,等.中国古代游记选（上、下册）［M］.北京：中国旅游出版社,1985.

［65］李自修.宋代游记选粹［M］.天津：天津教育出版社,1989.

［66］张俊芳.社会转型期社会文化心态变迁规律研究［M］.大连：大连海事大学出版社,2002.

［67］谭家健.中国古代散文史稿［M］.重庆：重庆出版社,2006.

［68］赵辉.心旅第一驿——中国古代社会文化心态之源［M］.北京：东方出版社,2003.

［69］冯天瑜,何晓明,周积明.中华文化史［M］.上海：上海人民出版社,1990.

［70］余英时.士与中国文化［M］.上海：上海人民出版社,2003.

［71］胡雪冈.意象范畴的流变［M］.南昌：百花洲文艺出版社,2017.

［72］汪裕雄.意象探源［M］.北京：人民出版社,2013.

三、研究论文

［1］丁之方.唐代的贬官制度［J］.史林,1990(2):6,9-14.

［2］齐涛.论唐代流放制度［J］.人文杂志,1990(3):93-97.

［3］杜文玉.论唐代员外官与试官［J］.陕西师大学报（哲学社会科学版）,1993,22(3):90-97.

［4］刘诗平.唐代前后期内外官地位的变化——以刺史迁转途径为中心［G］//荣新江.唐研究：第二卷.北京：北京大学出版社,1996:325-346.

［5］谢元鲁.唐代官吏的贬谪流放与赦免［G］//《中国古代社会研究》编委会.中国古代社会研究——庆祝韩国磐先生八十年华诞纪念论文集.厦门：厦门大学出版社,1998:95-108.

[6]古永继.唐代岭南地区的贬流之人[J].学术研究,1998(8):57-60.

[7]黄正建.韩愈日常生活研究[G]//荣新江.唐研究:第四卷.北京:北京大学出版社,1998:251-274.

[8]刘振娅.贬谪与唐诗[J].广西教育学院学报,1999(1):49-57.

[9]李中华,唐磊.唐代贬官制度与不平之鸣——试论开明专制下的文人遭遇与心声[J].华中师范大学学报(人文社会科学版),2001,40(3):116-121.

[10]尹富.唐代量移制度与贬谪士人心态考论[G]//李国章,赵昌平.中华文史论丛:总第73辑.上海:上海古籍出版社,2003:65-102.

[11]唐晓涛.唐代贬官与流人分布地区差异探究——以岭西地区为例[J].玉林师范学院学报(哲学社会科学),2002,23(2):43-46.

[12]王雪玲.两《唐书》所见流人的地域分布及其特征[J].中国历史地理论丛,2002,17(4):79-85.

[13]唐晓涛.唐代桂管地区贬官人数考析[J].学术论坛,2003(2):108-112.

[14]程朗.柳宗元与柳州文化[J].柳州师专学报,2003,18(1):12-16.

[15]唐晓涛.唐代贬官谪桂问题初探[J].广西民族研究,2004(2):68-76.

[16]郝黎.唐代流刑新辨[J].厦门大学学报(哲学社会科学版),2004(3):34-39.

[17]李国锋.唐代的贬官制度及其行政处罚作用[J].河南公安高等专科学校学报,2005(4):67-69.

[18]韩鹤进,黄梅.唐代流人管理制度探析[J].牡丹江教育学院学报,2005(6):19-20.

[19]朱玉麒.唐代诗人的南贬与屈贾偶像的树立[J].西北师大学报(社会科学版),2006,43(1):19-25.

[20]彭炳金.唐代贬官制度研究[J].人文杂志,2006(2):114-119.

[21]彭炳金.论唐代的左降官[J].晋阳学刊,2007(2):98-101.

[22]尚永亮.唐五代贬官之时空分布的定量分析[J].上海大学学报(社会科学版),2007,14(6):81-94.

[23]程郎.柳宗元与柳州文化[J].柳州师专学报,2003,18(1):12-16.

[24]尚永亮.专制政治压力下的生命体验和心性变化——以韩愈的潮州之贬为中心[J].武汉大学学报(人文科学版),2001,54(5):606-613.

[25]王承文.唐代的左降官与岭南文化[G]//郑学檬,冷敏述.唐文化研究论文集.上海:上海人民出版社,1994:514-524.

[26]张艳云.唐代左降官与流人异同探析[G]//史念海.唐史论丛:第7辑.西安:陕西师范大学出版社,1998:342-350.

[27]龚胜生.2000年来中国瘴病分布变迁的初步研究[J].地理学报,1993,48(4):304-316.

[28]亓元.柳宗元"统合儒释"的主张[N].中国社会科学报,2015-03-09(A06).

[29]吴雅婷.北宋士大夫的宦游生活——苏轼个案研究[D].新竹:台湾清华大学,1999.

[30]张宗强.异常天气对人的性格情绪有影响[J].长寿,2014(5):14.

[31]刘绍卫.柳宗元柳州山水诗的语言审美特征[J].柳州师专学报,2003,18(1):7-11.

[32]杨春时.中华美学的古典主体间性[J].社会科学战线,2004(1):76-81.

[33]杨春时.论生态美学的主体间性[J].贵州师范大学学报(社会科学版),2004(1):81-84.

[34]杨春时,杨晨.中国古典美学意象概念的主体间性[J].吉首大学学报(社会科学版),2011,32(4):21-25.

[35]仪平策.中国诗僧现象的文化解读[J].山东大学学报(哲学社会科学版),1994(2):41-47.

[36]刘铁峰.刘禹锡、柳宗元诗歌贬谪情感艺术范式刍议[J].集美大学学报(哲学社会科学版),2002,5(4):99-104,121.

[37]张明华.谪宦谁知是胜游——从欧阳修夷陵赴任的经历看宋人的"谪宦"之游[J].安康学院学报,2014,26(6):42-45,57.

[38]宋红.孤独徘徊[J].读书,1996(4):106-107.

四、地方志

[1]广州市地方志编纂委员会办公室.元大德南海志残本[M].广州:广东人民出版社,1991.

[2]陈香白.潮州三阳志辑稿[M].广州:中山大学出版社,1989.

[3]唐胄.正德琼台志[M].上海:上海古籍书店,1964.

[4]嘉靖惠州府志[M].上海:上海古籍书店,1961.

[5]史树骏,区简臣.肇庆府志[G]//中国科学院图书馆.稀见中国地方志汇刊:第47册.刻本.北京:中国书店,1992:311-976.

[6]熊兆师.顺治阳山县志[M].上海:上海书店出版社,2003.

[7]金𨰥,钱元昌,击纶.(雍正)广西通志1[M].南宁:广西人民出版社,2009.

[8]阮元修,陈昌齐,刘彬华.广东通志[M].上海:上海古籍出版社,1990.

[9]张嶲,邢定纶,赵以谦.崖州志[M].郭沫若,点校.广州:广东人民出版社,1983.

[10]饶宗颐.潮州志[M].汕头:潮州修志馆.

附录一　唐代岭南地区贬谪情况统计表

序号	姓名	贬谪时间	贬谪方式	贬地与职位(初贬、再贬)
1	李大亮	贞观初	徙	交州
2	刘世龙	贞观初	配流	岭南
3	杜构	约贞观年间	徙	岭表
4	刘洎	约贞观年间	贬	南康州都督府长史
5	毕义	约贞观年间	左转	桂州归义县丞
6	王敬直	贞观年间	徙	岭外
7	韦挺	贞观年间	谪	象州刺史
8	牛方裕			
9	薛世良	贞观二年(628)	流	岭表
10	高元礼			
11	唐奉义			
12	裴虔通	贞观二年(628)	流	驩州
13	王义芳	贞观年间	贬	儋州吉安丞
14	裴寂	贞观三年(629)	徙	交州
15	杜正伦	贞观十年(636)	左授	交州都督
		配流	驩州
		显庆三年(658)	出	横州刺史
16	颜师古	贞观中	出	柳州刺史
17	陈师合	贞观中	流	岭外
18	结社率	贞观十三年(639)	流	岭外
19	党仁弘	贞观十六年(642)	徙	钦州
20	李德睿	约贞观年间	流	岭南
21	张玄素	约贞观年间	贬	潮州刺史
22	崔仁师	贞观二十二年(648)	配流	龚州、连州
23	薛万彻	贞观二十二年(648)	流	象州
24	罗道琮	贞观末	配流	岭表
25	卢承业	贞观末	左迁	忠州刺史

续表

序号	姓名	贬谪时间	贬谪方式	贬地与职位(初贬、再贬)
26	郎余庆	唐高宗	放	琼州
			徙	春州
27	刘纳言	唐高宗时	配流	振州
28	杨思玄	唐高宗时	下迁	交州都督
29	源直心	唐高宗时	配流	岭南
30	刘大器	唐高宗时	流	峰州
31	柳奭	约永徽年间	贬	爱州刺史
32	柴哲威	约永徽年间	徙	岭南
33	张叡册	永徽元年(650)	左迁	循州刺史
34	李乾祐	永徽初	流	爱州
35	宇文节	永徽初	配流	
36	萧龄之	永徽二年(651)	流	岭外
37	高正业	约永徽年间	配流	岭外
38	魏玄同	约永徽年间	配流	岭外
39	郑钦泰			
40	张希乘	约永徽年间	长流	岭南边界
41	崔道默			
42	房遗直	永徽四年(653)	贬	春州铜陵尉
43	薛万备	永徽四年(653)	流放	交州
44	执失思力	永徽四年(653)	流	岭表
45	李道宗	永徽四年(653)	配流	象州
46	王全信			
47	柳氏	永徽六年(655)	流	岭表
48	萧氏兄弟			
49	许昂	显庆年间	流	岭外
50	褚遂良	显庆二年(657)	左迁	桂州都督
			再贬	爱州刺史
51	韩瑗	显庆二年(657)	左授	振州刺史
52	李友益	显庆三年(658)	配流	峰州
53	长孙冲	显庆四年(659)	流	岭外
54	唐临	显庆四年(659)	贬	潮州刺史
55	慕容宝节	显庆中	配流	岭表
56	李津	龙朔三年(663)	长流	振州
57	武元庆	乾封元年(666)	斥	龙州
58	武元爽	乾封元年(666)	流	振州
59	武承嗣	乾封元年(666)	流	岭南

续表

序号	姓名	贬谪时间	贬谪方式	贬地与职位(初贬、再贬)
60	元万顷	乾封二年(667)	流	岭外
		永昌元年(689)		岭南
61	扶馀丰	总章元年(668)	流	岭南
62	徐齐聃	咸亨元年(670)	流	钦州
63	许彦伯	咸亨元年(670)	流	岭表
64	武敏之	咸亨二年(671)	配流	雷州
65	李善	约咸亨二年(671)	配流	岭外
66	李皋	上元初	贬	潮州刺史
67	李逢年	上元元年(674)	流	瀼州
68	侯令仪	上元二年(675)	长流	康州
69	王福畤	约上元二年(675)	左迁	交趾令
70	李茂	上元中	配流	振州
71	韩思彦	上元中	迁	贺州司马
72	薛仁贵	上元中	徙	象州
73	权善才	仪凤元年(676)	流	岭南
74	范怀义			
75	萧嗣业		配流	岭南
76	曹怀舜	永隆二年(681)	配流	岭南
77	李敬业	嗣圣元年(684)	贬	柳州司马
78	李慎	文明元年(684)	配流	巴州
79	李温	文明元年(684)	流	岭南
80	魏元忠	文明元年(684)	配流	贵州
		圣历元年(698)	流	岭表
81	胡元范	光宅元年(684)	流	琼州
82	董思恭	垂拱年间	配流	岭表
83	王德真	垂拱元年(685)	配流	象州
84	李孝逸	垂拱二年(686)	徙	儋州
85	李文暕	垂拱中	贬	藤州别驾
86	袁守一	约垂拱中	配流	端州
87	宗楚客	垂拱中	流	岭南
88	宗晋卿	垂拱中	流	岭外
			流	峰州
89	宗秦客	垂拱中	流	岭外
90	韦待价	垂拱三年(687)	配流	绣州
91	李灵夔	垂拱四年(688)	流	振州
92	郭正一	永昌元年(689)	流配	岭南

续表

序号	姓名	贬谪时间	贬谪方式	贬地与职位(初贬、再贬)
93	李修琦	永昌元年(689)	流	岭南
94	李嗣真	永昌中	配流	岭南
95	苏践言	则天临朝	配流	岭南
96	裴敬彝	则天临朝	配流	岭南
97	王方翼	则天临朝	流	崖州
98	张楚金	则天临朝	配流	岭南
99	韦方质	天授元年(690)	配流	儋州
100	李琳			
101	李瑾	天授中	长禁	雷州
102	李璆			
103	李钦古			
104	薛克构	天授中	流	岭南
105	姚璹	武后时	贬	桂州长史
106	李业	武后时	流	岭表
107	李欣	则天初	贬	昭州别驾
108	庞氏	则天时	流	岭表
109	俞文俊	则天时	流	岭外
110	武思文	天授二年(691)	流	岭南
111	周兴	天授二年(691)	徙	岭表
112	阿史那献	如意元年(692)	配流	崖州
113	崔神基	长寿元年(692)	流	岭南
114	来子珣	长寿元年(692)	配流	爱州
115	李游道			
116	袁智弘	长寿元年(692)	流	岭南
117	王璇			
118	李元素			
119	裴行本	长寿元年(692)	流	岭南
120	窦孝谌	长寿二年(693)	左迁	罗州
121	崔元综	长寿二年(693)	配流	振州
122	李昭德	延载元年(694)	左迁	钦州南宾尉
123	王弘义	延载元年(694)	流放	琼州
124	张说	长安初年(701)	配流	钦州
125	沈佺期	长安时	配流	岭表
126	宋之问	长安时	左迁	泷州参军
		唐隆元年(710)	徙	钦州
127	吉顼	圣历三年(700)	配流	岭表

续表

序号	姓名	贬谪时间	贬谪方式	贬地与职位(初贬、再贬)
128	张锡	长安元年(701)	流	循州
129	高戬	长安三年(703)	流	端州
130	杜审言	神龙元年(705)	配流	岭外
131	韦承庆	神龙元年(705)	配流	岭表
132	薛秀昶	神龙元年(705)	贬	儋州司马
133	阎朝隐	神龙元年(705)	贬	崖州
134	王无竞	神龙元年(705)	贬	广州
135	韦元旦	约神龙初	贬	感义尉
136	武攸望	神龙初	左迁	春州司马
137	周以悌	神龙年间	流	白州
138	李朝隐	神龙年间	贬	岭南
139	李文琎	约则天时	窜	岭外
		约神龙年间	复流	
140	崔神庆	神龙元年(705)	流	钦州
141	房融	神龙元年(705)	贬	高州
142	高轸	神龙元年(705)	配流	岭外
143	韦月将	神龙元年(705)	配流	岭南
144	姚绍之	唐中宗朝	黜放	岭南琼山尉
145	李邕	神龙元年(705)	贬	富州司户
		唐隆元年(710)		崖州舍城丞
		开元十三年(725)		钦州遵化县尉
146	裴伷先	唐中宗时	长流	瀼州
147	韦玄贞	神龙元年(705)	配流	钦州
148	崔玄暐	神龙二年(706)	贬	白州司马
149	桓彦范			泷州司马
150	敬晖			崖州司马
151	袁恕己			窦州司马、环州
152	张柬之			新州司马
153	李福业	神龙二年(706)	流	番禺
154	郑普思	神龙二年(706)	配流	儋州
155	郑愔	景龙二年(708)	配流	岭表
156	闾丘均	景龙二年(708)	贬	循州司仓
157	迦业至忠	景龙三年(709)	配流	柳州
158	符凤	约景龙前后	徙	儋州
159	冉祖雍	唐隆元年(710)	流	岭南
160	毕构	唐睿宗时	徙	广州都督

续表

序号	姓名	贬谪时间	贬谪方式	贬地与职位(初贬、再贬)
161	薛伯阳	唐睿宗时	配徙	岭表
162	段谦	太极元年(712)	流	岭南
163	刘幽求	先天元年(712)	流	封州
164	张昕	先天元年(712)	流	峰州
165	邓光宾	先天元年(712)	流	绣州
166	李玄真	先天中	配流	岭南
167	李珍子	先天中	谪	岭南
168	卢藏用	先天中	流	新州 驩州 昭州司户参军
169	郭元振	开元元年(713)	流	新州
170	崔湜	开元元年(713)	长流	岭南
171	周利贞	开元初	贬	邕州长史
172	杨茂谦	开元初	贬	桂州都督
173	张鷟	开元初	贬	岭南
174	卢崇道	约开元二年(714)	贬	岭外
175	杨炎	开元年间	贬	崖州司马同正
176	张九龄	约唐玄宗朝	徙	桂州
177	蒋宠	唐玄宗朝	流	藤州
178	李乐	唐玄宗朝	贬	钦州长遵化尉员外置长任
179	许远	约唐玄宗时	贬	高要尉
180	赵诲	开元四年(716)	配流	岭南
181	孙平子	开元五年(717)	谪	康州都城尉
182	王旭	开元初	黜	龙川尉
183	裴虚已	开元初	配徙	岭外
184	卢季恂	开元八年(720)	贬	恩州司马
185	姜皎	开元十年(722)	配流	钦州
186	刘承祖	开元十年(722)	配流	雷州
187	姜晦	开元十年(722)	贬	春州司马
188	裴景仙	开元十年(722)	流	岭南
189	王守一	开元十一年(723)	左迁	柳州司马
190	麻察	开元十二年(724)	贬	浔州皇化尉
191	齐浣	开元十二年(724)	贬	高州良德丞
192	李尚隐	开元十三年(725)	左迁	桂州都督
193	陈思问	开元十三年(725)	流	岭南
194	孔璋	开元十三年(725)	配流	岭南

续表

序号	姓名	贬谪时间	贬谪方式	贬地与职位(初贬、再贬)
195	门艺	开元十四年(726)	流	岭南
196	刘宗器	开元十五年(727)	谪	循州
197	赵乾祐	开元十五年(727)	流	安南
198	回纥承宗			瀼州
199	契苾承明	约开元十六年	长流	藤州
200	思结归国	(728)		琼州
201	契苾嵩			连州别驾
202	李守德	开元十七年(729)	贬	严州员外别驾
203	唐地文	开元十七年(729)	贬	振州
204	王毛仲	开元十七年(729)	贬	瀼州别驾员外置长任
205	王景耀	开元十七年(729)	贬	党州别驾员外置长任
206	宇文融	约开元十七年(729)	贬	昭州平乐尉
			又流	岩州
207	杨元方	开元二十年(732)	流	瀼州
208	赵含章	开元二十年(732)	流	瀼州
209	李美玉	开元二十一年(733)	流	岭外
210	王元琰	开元二十三年(735)	流	岭外
211	张琇	开元二十三年(735)	徙	岭南
212	张瑝			
213	李泳	开元二十四年(736)	贬	康州都城县尉
214	杨濬	开元二十四年(736)	配流	古州
215	周子谅	开元二十四年(736)	配流	瀼州
216	魏萱	开元二十四年(736)	长流	窦州
217	王延祐			
218	武温春	开元二十四年(736)	长流	窦州
219	薛锈	开元二十五年(737)	长流	瀼州
220	宋廷晖			
221	周仁公	开元二十五年(737)	配流	龚州
222	裴商衣			
223	王昱	开元二十六年(738)	贬死	高要尉
224	薛谂	开元二十七年(739)	流	瀼州
225	卢晖	开元二十九年(741)	长流	富州
226	李彭年	天宝初年	长流	岭南临贺郡
227	韩浩	天宝年间	流	循州
228	赵令则	唐玄宗朝	贬	封川开建县丞
229	薛愿	天宝年间	贬	岭外

续表

序号	姓名	贬谪时间	贬谪方式	贬地与职位(初贬、再贬)
230	宋浑	天宝九载(750)	流	岭南高要郡
231	李岫			岭南
232	李峄	天宝年间	配流	苍梧郡
233	李屿			临封郡
234	张烜			
235	宋昱	天宝二载(743)	贬	岭外
236	孟正朝			
237	裴朏	天宝二载(743)	贬	岭南
238	韦兰	天宝五载(746)	贬	岭南
239	韦芝			
240	卢幼林	天宝五载(746)	长流	合浦郡
241	韦坚	天宝五载(746)	配流	临封郡
242	史敬忠妻子	天宝六载(747)	流	岭南
243	李巨	天宝年间	安置	南宾郡
244	张瑄	天宝六载(747)	长流	岭南临封郡
245	万俟承晖	唐玄宗朝	配流	岭南
246	鲜于贲			
247	辛景溱	天宝六载(747)	流	岭南晋康郡
248	范滔	天宝六载(747)	长流	岭南临江郡
249	崔器	天宝六载(747)	随贬	岭南
250	韦子春	天宝八载(749)	贬	端溪尉
251	宋恕	天宝九载(750)	流	海康郡
252	韦陟	天宝十二载(753)	贬	桂州桂岭尉
				昭州平乐尉
253	吉温	天宝十三载(754)	贬	桂岭尉
		天宝十四载(755)		端州高要尉
254	员锡	天宝十四载(755)	贬	新兴尉
255	张博济	天宝十四载(755)	流	始安
256	韦诚奢	天宝十四载(755)	流	始安
257	李从一			
258	罗希奭	天宝十四载(755)	贬	海康尉员外置
259	卢怡	唐玄宗朝	贬	潮州司马员外
260	刘长卿	约唐玄宗朝	贬	潘州南邑(南巴)尉
261	陈希烈	约唐肃宗时	长流	合浦
262	陈蟠曳	至德年间	流	爱州
263	张均	至德二年(757)	长流	合浦郡

续表

序号	姓名	贬谪时间	贬谪方式	贬地与职位(初贬、再贬)
264	张坦	至德二年(757)	流	岭表
265	杜位	至德中	贬	新州
266	第五琦	乾元二年(759)	贬	忠州长史
267	李晔	乾元二年(759)	贬	岭南
268	严向			
269	崔伯阳	乾元二年(759)	贬	高要尉
270	权献	乾元二年(759)	贬	桂阳尉
271	李辅国	乾元中	流	岭南
272	韩颖			岭南
273	刘烜	宝应元年(762)	俱流	岭南
274	裴冕			岭南
275	贾直言	唐代宗朝	俱流	岭南
276	贾道冲			
277	穆宁	广德元年(763)	重贬	昭州平集尉
278	吴裴	大历二年(767)	配流	岭外
279	殷钎			
280	王昂	大历五年(770)	贬	连州刺史
281	杨护	大历中	贬	连州桂阳县丞员外置
282	薛近	大历五年(770)	贬	连州连山尉
283	韩会	约大历十二年(777)	贬	岭表
284	包佶	约大历十二年(777)	贬	岭南
285	苏端	约大历年间	贬	广州员外司马
286	常衮	大历十四年(779)	贬	潮州刺史
287	崔祐甫	大历十四年(779)	谪	潮州刺史
288	曹王皋	大历十四年(779)	贬	潮州刺史
289	朱如玉	建中元年(780)	流	恩州
290	邓惟恭	唐德宗朝	配流	岭南
291	严郢	唐德宗朝	贬	骊州刺史
292	郑詹	约唐德宗朝	贬	柳州司户参军
293	窦申	约唐德宗朝	配流	岭南
294	白志贞	唐德宗时	贬	恩州司马
295	刘晏	建中元年(780)	贬	忠州刺史
296	薛邕	建中元年(780)	贬	连山尉
297	袁高	建中二年(781)	贬	韶州长史
298	于邵	建中二年(781)	贬	桂州长史
299	赵纵	建中三年(782)	贬	循州司马

续表

序号	姓名	贬谪时间	贬谪方式	贬地与职位（初贬、再贬）
300	蔡廷玉	建中三年(782)	贬	柳州司户参军
301	卢杞	建中四年(783)	贬	新州司马
302	李承	约建中四年(783)	贬	临川尉
303	赵博宣	约建中年间	流	康州
304	薛约	约贞元年间	谪	连州
305	房孺复	约贞元年间	贬	连州司马
306	皇甫政	贞元初(785)	流	贺州
307	张滂	贞元年间	徙	岭表
308	李则之	贞元二年(786)	贬	昭州司马
309	元琇	贞元二年(786)	贬	雷州司户参军
310	窦参	贞元八年(792)	贬	骥州司马
311	吴凭	贞元八年(792)	配流	昭州
312	陈归	贞元中	配流	岭南
313	令狐通	贞元中	贬	昭州司户
314	裴液	贞元中	长流	端州
315	萧鼎		长流	岭表
316	韦恪	贞元中	长流	岭表
317	李昇		贬	岭南
318	王仲舒	贞元中	贬	连州司户参军
319	徐粲	贞元中	徙	岭表
320	陆贽	贞元十一年(795)	贬	忠州别驾
321	王定远	贞元十一年(795)	长流	崖州
322	郭暄	贞元十二年(796)	安置	柳州
323	元洪	贞元十四年(798)	流	端州
324	郑余庆	贞元十四年(798)	贬	柳州司马
325	皇甫镈	贞元十五年(799)	贬	崖州司户
326	马勋	贞元十五年(799)	贬	贺州司户
327	崔河图	贞元十六年(800)	长流	崖州
328	李亚			
329	郑元均	贞元十六年(800)	窜	岭外
330	南宫傅			
331	郑式瞻	贞元十七年(801)	流	崖州
332	崔蓬	贞元十九年(803)	配流	
333	陈审	贞元十九年(803)	配流	崖州
334	裴堢	贞元二十一年(805)	谪	循州
335	李景俭	贞元二十一年(805)	转贬	忠州刺史

续表

序号	姓名	贬谪时间	贬谪方式	贬地与职位（初贬、再贬）
336	程异	永贞元年（805）	贬	柳州司马
337	凌准	永贞元年（805）	贬	连州司马
338	韦执谊	永贞元年（805）	贬	崖州司户
339	王准	约唐顺宗朝	贬	连州司马
340	李铦			
341	李铣	元和二年（807）	流	岭南
342	李师偃			
343	令狐彰	唐宪宗时	贬	昭州司户参军事
344	李康	元和元年（806）	贬	雷州司马
345	滑涣	元和元年（806）	贬	雷州
346	张圆	约元和四年（809）前	贬	岭南
347	白居易	元和四年（809）	出	忠州刺史
348	刘文翼	元和四年（809）	贬	崖州澄迈县令
349	王仲周	元和四年（809）	贬	韶州司户
350	臧涣	元和四年（809）	贬	贺州司马
351	杨凭	元和四年（809）	贬	贺州临贺尉县尉同正
352	陈当	元和五年（810）	贬	罗州吴川尉
353	卢从史	元和五年（810）	贬	骥州司马
354	崔元受	约元和年间	逐	岭表
355	韦岵			
356	薛巽	元和六年（811）	贬	岭外
357	王湘			
358	于皋谟	元和六年（811）	流	春州
359	董溪			封州
360	李宙	元和七年（812）	贬	贺州司马参军
361	窦群	元和八年（813）	改贬	容州刺史、容管经略观察合
362	孟尝谦	元和八年（813）	贬	柳州司马
363	沈璧	元和八年（813）	配流	封州
364	于敏	元和八年（813）	长流	雷州
365	韦正晤	元和八年（813）	长流	昭州
366	王士平	元和中	贬	贺州司户
367	窦纵	约元和中以后	贬	循州司户参军
368	孟公	元和九年（814）	贬	柳州司马
369	李将顺	元和九年（814）	贬	循州司户参军
370	高暖	元和九年（814）	贬	恩州阳江县令
371	李仁	元和九年（814）	贬	雷州海康县尉

续表

序号	姓名	贬谪时间	贬谪方式	贬地与职位(初贬、再贬)
372	李愬	约元和九年(814)	贬	春州司户参军
373	凌朝江	约元和九年(814)	贬	潘州司户参军
374	陈谏	元和十年(815)	贬	封州刺史
375	李彦辅	元和十年(815)	贬	韶州司马
376	庞说	元和十年(815)	贬	端州司户
377	马平阳	元和十年(815)	贬	韶州司户
378	夏侯至	元和十年(815)	贬	潮州司户
379	刘禹锡	元和十年(815)	贬	连州刺史
380	柳宗元	元和十年(815)	贬	柳州刺史
381	浑镐	元和十一年(816)	贬	韶州刺史 循州刺史
382	李宣	元和十一年(816)	贬	忠州刺史
383	杨於陵	元和十一年(816)	贬	桂阳郡守
384	李逢	元和十二年(817)	贬	康州司户参军
385	宋景	元和十二年(817)	贬	韶州司马
386	㕥异	元和十二年(817)	贬	封州司户参军
387	崔祝	元和十二年(817)	安置	康州
388	董重质	元和十二年(817)	贬	春州司户参军
389	刘师服	元和十二年(817)	配流	连州
390	于季友	元和十二年(817)	安置	忠州
391	韩晤	元和十二年(817)	配流	昭州
392	韩愈	唐德宗时 元和十四年(819)	贬	阳山令 潮州刺史
393	第五申	元和十四年(819)	贬	连州刺史
394	崔励	元和十四年(819)	长流	骦州
395	权长孺	元和十四年(819)	长流	康州
396	严纂	元和十四年(819)	配流	雷州
397	李道古	约元和年间	贬	循州司马
398	董宏景			
399	程準	元和十五年(820)	并流	岭表
400	李元戢			
401	田佐元			
402	杨清	约元和年间	赦	琼州刺史
403	林蕴	约元和年间	流	儋州
404	崔太素	约元和年间	谪	南海
405	邵同	约元和年间	贬	连州司马

续表

序号	姓名	贬谪时间	贬谪方式	贬地与职位（初贬、再贬）
406	李元宗	长庆初	流	瓘州
407	张宗本	长庆元年（821）	流	雷州
408	独孤朗	长庆元年（821）	出	韶州刺史
409	李渤	长庆二年（822）	出	桂州刺史兼御史中丞
410	李佐	长庆三年（823）	安置	崖州
411	李元本	长庆中	流	象州
412	薛枢	长庆中	长流	崖州
413	薛浑			
414	张武均	长庆四年（824）	黜	循州司马
415	李绅	长庆四年（824）	贬	端州司马
416	唐庆	长庆四年（824）	长流	崖州
417	茅汇	唐敬宗新立	流	崖州
418	李训	宝历年间	长流	岭表
419	李涉	宝历元年（825）	流	康州
420	孟孚	宝历元年（825）	流	康州
421	刘优	宝历二年（826）	流	雷州
422	王源植	宝历二年（826）	贬	昭州司马
423	邵士忠	宝历二年（826）	流	琼珠崖等州
424	李务真			
425	阎敬宗			
426	李叔			
427	刘蕡	约大和年间	贬	柳州司户参军
428	柏耆	大和初	贬	循州司户
			长流	爱州
429	沈亚之	约大和初	谪	南康尉
430	杜元颖	大和三年（829）	坐贬	循州刺史
431	崔璜	大和三年（829）	贬	连州司马
432	石雄	大和三年（829）	长流	白州
433	杨叔元	大和四年（830）	配流	康州
434	田伾	大和四年（830）	配流	韶州
435	李翱	大和五年（831）	出	桂州刺史兼御史中丞
436	杨志诚	大和八年（834）	流	岭南
437	段巍	约大和九年（835）	贬	循州司马
438	崔元武	大和九年（835）	流	贺州
439	姚中立	大和九年（835）	贬	昭州司户参军
440	孟琯			梧州司马

续表

序号	姓名	贬谪时间	贬谪方式	贬地与职位(初贬、再贬)
441	李甘	大和九年(835)	贬	封州司马
442	沈口	大和九年(835)	逐	柳州
443	王践言	大和九年(835)	安置	恩州安置
444	李宗闵	大和九年(835)	贬	潮州司户
		会昌中	流	封州
445	苏涤	大和九年(835)	贬	忠州刺史
		会昌六年(846)		连州刺史
446	苏特	大和九年(835)	贬	潘州司马
447	杨俭	大和九年(835)	贬	恩州司马
448	李郜			端州司户
449	杨承和	大和九年(835)	安置	驩州
450	顾师邕	大和九年(835)	流	崖州
451	杨敬之	大和九年(835)	贬	连州刺史
452	李贞素	约大和九年(835)以后	流	儋州
453	王著	约大和年间	贬	端州司户参军,置同正员
454	武易简	约大和年间	贬	崖州司户参军
			量移	梧州司马
455	卢元中	开成初	贬	岭南尉
456	姚康			
457	韩益	开成元年(836)	贬	梧州参军
458	萧恪	唐文宗时	杖流	岭南崖、象等州
459	万缤			
460	吕璋			
461	吴士规	开成三年(838)	长流	端州
462	王晏平	开成三年(838)	长流	康州
463	欧阳秬	开成中以后	流	崖州
464	萧弘	开成四年(839)	配流	儋州
465	萧洪	开成四年(839)	长流	驩州
466	吴武陵	会昌年间	贬	潘州司户
467	崔元藻	会昌年间	贬	崖州司户参军
468	裴夷直	会昌元年(841)	斥	驩州司户参军
469	杨嗣复	会昌元年(841)	贬	潮州刺史
470	牛僧孺	会昌二年(842)	贬	循州长史
471	李珏	会昌三年(843)	长流	驩州
472	崔琪	会昌四年(844)	贬	恩州司马
473	薛元赏	会昌六年(846)	贬	忠州刺史

续表

序号	姓名	贬谪时间	贬谪方式	贬地与职位(初贬、再贬)
474	轩辕集	大中元年(847)	流	岭南
475	薛元龟	大中元年(847)	贬	崖州司户参军
476	韦觏	约大中前后	谪	潘州
477	李德裕	大中元年(847)	贬	潮州司马
		大中二年(848)		崖州司户参军
478	李烨	大中二年(848)	贬	象州立山尉
479	魏铏	约大中年间	贬	岭外
480	李回	约大中年间	贬	贺州刺史
481	元寿	大中二年(848)	贬	韶州司户
482	郑亚	大中二年(848)	贬	循州刺史
483	李商隐	大中初	贬	岭表
484	崔碬	大中二年(848)	贬	端州刺史
485	张直方	大中三年(849)	贬	恩州司户参军
				康州司马
486	孔温裕	大中四年(850)	贬	柳州司马
487	李寻	大中十一年(857)	贬	贺州司马
488	杜仓	大中十二年(858)	贬	贺州司马
489	柳仲郢	大中十二年(858)	贬	雷州刺史
490	康季荣	大中十三年(859)	贬	岭南
491	李鄠	咸通二年(861)	贬	儋州司户
			长流	崖州
492	蔡京	咸通三年(862)	贬	崖州
493	高骈	咸通中	徙	交州
494	杨收	咸通九年(868)	贬	端州司马
		咸通十年(869)	长流	端州司马
495	朱侃			
496	常潾	咸通九年(868)	配流	岭表
497	阎均			
498	杨公庆			
499	严季实			
500	杨全益			
501	何师玄	咸通九年(868)	配流	岭表
502	李孟勋			
503	马全祐			
504	李羽			
505	王彦复			

续表

序号	姓名	贬谪时间	贬谪方式	贬地与职位(初贬、再贬)
506	严善思	咸通九年(868)	长流	静州
507	杨严	咸通九年(868)	贬	韶州刺史
508	崔福	咸通十年(869)	贬	昭州司户
509	崔庚	咸通十年(869)	贬	连州司户
510	崔原	咸通十年(869)	贬	柳州司户
511	崔莞	咸通十年(869)	贬	端州司马
512	窦滂	咸通十一年(870)	贬	康州司户
513	康承训	咸通十一年(870)	贬	恩州司马
514	刘瞻	咸通十一年(870)	贬	康州刺史
515	路岩	咸通十一年(870)	流	儋州
516	孙瑝	咸通十一年(870)	贬	岭南
517	高湘	约咸通年间	贬	高州司马
518	魏笃	咸通十一年(870)	贬	春州司马
519	崔颜融	咸通十一年(870)	贬	雷州司户
520	杨知至	咸通十一年(870)	贬	琼州司马
521	温璋	咸通十一年(870)	贬	振州司马
522	郑畋	咸通十一年(870)	贬	梧州刺史
523	封彦卿	咸通十三年(872)	贬	潮州司马
524	李敬伸	咸通十三年(872)	贬	儋州司户
525	李郁	咸通十三年(872)	贬	贺州刺史
526	杜裔休	咸通十三年(872)	贬	端州司马
527	韦君卿	咸通十三年(872)	贬	爱州崇平尉
528	张铎	咸通十三年(872)	贬	藤州刺史
529	于琮	咸通十三年(872)	贬	韶州刺史
530	崔元应	咸通十三年(872)	贬	岭南
531	崔君卿	咸通十三年(872)	贬	岭南
532	崔沆	咸通十三年(872)	贬	循州司户
533	张裼	咸通十三年(872)	贬	封州司马
534	韦保衡	约咸通年间	贬	贺州刺史
			贬	澄迈令
535	卢肇	咸通年间(873)	谪	连州
536	郑仁表	咸通末	贬	南荒
537	高湜	咸通末	贬	连州司马
538	李可及	咸通十四年(873)	逐	岭表
539	崔浑	乾符三年(876)	贬	康州刺史
540	李倧章	乾符三年(876)	贬	岭南

续表

序号	姓名	贬谪时间	贬谪方式	贬地与职位(初贬、再贬)
541	王镣	乾符中	贬	韶州司马
542	王承颜	乾符四年(878)	贬	象州司户
543	萧禀	广明初	贬	贺州司户参军事
544	高浔	中和元年(881)	贬	端州刺史
545	田令孜	约光启年间	长流	儋州
546	陈敬瑄	唐僖宗时	流	端州
547	苏检	约唐昭宗时	长流	环州
548	刘崇望	唐昭宗时	贬	昭州司马
549	张濬	大顺二年(891)	贬	绣州司户参军
550	西门君遂	景福二年(893)	流	儋州
551	李周潼			崖州
552	段诩			驩州
553	景务脩	乾宁二年(895)	流	爱州刺史
554	宋道弼	乾宁二年(895)	流	驩州
555	徐彦若	乾宁二年(895)	逐	南海
556	王行瑜	乾宁二年(895)	放	岭南
557	崔昭纬	乾宁二年(895)	贬	梧州司马
558	王抟	光化三年(900)	贬	崖州司马参军事
559	朱全忠	天复元年(901)	贬	白州司户参军
560	郑元规	天复三年(903)	责授	循州司户
561	裴枢	天祐元年(904)	贬	泷州司户参军
562	李彦威	天祐元年(904)	贬	崖州司户参军
563	独孤损	天祐二年(905)	责授	琼州司户
564	柳璨	天祐二年(905)	流	崖州
565	崔远	天祐二年(905)	贬	白州长史
566	孙乘	天祐三年(906)	贬	崖州司户
567	孙秘	天祐三年(906)	长流	爱州
568	郑賨	天祐三年(906)	贬	崖州司户

注:作者根据《旧唐书》《新唐书》《全唐文》《资治通鉴》《册府元龟》等文献整理。

附录二　宋代岭南地区贬谪情况统计表

序号	姓名	贬谪时间	贬谪方式	贬地与职位(初贬、再贬)
1	卢多逊	太平兴国七年(982)	褫职流	崖州
2	孙屿	太平兴国五年(980)	左降	融州司户参军
3	田钦祚	太平兴国七年(982)	左降	柳州
4	弭德超	太平兴国八年(983)	流	琼州
5	洪湛	咸平五年(1002)	流	儋州
6	宋沆	淳化二年(991)	安置	宜州团练副使
7	韩拱辰	至道二年(996)	配	崖州
8	胡旦	至道三年(997)	流	浔州
9	陈尧佐	咸平元年(998)	左降	潮州通判
10	牛冕	咸平三年(1000)	流	儋州(昌化军)
11	张适	咸平三年(1000)	左降	连州参军
12	张思钧	咸平三年(1000)	流	封州
13	杨琼			崖州
14	潘璘			康州
15	李让			琼州
16	冯守规	咸平四年(1001)	除名流	琼州
17	张继能			儋州
18	刘文质			雷州
19	王怀普			贺州
20	盛梁	咸平六年(1003)	流	崖州
21	李福	咸平六年(1003)	流	封州
22	王升	咸平六年(1003)	配隶	琼州
23	姚铉	景德三年(1006)	除名	连州
24	齐化基	大中祥符元年(1007)	削籍流	崖州
25	石普	大中祥符九年(1016)	除名流	贺州
26	寇准	乾兴元年(1022)	雷州司户参军	雷州
27	丁谓	乾兴元年(1022)	司户参军	崖州、雷州

续表

序号	姓名	贬谪时间	贬谪方式	贬地与职位（初贬、再贬）
28	吴保金	宋真宗朝	高凉参军	化州
29	王健	宋真宗朝	配	岭南
30	李某	宋真宗朝	配	广南
31	繁用	宋真宗朝	配	广南
32	邓余庆	天圣元年（1023）	配	广南牢城
33	荆信	天圣元年（1023）	配	广南牢城
34	何承勋	天圣元年（1023）	配	广南牢城
35	易著明	天圣元年（1023）	配	广南牢城
36	陈绛	天圣三年（1025）		昭州藤州司马
37	王耿	天圣三年（1025）	安置	广南
38	陈覃	天圣三年（1025）	税监	柳州
39	孙周翰	天圣六年（1028）	配	广南
40	孙济		左降	雷州参置
41	李谨言	天圣九年（1031）	除名、配	广州
42	李廓			广州
43	严九龄			广州
44	董元亨			广州
45	刘涣	天圣年间	黥隶	白州
46	任守忠	宋仁宗亲政后	左降	英州监酒税
47	王涉	明道元年（1032）	配	广南
48	杨安节	明道二年（1033） 七月辛巳	配隶	广南
49	张怀德			广南
50	韩文成			儋州
51	娄文恭			儋州
52	王蒙正	景祐四年（1037）	配	广南编管
53	曾易占	景祐四年（1037） 八月戊子	配	衙前编管
54	张诘	宝元元年（1038）	流	岭南
55	薛文仲	康定元年（1040）	监当	广南
56	韩纲	庆历四年（1044）	编管	英州
57	唐介	皇祐三年（1051）	安置	英州别驾
58	李仲昌	嘉祐元年（1056）	流	英州文学参军
59	马怀德	嘉祐三年（1058）	左降	英州刺史
60	王咸孚	嘉祐四年（1059）	编管	广南
61	李昙	庆历八年（1048）	别驾	南恩州
62	夏守恩	宋仁宗时	除名编管	连州

续表

序号	姓名	贬谪时间	贬谪方式	贬地与职位（初贬、再贬）
63	计用章	宋仁宗时	配	雷州
64	郑畴	治平元年（1064）	流窜	岭南
65	张仲宣	熙宁二年（1069）	黥、流	贺州
66	沈惟恭	熙宁三年（1070）	安置	琼州
67	郭贵	熙宁三年（1070）八月己卯	配	广南
68	种谔	熙宁四年（1071）	别驾	贺州
69	郎亢瑛	熙宁五年（1072）	刺配	英州
70	唐坰	熙宁五年（1072）	左降	广州
71	郑侠	熙宁八年（1075）	编管	英州
72	杨超	熙宁八年（1075）五月辛巳	配	琼州
73	江汝猷	熙宁八年（1075）九月乙酉	编管	横州
74	郑膺	熙宁十年（1077）	编管	柳州
75	张维	熙宁十年（1077）二月甲辰	编管	康州
76	王巩	元丰二年（1079）	监酒税	宾州
77	罗遇	元丰二年（1079）五月	配	广南东路
78	张舜民	元丰四年（1081）	左降	邕州
79	李孝谨	元丰七年（1084）	配	南雄州
80	甘承立	元祐元年（1086）	配	韶州
81	蔡确	元祐四年（1089）	安置	新州
82	田升卿	元祐中	配流	广南
83	苏轼	绍圣元年（1094）四月	先左降,后安置	英州
		绍圣元年（1094）六月		惠州
		绍圣四年（1097）		昌化军
84	陈衍	绍圣元年（1094）	先编管,后配	白州、朱崖军（吉阳军）
85	胡田	绍圣元年（1094）	左降	广西

续表

序号	姓名	贬谪时间	贬谪方式	贬地与职位(初贬、再贬)
86	范祖禹	绍圣三年(1096)	安置	贺州
		绍兴四年(1097)		宾州、化州
87	刘安世	绍圣三年(1096)	安置	英州
		绍圣四年(1097)		高州、梅州
88	苏辙	绍圣四年(1097)	安置	雷州、循州
89	梁焘	绍圣四年(1097)	安置	化州
90	刘挚	绍圣四年(1097)	安置	新州
91	吕大防	绍圣四年(1097)	安置	循州
92	秦观	绍圣四年(1097)	编管	横州
		元符元年(1098)		雷州
93	吴安诗	绍圣四年(1097)	安置	连州
94	陈恺	绍圣四年(1097)	编管	南恩州
95	张士良	元符元年(1098)	安置	柳州、雷州
96	汪衍	元符元年(1098)	编管	昭州
97	余爽	元符元年(1098)	编管	封州
98	王厚	元符元年(1098)	别驾	贺州
99	钟传	元符二年(1099)	安置	韶州
100	孔平仲	元符二年(1099)	安置	英州
101	邹浩	元符二年(1099)	除名	新州、昭州
102	梁知新	元符三年(1100)	羁管	藤州
103	王履	元符末	编管	新州
104	范柔中	元符末	羁管	雷州
105	章惇	建中靖国元年(1101)	司户参军	雷州
106	王瞻	建中靖国元年(1101)	配	昌化军
107	曾布	崇宁元年(1102)	别驾	贺州
108	陈瑾	崇宁二年(1103)	编管	廉州
109	龚夬	崇宁二年(1103)	编管	象州、化州
110	任伯雨	崇宁二年(1103)	编管	昌化军
111	黄庭坚	崇宁二年(1103)	除名羁管	宜州
112	张庭坚	崇宁二年(1103)	编管	象州、桂州
113	陈次升	崇宁二年(1103)	编管	循州

续表

序号	姓名	贬谪时间	贬谪方式	贬地与职位(初贬、再贬)
114	王庭臣		羁勒	广州
115	崔昌符		编管	潮州
116	吉师雄		编管	连州
117	李愚		编管	封州
118	钱盛		编管	康州
119	李嘉亮		编管	梧州
120	潘滋		编管	惠州
121	赵庭臣	崇宁年间	编管	琼州
122	曹盖		编管	柳州
123	卜有		编管	高州
124	王化基		配牢	高州
125	王道		羁管	韶州
126	马谂		羁管	南恩州
127	赵希德		羁管	宾州
128	王长民		羁管	循州
129	张林	崇宁年间	编管	白州
130	曾孝序	崇宁四年(1105)	编管	封州
131	费义			
132	韦直方	崇宁中	窜	广南
133	属汝翼			
134	王沩之	大观元年(1107)	配	朱崖军
135	王资深	大观元年(1107)四月五日	安置	新州
136	李景直			新州
137	曾埏	大观元年(1107)九月辛亥	编管	岭南
138	黄宰			岭南
139	方轸			岭南
140	唐庚	大观四年(1110)	安置	惠州
141	何邦直	大观年间		惠州
142	张庄	大观四年(1110)	安置	连州
143	家愿	大观四年(1110)	左降	英州监酒税
144	颜异	大观中	黥窜	化州
145	范坦	大观—政和间	安置	韶州
146	刘昺	宋徽宗朝	长流	琼州
147	赵永忠	宋徽宗朝	监酒税	韶州
148	惠洪	政和元年(1111)	流	朱崖军

续表

序号	姓名	贬谪时间	贬谪方式	贬地与职位(初贬、再贬)
149	郭天信	政和元年(1111)	安置	新州(昭化军行军司马)
150	虞防	政和二年(1112)	编管	循州
151	赵霆	政和三年(1113)	安置	吉阳军
152	范焘	绍兴元年(1131)	除名、编管	潮州
		绍兴六年(1136)		惠州
153	虞谟	政和六年(1116)	编管	朱崖军
154	孙用诚	政和七年(1117)	编管	循州
155	黄葆光	政和中	安置	昭州
156	邓之纲	宣和二年(1120)	安置	韶州
157	李璆	宣和三年(1121)	左降	监英州清溪镇
158	宋昭	宣和四年(1122)	编管	连州
159	孙景询	宣和年间	羁管	循州
160	许德言	宣和年间	左降	宾州
161	卢宗原	宣和末	编管	肇庆府
162	刘仲武	宋徽宗时	流	岭南
163	朱勔	靖康元年(1126)	安置	韶州、循州
164	蔡京	靖康元年(1126)	安置	韶州
		靖康元年(1126)七月乙亥		儋州(昌化军)
165	童贯	靖康元年(1126)	安置	英州
		靖康元年(1126)七月		吉阳军
166	蔡攸	靖康元年(1126)	安置	浔州
		靖康元年(1126)七月		雷州
		靖康元年(1126)九月		万安军
167	赵良嗣	靖康元年(1126)	编管	万安军
168	姚古	靖康元年(1126)	安置	广州
169	蔡绦			白州
170	蔡行	靖康元年(1126)	编管	柳州
171	蔡佃			梅州
172	王宇	靖康元年(1126)	安置	新州
173	王安中	靖康初	安置	象州

续表

序号	姓名	贬谪时间	贬谪方式	贬地与职位(初贬、再贬)
174	孟昌龄		安置	封州
175	孟扬	靖康初	海州团练副使	岭南
176	孟揆		黄州团练副使	梧州
177	李邦彦	建炎元年(1127)	安置	浔州
178	吴敏	建炎元年(1127)	安置	柳州
179	李棁	建炎元年(1127)	安置	惠州
180	宇文虚中	建炎元年(1127)	安置	韶州
181	郑望之	建炎元年(1127)	安置	连州
182	李邺	建炎元年(1127)	安置	贺州
183	闻邱隆	建炎元年(1127)	安置	封州
184	徐秉哲	建炎元年(1127)	安置	梅州、惠州
185	王时雍	建炎元年(1127)	安置	高州
186	李擢	建炎元年(1127)	安置	柳州
187	王绍	建炎元年(1127) 六月癸亥	编管	容州
188	折彦质	建炎元年(1127) 六月	安置	昌化军
189	颜博文	建炎元年(1127) 七月辛丑	安置	贺州
190	李回	建炎元年(1127) 七月辛丑	安置	惠州
191	吴开	建炎元年(1127) 七月辛丑 绍兴二年(1132) 三月壬辰	安置、居住	韶州 南雄州
192	莫俦	建炎元年(1127) 七月辛 绍兴二年(1132) 三月壬辰朔	安置、居住	惠州 潮州 韶州
193	耿南仲	建炎元年(1127)八月 癸酉—建炎二年 (1128)二月戊午	安置	南雄州(《宋会要》职官 70之5阙"南"字)
194	周懿文	建炎元年(1127) 八月丙午	安置	英州
195	张卿材	建炎元年(1127) 八月丙午	安置	雷州

续表

序号	姓名	贬谪时间	贬谪方式	贬地与职位(初贬、再贬)
196	李彝	建炎元年(1127)八月丙午	安置	新州
197	王及之	建炎元年(1127)八月丙午	安置	南恩州
198	胡思	建炎元年(1127)八月丙午	安置	连州
199	许高	建炎元年(1127)	编管	琼州
200	许亢			吉阳军
201	李进彦	建炎初	流	岭南
202	张所	建炎元年(1127)九月壬寅	安置	岭南
203	陈述	建炎二年(1128)正月	编管	英州
204	王机	建炎二年(1128)正月戊戌	编管	象州
205	邵成章	建炎二年(1128)正月辛丑	除名、编管	南雄州
206	赵子崧	建炎初	贬安置	龚州 南雄州
207	胡珵	建炎二年(1128)二月己卯	编管	梧州
208	李纲	建炎二年(1128)十一辛巳朔(《系年要录》为甲申日)	安置	万安军(《系年要录》卷29,页3言"昌化军",误)
209	范致虚	建炎二年(1128)	安置	英州
210	黄愿	建炎三年(1129)二月己未	羁管	南雄州
211	蓝珪			贺州
212	高邈			象州
213	张去为	建炎三年(1129)三月丁亥	窜	廉州
214	张旦			梧州
215	曾择			昭州
216	陈永锡			岭南
217	黄潜善	建炎三年(1129)三月乙未	安置	英州
218	王元	建炎三年(1129)四月甲寅	安置	英州

续表

序号	姓名	贬谪时间	贬谪方式	贬地与职位(初贬、再贬)
219	司左言	建炎三年(1129)四月甲寅	安置	贺州
220	范仲熊	建炎三年(1129)四月甲寅	除名、编管	柳州
221	时希孟	建炎三年(1129)四月甲寅	除名、编管	吉阳军
222	张永载	建炎三年(1129)四月甲寅	编管	琼州
223	郑大年	建炎三年(1129)四月甲寅	安置	英州
224	邢倞	建炎三年(1129)九月辛酉	安置	英州
225	郭仲荀	建炎四年(1130)正月癸丑	安置	广州
226	林杞	建炎四年(1130)三月	编管	连州
227	吕熙	建炎四年(1130)三月—绍兴四年(1134)六月壬寅	配牢	惠州
228	王仲嶷	建炎四年(1130)四月	安置	潮州
229	张思正	建炎四年(1130)四月	居住	韶州
230	贾敦诗	建炎四年(1130)五月甲子	编管	连州
231	马士宗	建炎四年(1130)五月	编管	韶州
232	周望	建炎四年(1130)六月癸酉	安置	连州
233	杜嵩	建炎四年(1130)六月戊戌	居住	广州
234	袁潭	建炎四年(1130)七月癸卯	编管	韶州
235	汪若海	建炎四年(1130)八月戊子	编管	英州

续表

序号	姓名	贬谪时间	贬谪方式	贬地与职位（初贬、再贬）
236	何大圭	建炎四年(1130) 八月戊子	编管	岭南
237	士幹	建炎四年(1130) 十一月四日癸卯	刺配	广南
238	刘涣	建炎四年(1130) 十一月辛亥	配	雷州
239	孙咸	建炎四年(1130) 十一月辛亥	刺配	连州
240	冯益	建炎年间	编管	昭州
241	崔光祖	绍兴元年(1131) 十月戊子	配牢城	琼州
242	韩璜	绍兴元年(1131) 十一月	监税	浔州
243	程千秋	绍兴元年(1131)		钦州
244	檀偕	绍兴初	配隶	琼州
245	周祀	绍兴二年(1132)	窜	岭南
246	孙觌	绍兴二年(1132) 闰四月丁酉— 绍兴四年(1134)八月	除名、羁管	象州
247	王鹗	绍兴二年(1132) 五月丙子	编管	昭州
248	傅雱	绍兴二年(1132) 八月己亥—绍兴 九年(1139)正月	羁管	英州
249	王以宁	绍兴二年(1132) 九月辛未—绍兴 五年(1135)二月	安置	潮州
250	陈晟	绍兴二年(1132) 九月辛未	编管	雷州
251	施逵	绍兴二年(1132) 九月丙戌	编管	琼州
252	赵彦民	绍兴二年(1132) 十月庚寅	编管	英州
253	张德	绍兴二年(1132) 十二月丁亥朔	黥隶	琼州

续表

序号	姓名	贬谪时间	贬谪方式	贬地与职位（初贬、再贬）
254	王鲔	绍兴三年（1133）三月癸酉	除名、编管	新州
255	贾翌	绍兴三年（1133）三月戊寅—十月	监盐税	英州
256	陈敏识	绍兴三年（1133）三月甲申	监岭南诸州市征	岭南
257	王声	绍兴三年（1133）五月丁丑	编管	英州
258	巨师古	绍兴三年（1133）六月甲申朔	除名、编管	广州
259	杜岩	绍兴三年（1133）八月丙午	居住	广州
260	刘子羽	绍兴四年（1134）四月癸未—十一月癸丑	安置	白州
261	李廙	绍兴四年（1134）七月戊午	配牢城	琼州
262	卞横	绍兴四年（1134）八月庚子	刺配	海南
263	吕应问	绍兴四年（1134）九月	编管	化州
264	黄大本	绍兴五年（1135）四月丙午	杖脊刺配	南雄州
265	裴廪	绍兴五年（1135）十一月戊子	除名、编管	高州
266	徐如海	绍兴六年（1136）正月丙子	杖脊黥隶	化州
267	程序	绍兴六年（1136）四月辛丑	刺配牢城	新州
268	李细	绍兴六年（1136）十月丙寅	编管	浔州
269	刘相如	绍兴七年（1137）二月	羁管	惠州、雷州
270	林坚	绍兴七年（1137）八月丙辰	刺配	南海（广州）

续表

序号	姓名	贬谪时间	贬谪方式	贬地与职位(初贬、再贬)
271	黄贵	绍兴七年(1137)八月丙辰	刺配	南海(广州)
272	李处廉	绍兴七年(1137)九月丙戌	除名、编管	新州
273	胡铨	绍兴八年(1138)十一月壬子—绍兴九年(1139)正月乙酉	编管	广州
		绍兴十二年(1142)七月壬辰朔		新州
		绍兴十八年(1148)十一月己亥(十五日)		吉阳军
		绍兴二十五年(1155)十二月丙申		衡州
274	韩纲	绍兴九年(1139)六月癸酉	编管	循州
275	温济	绍兴九年(1139)九月—绍兴十一年(1141)七月	编管	万安军
276	秦宗道	绍兴十年(1140)正月辛卯	配牢城	琼州
277	赵鼎	绍兴十年(1140)闰六月	安置	潮州
		绍兴十四年(1144)九月辛未		吉阳军
278	周绩	绍兴年间		封州
279	耿著	绍兴十一年(1141)七月	安置	
280	李光		左降安置	桂州、藤州、昌化军、琼州
281	朱翌	绍兴十一年(1141)十一月丁未(十三日)	居住	韶州
282	邵大受	绍兴十一年(1141)十一月丁未(十三日)	编管	化州

续表

序号	姓名	贬谪时间	贬谪方式	贬地与职位(初贬、再贬)
283	高颖	绍兴十一年(1141)十一月辛酉—绍兴二十五年(1155)十二月丁丑	除名、编管	象州
284	刘洪道	绍兴十一年(1141)十二月丁卯	安置	柳州
285	于鹏	绍兴十一年(1141)十二月癸巳	除名、编管	万安军
286	孙革	绍兴十一年(1141)十二月癸巳	除名、编管	浔州
287	王处仁	绍兴十一年(1141)	编管	连州
288	蒋世雄	绍兴十一年(1141)	编管	梧州
289	黄彦节	绍兴十二年(1142)二月庚午	除名、枷项、编管	容州
290	冯宜民	绍兴十二年(1142)八月辛巳	除名、械送、编管	英州
291	杨浩	绍兴十三年(1143)正月丁亥	除名、编管	昭州
292	刘绍先	绍兴十三年(1143)六月辛亥	除名、械送、编管	廉州
293	孙行俭	绍兴十三年(1143)十月十八日	与广南监当	广南
294	叶湍	绍兴十三年(1143)十一月	除名、编管	南雄州、琼州
295	王文献	绍兴年间	编置	潮州
296	白锷	绍兴十四年(1144)六月丙申	刺配	万安军
297	张伯麟	绍兴十四年(1144)六月丙申—绍兴二十一年(1151)春	杖脊刺配	吉阳军
298	万俟允中	绍兴十四年(1144)八月丁亥	配	贵州
299	陈鹏飞	绍兴十五年(1145)七月辛亥	除名、编管	惠州
300	魏彦昌	绍兴十五年(1145)十月庚寅	除名、编管	昭州

续表

序号	姓名	贬谪时间	贬谪方式	贬地与职位(初贬、再贬)
301	张浚	绍兴十六年(1146)	居住	连州
302	韦讯	绍兴十六年(1146)十一月丙戌	监当差遣	岭南
303	石栓	绍兴十七年(1147)四月己未	除名、编管	浔州
304	洪皓	绍兴十七年(1147)五月己巳—绍兴二十五年(1155)六月	编管	英州
305	禹珪	绍兴十七年(1147)九月甲戌	除名、编管	万安军
306	李师中	绍兴十七年(1147)十月己酉	追二官、编管	南雄州
307	周芾	绍兴十八年(1148)五月戊辰	追三官、编管	昭州
308	贺征	绍兴十八年(1148)五月壬申	除名、编管	横州
309	郑刚中	绍兴十九年(1149)三月甲辰	安置	封州
310	郑良嗣	绍兴十九年(1149)三月	编管	柳州
311	蔡德	绍兴十九年(1149)	编管	广州
312	张汉之	绍兴十九年(1149)三月	编管	宾州
313	辛永宗	绍兴十九年(1149)十月	编管	肇庆
314	都飞虎	绍兴二十年(1150)正月庚子	编管	广州
315	胡寅	绍兴二十年(1150)三月壬寅	安置	新州
316	吴元美	绍兴二十年(1150)九月甲申	编管	南雄州 容州
317	安诚	绍兴二十年(1150)十月戊辰	除名、编管	惠州
318	释清言	绍兴二十一年(1151)十二月戊子	杖脊刺配	广南远恶州军

续表

序号	姓名	贬谪时间	贬谪方式	贬地与职位(初贬、再贬)
319	王之奇	绍兴二十二年(1152)三月丁酉—绍兴二十五年(1155)十二月壬午	除名、编管	梅州、容州
320	王之荀			
321	王远	绍兴二十二年(1152)三月甲辰(《系年要录》作"壬寅")	除名、编管	高州
322	杨炜	绍兴二十二年(1152)十月庚辰—绍兴二十五年(1155)十二月甲申	除名、编管	万安军
323	袁敏求	绍兴二十二年(1152)十二月丁亥	编管	海外州军
324	裴咏	绍兴二十三年(1153)六月丙寅	除名、编管	琼州
325	刘领	绍兴二十三年(1153)七月癸卯	编管	琼州
326	刘纮	绍兴二十三年(1153)七月	编管	惠州
327	孟导	绍兴二十三年(1153)七月	编管	韶州
328	黄友龙	绍兴二十三年(1153)闰十二月	黥配	岭南
329	杨炬	绍兴二十四年(1154)	编管	邕州
330	何兑	绍兴二十四年(1154)二月	编管	英州
331	王循友	绍兴二十四年(1154)六月	安置	藤州
332	王浍	绍兴二十四年(1154)六月	编管	雷州
333	郑杞	绍兴二十四年(1154)八月丙午	窜	容州
334	贾子展	绍兴二十四年(1154)八月丙午—绍兴二十五(1155)十二月甲申	窜	德庆府(康州)

续表

序号	姓名	贬谪时间	贬谪方式	贬地与职位(初贬、再贬)
335	魏安行	绍兴二十四年(1154)十二月丙戌	编置(编管)	钦州
336	洪兴祖	绍兴二十四年(1154)十二月丙戌	编置(编管)	昭州
337	程纬	绍兴二十四年(1154)	除名编管	贵州
338	傅自得	绍兴年间	编管	融州、潮州
339	沈长卿	绍兴二十五年(1155)二月壬寅	除名、编管	化州
340	王世雄	绍兴二十五年(1155)六月戊戌	配牢城	邕州
341	曹泳	绍兴二十五年(1155)十月丁酉绍兴	安置	新州
		绍兴二十六年(1156)正月丙寅	编管	吉阳军
342	张常先			循州
343	汪召锡			容州
344	莫汲			化州
345	范洎	绍兴二十五年(1155)十二月壬午	并除名勒停、编管	梅州
346	陆升之			雷州
347	王洧			南恩州
348	王肇			高州
349	雍端行			宾州
350	郑炜			雷州
351	王会	绍兴二十五年(1155)十二月乙未	停官、编管	循州
		绍兴二十六年(1156)十月乙未		琼州
352	徐樗	绍兴二十五年(1155)十二月丙申	除名勒停、编管	高州

续表

序号	姓名	贬谪时间	贬谪方式	贬地与职位（初贬、再贬）
353	康与之	绍兴二十五年（1155）十二月丙申	编管、编管配牢城	钦州
		绍兴二十八年（1158）三月己卯		雷州
		绍兴二十八年（1158）四丙辰		新州
354	曹云	绍兴二十五年（1155）	居住	柳州
355	高登	绍兴年间	编管	容州
356	林东	绍兴二十六年（1156）二月乙酉	编管	英州
357	林一飞	绍兴二十六年（1156）二月乙酉	监盐税	高州
358	吕愿中	绍兴二十六年（1156）二月庚子	安置	封州
359	梁勋	绍兴二十六年（1156）三月	编管	惠州
360	邓友	绍兴二十六年（1156）六月辛卯	杖脊刺配	琼州
361	曹泝	绍兴二十六年（1156）	编管	惠州
362	薛仲邕	绍兴二十六年（1156）七月	编管	连州
363	宋贶	绍兴二十六年（1156）十月乙未	安置	梅州
364	刘伯英	绍兴二十六年（1156）闰十月十一日	编管	连州
365	张子华	绍兴二十七年（1157）二月丁未	除名勒停、编管	万安军
366	黄敏行	绍兴二十七年（1157）三月	配	贵州
367	符行中	绍兴二十七年（1157）	安置	南雄州

续表

序号	姓名	贬谪时间	贬谪方式	贬地与职位(初贬、再贬)
368	蒋尧辅	绍兴二十八年 (1158)六月壬辰	配牢城	新州
369	傅选	绍兴二十九年(1159) 正月丙寅— 八月甲寅	安置	惠州
370	李广	绍兴二十九年(1159) 五月丙戌	配	琼州
371	刘汜	绍兴三十一年 (1161)十一月 乙酉	编管	英州
372	王权	绍兴三十一年(1161) 十一月己丑	编管	琼州
373	江孚	绍兴中	配隶	吉阳军
374	陈珠	宋高宗朝	谪	南雄州
375	周宏	隆兴元年(1163) 七月六日	编管	琼州
376	韩玉	隆兴二年(1164) 九月七	羁管	柳州
377	郭淑	隆兴二年(1164) 十一月十三日	勒停、编管	静江府
378	韩珫	乾道元年(1165) 正月丁巳(七日)	勒停、编管	贺州
379	刘宝	乾道元年(1165) 正月甲戌	安置	琼州
380	顿遇	乾道元年(1165) 正月丙子	刺配	吉阳军
381	孔福	乾道元年(1165)	配隶	吉阳军
382	李允升	乾道二年(1166) 九月甲辰	配牢城	惠州
383	石敦义	乾道三年(1167) 二月戊戌	刺配	柳州
384	杜楇	乾道三年(1167) 七月己酉	编管	昭州、琼州

续表

序号	姓名	贬谪时间	贬谪方式	贬地与职位(初贬、再贬)
385	陈瑶	乾道三年(1167)八月三日	黥配	循州
386	陈瑜	乾道三年(1167)八月丁酉		
387	曾造	乾道六年(1170)五月丁丑	编管	南雄州
388	皇甫谨	乾道六年(1170)闰五月	刺配	梧州
389	张松	淳熙元年(1174)	谪	新州、南恩州
390	贾和仲	淳熙二年(1175)八月丙辰(八日)	除名、编管	贺州
391	滕瑞	淳熙二年(1175)九月	羁管	静江府
392	汤邦彦	淳熙三年(1176)	编管	新州
393	龚茂良	淳熙四年(1177)七月癸丑	安置	英州
394	李端卿	淳熙六年(1179)六月辛亥	编管	梅州
395	孙寺丞	宋孝宗朝	黥配	广南
396	吕祖俭	庆元元年(1195)四月丁巳	安置	韶州
397	吕祖泰	庆元六年(1200)九月甲子	杖配牢城	钦州
398	王德谦	嘉泰二年(1202)二月二十六日	居住	新州
399	李汝翼	开禧二年(1206)	编管	琼州
400	王大节	开禧二年(1206)六月壬子(二日)	除名勒停、安置	封州
401	王泽	开禧二年(1206)六月二日	安置	新州
402	苏师旦	开禧二年(1206)七月辛巳;开禧三年(1207)十一月己卯	安置	韶州
403	李爽	开禧二年(1206)八月戊辰(十九日)	安置	南雄州

续表

序号	姓名	贬谪时间	贬谪方式	贬地与职位（初贬、再贬）
404	商荣	开禧三年（1207）二月壬子	削夺官爵、安置	柳州
405	陈景俊	开禧三年（1207）十一月十日	安置编管	柳州、容州
406	邓友龙	开禧三年（1207）十一月辛巳	安置	南雄州、循州
407	郭倪	开禧三年（1207）十一月戊子（十七日）	安置	梅州
408	郭僎	开禧三年（1207）十一月	安置	连州
409	郑挺	开禧三年（1207）十一月	居住安置	柳州
		开禧三年（1207）十一月十九日		南雄州
410	易袚	开禧三年（1207）十一月十九日	安置	融州
411	朱质			惠州
412	林行可			潮州
413	李爽	开禧三年（1207）十一月二十七日	编管	新州
414	皇甫斌	开禧三年（1207）十二月八日	安置	英德府
415	史达祖	开禧三年（1207）	黥配	岭南
416	耿桱			
417	董如璧			
418	陈自强	开禧、嘉定间	安置	韶州、雷州
419	钱廷玉	嘉定元年（1208）正月九日	羁管	宜州
420	程松	嘉定元年（1208）二月戊午（十四日）	安置	宾州
421	杜源	嘉定元年（1208）	除名编管	贺州
422	杨浩	嘉定元年（1208）	黥配	万安军

续表

序号	姓名	贬谪时间	贬谪方式	贬地与职位（初贬、再贬）
423	徐济			琼州
424	黄君畴			循州
425	黄冲			广州
426	范仲夔	嘉定二年（1209） 五月戊戌	配收管	新州
427	唐佐			容州
428	罗千二			南恩州
429	日愿妻			封州
430	罗苏僧			吉阳军
431	张林	嘉定二年（1209） 十一月辛卯朔	羁管	广南
432	张镃	嘉定四年（1211）	除名、羁管	象州
433	刘昌祖	嘉定十一年 （1218）	安置	韶州
434	雷云	嘉定十二年 （1219）	安置	梅州
435	王好生	嘉定十四年 （1221）	羁管	宾州
436	危积	嘉定中	左降	潮州
437	胡梦昱	宝庆元年（1225） 八月	编管	象州
		宝庆二年（1226）三月		钦州
438	徐瑄	宝庆二年（1226）	居住	象州
439	江海	端平元年（1234） 正月戊辰	除名、拘管	广州
440	郭胜			
441	梁成大	端平元年（1234） 五月乙卯	居住	潮州
442	张端义	端平三年（1236）	安置	韶州
443	柳臣举	嘉熙二年（1238）	配	雷州
444	李心传	嘉熙年间	居住	潮州
445	杜霆	淳祐二年（1242）	窜	南雄州
446	陈埈	宝祐元年（1253）	窜	潮州
447	高铸	宝祐年间	黥配	广州
448	缪万年	开庆元年（1259）	配	化州

续表

序号	姓名	贬谪时间	贬谪方式	贬地与职位(初贬、再贬)
449	袁玠	开庆元年(1259)十月壬午	安置、编管	南雄州
		十一月		万安军
450	李虎	景定元年(1260)	窜	郁林州
451	吴潜	景定元年(1260)	安置	潮州、循州
452	秦九韶	景定元年(1260)	左降	梅州
453	余思忠	景定二年(1261)四月癸巳朔	窜	新州
454	丁大全	景定二年(1261)四月丙辰(又言七月戊寅,当考)	安置	贵州
		景定三年(1262)		新州
455	蒲择之	景定二年(1261)七月辛未	窜	万安军
456	何兴	宋理宗朝	谪	琼州
457	范晞文	咸淳二年(1266)	窜	琼州
458	苏刘义	咸淳六年(1270)		广南
459	俞大忠	咸淳九年(1273)六月癸卯	除名、拘管	循州
460	翁应龙	德祐元年(1275)三月己卯	刺配	吉阳军
461	邱成满	宋度宗朝	安置	潮州
462	令狐概	德祐元年(1275)四月庚申	配	郁林州
463	曾渊子	德祐元年(1275)六月癸亥	贬	韶州
		德祐元年(1275)七月甲戌		雷州
464	廖莹中	德祐元年(1275)七月甲戌	贬	昭州
465	王庭	德祐元年(1275)七月甲戌	贬	梅州
466	贾似道	德祐元年(1275)七月庚寅	安置	循州

续表

序号	姓名	贬谪时间	贬谪方式	贬地与职位(初贬、再贬)
467	胡玉	德祐元年(1275)	贬	连州
468	林镗	德祐元年(1275)	贬	韶州
469	李珏	德祐元年(1275)	削贬	潮州、梧州
470	陆秀夫	景炎元年(1276)	安置	潮州

注:作者根据《宋史》《涑水记闻》《宋会要》《建炎以来系年要录》《舆地纪胜》《皇宋通鉴长编纪事本末》《续资治通鉴长编》等文献整理。